난 그저 미치도록 내가 좋을 뿐

난 그저 미치도록 내가 좋을 뿐

라일라 리 지음 | 도현승 옮김

베르단디

VERDANDI

나의 꿈을 이루게 해 준 친구들에게

저는 1994년 충청북도 청주에서 이나슬이라는 이름으로 태어났습니다.

90년대는 적어도 제게 한국 역사상 주목할 만한 시기입니다. 한국의 대중문화에 요즘 우리가 알고 있는 케이팝이 처음으로 꽃피기 시작한 시점이기 때문입니다. 다섯 살 때 미국으로 이민 오기 전 한국에서의 삶에 대한 기억은 거의 없지만 음악만은 머릿속에 남아 있습니다. TV에서 뮤직뱅크를 보던 기억이 납니다.

미국으로 이민을 간 후에도 케이팝은 늘 저와 함께했습니다. 플로리다 올랜도 근처의 백인이 대다수인 지역에 살 때도, 중학교와 고등학교를 다녔던 텍사스 댈러스 교외 지역에서도 케이팝이 있어 좋았습니다. 다양한 문화적 배경을 가진 서로 다른 인종의 친구들과 함께 여러 케이팝 가수들을 한마음으로 응원했고, 심지어 고등학교 때는 아시아 문화 동아리를 만들어 회장을 역임하기도 했습니다. 로스앤젤레스에 있는 대학에 가서는 친구들과 함께 빅뱅과 2PM 등 케이팝 가수의 콘서트를 다니며 인생의 황금기를 보냈습니다. 완전한 성인이 되었을 때쯤 레드벨벳과 마마무, 블랙핑크, BTS가 세계적인 스타가 되었습니다. 저는 친구들과 함께 BTS 안무 영상을 보며 춤을 따라하곤 했습니다. 지금 이 순간도 저는 변함없이 케이팝을 열렬히 사랑합니다.

　케이팝과 한국의 여러 문화 덕분에 저는 어디에 살든 한국인이라는 사실이 자랑스러웠습니다. 부모님과 한국에 있는 친척들과 대화할 때는 늘 (자랑스럽게) 한국어를 사용합니다. 저는 미국 TV 방송보다 한국 드라마를 더 많이 봤습니다. 서양 음악을 듣는 만큼 한국 음악을 들었습니다. 영어로 생각하는 만큼 한국어로 생각합니다. 그리고 현재 텍사스에 있지만 코리아타운에 살기 때문에 짜장면을 집으로 배달시켜 먹고, 한국 카페에서 글을 쓰고, 한국 치킨도 종류별로 즐기곤 합니다.

　이런 이유들로 저는 제 자신이 미국인보다 한국인에 가깝다고 생각했습니다. 하지만 다른 사람들은 저와 생각이 달랐습니다. 사실 스스로가 한국인이라고 느껴도 한국에 있는 친척들은 저를 미국인으로 간주했습니다. 한국어로 말하기는 잘하지만 쓰기는 영어만큼 자연스럽지 않습니다. 사실 서울을 혼자 돌아다닐 정도의 말하기 수준은 되지만 여기저기서 모르는 단어를 마주하기도 합니다.

저는 한국인으로 태어났지만 종종 정체성의 혼란을 느꼈습니다. 자라면서 부모님은 이해할 수 없는 미국인 같은 성향을 자연스레 갖추게 되었고, 그런 이유로 부모님과 많이 충돌했습니다. 부모님은 미국에서 자란 청소년의 '반항적인' 말대꾸에 당황하셨습니다. 저는 '네', '알겠습니다.'와 같은 말 대신에 늘 반문했습니다. 부모님의 의견에 대해 곰곰이 생각한 뒤 반대 의견을 제시했습니다. 하지만 반항하려는 의도가 아니었습니다. 이곳에서 저는 권위와 사회의 통념을 다양한 관점에서 분석하고 비판함으로써 더 나은 결과를 만들어가는 데 초점을 맞춘 교육을 받았기 때문입니다. 그리고 제가 한국인일 수 없었던 가장 중요한 이유는 어릴 때부터 작가가 되고 싶다며 몇 시간씩 소설을 썼지만 결국 영어였기 때문입니다. 따라서 부모님은 제가 쓴 글을 거의 이해하지 못했습니다.

저는 외적으로도 부모님이나 다른 한국인들과는 조금 달랐습니다. 가족들은 늘 제 몸과 옷을 보고 제게 미국인 같다고 했습니다. 미국 기준으로 비만이었던 적은 없지만 늘 통통하다는 소리를 들었습니다. 머리가 크고 허벅지는 두꺼웠기 때문입니다. 소위 V라인이

나 S라인이 아니었습니다. 케이팝 뮤직비디오에서 완벽한 안무를 추는 마른 여자 아이돌이나 한국 드라마나 광고에 나오는 여자들과 달랐습니다.

그러나 저는 미국인이 되기에도 부족했습니다. 텍사스에서는 '프레시 오프 더 보트(Fresh Off the Boat, FOB, 이민자들을 비하하는 표현)'라는 수식어가 저를 따라다녔습니다. 미국에서 태어난 아시아 친구들은 영어가 완벽하지 않은 이민 1.5세대인 저를 이렇게 불렀습니다. 대학에서 아시아계 미국인에 대해 자세히 배우고는 미국 태생 아시아인들이 겪었던 고통과 저희 가족의 경험에서 간극을 느꼈습니다. 결국 저는 한국인도, 미국인도 아닌 중간 어디쯤에 해당된다는 사실을 깨달았습니다. 지금껏 두 문화권에 걸쳐 살아왔지만 어느 한쪽에도 완전히 속하지는 못합니다. 처음에는 어디를 가나 외국인으로 취급받아 속상했습니다. 하지만 시간이 흐르자 저는 두 문화를 경험할 수 있다는 사실에 감사하게 되었습니다. 그리하여 지금의 고유한 제가 만들어졌기 때문입니다.

《난 그저 미치도록 내가 좋을 뿐》은 제 삶의 총체적인 결과물입니다. 지금까지 계속 꾸준한 동반자가 되어 주었던 케이팝에 헌정하는 저의 연애편지이며, 스스로를 한 번도 마르고 예쁘고 재능 있는 한국인(혹은 미국인)이라고 생각한 적 없었던 청소년기의 저에게 바치는 연애편지이기도 합니다. 또한 현재 만족스럽지 못한 외모와 주변 사람들의 편견 때문에 '넌 꿈을 이룰 수 없어'라는 말을 귀가 닳도록 듣고 살아가는 청소년들을 위한 따뜻한 위로입니다. 제 자신을 찾고 사랑하게 된 이십여 년 여정의 산물이며, 청소년들이 영감을 받고 자기 자신을 사랑하고 인정하는 데 너무 오랜 시간이 걸리지 않기를 바라는 저의 소망이 담긴 이야기입니다. '난 미치도록 내가 좋아!'라고 크게 외쳐 봅니다. 독자 여러분이 주인공 스카이처럼 꿈을 이루고 있는 그대로의 자기 자신을 사랑할 수 있기를 간절히 바랍니다.

이 책에서 한국적인 요소를 잘못 표현한 부분이 있다면 미리 사과드립니다. 말씀드렸다시피 저는 한국인도, 미국인도 아니지만 정체성의 중간 어디쯤에서 최선을 다하는 '외국사람'입니다. 솔직히 말씀드리면 저는 이 책이 한국어로 번역될 거라고는 전혀 상상하지 못했습니다. 제 친척들과 다른 한국인들이 제 책을 읽는 날이 올 줄은 몰랐습니다! 특히 이 책의 하이라이트 장면을 쓰면서 제가 듣고 또 들었던 음악의 주인공인 가수 에일리 님이 이 책을 읽어줄 거라고는 전혀 상상하지 못했습니다. 에일리 님, 정말 감사합니다. 사랑해요!

한국어판의 출간에 감사한 마음이 크지만 동시에 두렵기도 합니다. 하지만 독자 여러분이 함께해 주신다면 저도 한 걸음 앞으로 나아가겠습니다. 마지막으로 제가 이 책을 쓰는 동안 행복했던 만큼 여러분도 이 책을 읽으며 행복하시기를 바랍니다.

라일라 리

1

뚱뚱한 여자애들은 춤 못 취.

어릴 적 발레 발표회가 끝나고 엄마가 했던 말이다. 나도 알았다. 내게는 어울리지 않는 자리라는 걸. 5살 때 다른 여자아이들은 어느새 젖살이 빠져 팔다리가 날씬하고 매끈했지만, 내 뱃살은 멀리서도 보일 만큼 출렁이는 데다 볼록 튀어나와 있었다.

보통 아이라면 울었을 것이다. 풀이 죽거나. 아니면 당장이라도 발레를 그만두었을지 모른다. 하지만 나는 있는 힘껏 발을 구르며 엄마 얼굴에 대고 이렇게 소리쳤다. "그래? 어디 한번 지켜봐!" 그렇게 발레를 몇 년 더 하다가 콧대 높은 프리마 돈나들이 지겨워질 때쯤 힙합과 현대무용으로 갈아탔다.

엄마와 나의 관계가 이렇다. 결국 엄마에게는 로스앤젤레스에서 열리는 서바이벌 케이팝 오디션 〈넌 나의 샤이닝 스타〉 참가를 비밀로 한 채, 학교를 빼먹고 기차 타고 오디션을 보러 갔다. 죄책감은 별로.

감사하게도 지난주에는 아빠가 근처에 있어 오디션 예선에 동행해 주었다. 함께 줄을 서서 부모 동의서에 서명도 했다. 엄마는 절대 안 할 일이다.

속전속결로 진행된 공개 모집 예선에 비하면 오늘 오디션 속도는 달팽이처럼 굼떴다. TV 녹화 때문일 것이다. 내가 제일 싫어하는 8월 말이다. 이맘때 LA는 지옥의 불구덩이처럼 습하고 덥다. 윌셔^{Wilshire} 대로까지 길게 이어진 줄에 몇 시간 동안 서 있었더니 오디션이 진행되는 화려한 사무실 건물에 들어갈 쯤에는 땀범벅이 되어 헐떡이고 있었다.

"안녕하세요. 〈넌 나의 샤이닝 스타〉 오디션 보러 왔는데요. 신하늘이에요. 영어 이름은 스카이요."

나는 이마의 땀을 닦으며 안내 데스크 여자에게 말했다.

한국 이름은 부모님이 가르쳐 준 대로 성부터 말한다. 두 이름 모두 마음에 든다. 하늘은 영어로 '스카이^{sky}'다. 내가 학교에서 쓸 영어 이름이 필요하다고 하자 아빠가 Sky에 E를 붙여 Skye라고 지어 주셨다.

안내원은 40대쯤으로 보이는 한국 여자였다. 엄마 친구라고 해도 믿을 정도로 검정 블라우스부터 해서 차림새가 엄마의 평소 모습과 비슷했다. 여자가 나를 올려다보더니 흠칫했다. 입을 떡 벌린 채 충격 어린 눈빛을 숨기지 않았다.

"오, 오디션 본다고요?"

여자가 콩글리시로 물었다.

나는 한국어로 대답했다.

"네, 예선 통과했어요. 여기 아빠가 서명한 공식 서류요."

"아, 네."

여자는 머뭇거리며 서류를 받아 들었다. 여자가 접수하는 동안 나는 건물 내부를 제대로 보기 위해 하트 모양의 하얀 선글라스를 벗었다.

선글라스의 은은한 색을 걷어 내니 사방이 칙칙했다. 건물은 1920년대에 지은 것처럼 꽤 낡아 보였지만 로비는 연예인 심사위원의 화려한 포스터와 〈넌 나의 샤이닝 스타〉의 홍보 영상으로 채워져 있었다. 삼성 LED HDTV에서는 영상이 반복 재생되었다. 심사위원은 90년대 원조 케이팝 그룹 러비더비의 은퇴 멤버 장보라, 〈넌 나의 샤이닝 스타〉의 창시자이자 한국 최고의 연예 기획사 대표 박태석, 그리고 LA 코리아타운에서 잘나가는 한국계 미국인 래퍼 개리 킴.

세 연예인을 눈앞에서 본다고 생각하니 흥분되어 살이 떨렸다. 몇 분 뒤면 심사위원의 모공이 보일 만큼 그들과 가까운 곳에 서게 된다. 모공이 있을지나 모르겠지만. 엄마는 한국 연예인들이 고화질 화면 때문에 피부에 각별히 신경 쓴다고 했다. 나는 한국 TV 프로그램을 잘 안 봐서 모르지만, 과연 사실인지 오디션장에 들어갈 때 유심히 보기로 했다.

〈넌 나의 샤이닝 스타〉는 첫 글로벌 케이팝 오디션은 아니지만 미국에서 단독으로 치르는 오디션으로는 처음이다. 8년 전 사람들은 케이팝에 대해 싸이의 〈강남스타일〉 뮤직비디오에 나오는 웃긴 장면들 정도만 알았다. 지금은 어딜 가나 BTS 열풍이다. 각계각층 사람들이 오디션을 보려고 줄을 섰다.

화면에서 심사위원 얼굴들이 사라지더니 무대 위에 선 긴장한 꼬마의 모습이 비춰졌다. 양 갈래 곱슬머리에 샛노란 스폰지밥 티셔츠 차림이다. 관중은 귀엽다는 듯 웃었다. 조그만 입에서 느낌 충만한 아델^{Adele}의 〈헬로^{Hello}〉가 흘러나오기 전까지.

"대박!"

내 뒤에 줄 서 있던 사람이 외쳤다.

"말도 안 돼. 저걸 어떻게 이겨?"

다른 사람이 말했다.

나는 어깨를 으쓱했다. 순서를 기다리면서 다른 사람 오디션까지 봐야 한다는 말은 없었지만 어쩔 수 없었다. 어찌됐건 경쟁이니까. 경쟁자를 직접 보여 주는 것만큼 경쟁의식을 북돋우는 방법이 또 있을까?

"준비됐어요. 3번 문 앞으로 줄 서세요. 20분 정도 기다려야 할 거예요. 오디션 전후로 관객석에서 대기해도 돼요. 직원한테만 먼저 알려 주세요."

안내원 여자가 내 주의를 끌며 영어로 말했다.

여자가 왜 나를 외국인 취급하는지 모를 일이었다. 이미 한국어로 대답했는데. 사투리도 안 썼고. 그때 눈빛을 알아차렸다. 여자는 눈을 살짝 찡그린 채 불만스레 입술을 삐죽 내밀었다. 눈에는 염려와 불신이 어려 있었다. 내 존재만으로도 오디션 물이 흐려질까 걱정하듯이. 누가 보면 야생동물 떼라도 들이닥친 줄 알 터였다.

나는 여자의 무례한 표정에 대해 따질까 잠시 고민했다. 평소 같으면 그랬을 것이다. 미국 사회에서는 불평이 통하니까. 하지만 여기는 표지판과 식당, 심지어 은행까지 한국과 같은 코리아타운이다. 기껏해야 '버릇없는 미국 청소년'이라는 매서운 눈빛만 받게 된다. 그걸 감수할 만한 가치는 없다.

결국 여자를 애써 무시하고 객석으로 가는 대신 줄을 섰다. 거슬리기는 해도 한낱 모르는 사람의 반응일 뿐이다. 평생 들어온 엄마의 부정적인 말들에 비하면 아무것도 아니다.

그때 문이 열리더니 두 여자아이가 들어왔다. 둘 다 동양인이다. 한 명은 붉은 빛 금발로 염색한 머리, 다른 한 명은 파란색 일자 단발머리다. 날렵한 아이라인과 빨간 립스틱이 포인트였다. 컬러 렌즈를 낀 눈에서는 황색과 적갈색이 오묘하게 일렁였다.

나는 둘을 쳐다보았다. 모두가 그들을 주목했다. 머리부터 발끝까지 완벽했다. 옷은 너무 화려하지 않게 밝고 알록달록했다. 튀지만 촌스럽지 않았다. 둘은 케이팝 뮤직비디오에서 걸어 나오듯 당당하게 접수대로 걸어갔다. 힐이 대리석 바닥에 또각또각 부딪쳤다.

"어서 와요! 이쪽이에요! 서류랑 신분증 주시면 접수해 줄게요."

여자가 한국어로 밝고 명랑하게 말했다.

'그럼 그렇지.'

나는 눈알을 세차게 굴렸다. 이들이야말로 엄마와 안내원 여자가 생각하는 완벽한 아이돌 상이다. 그런 게 있기라도 하다면.

접수를 마친 둘은 각자 흩어졌다. 파란 단발은 춤 줄인 2번 문, 붉은 금발은 보컬 줄인 1번 문 앞으로 갔다. 춤과 보컬을 모두 지원한 나는 3번 문 줄에 서 있었다. 복잡해 보이지만 나름 질서 있게 운영되었다.

붉은 금발이 나를 돌아보았다.

나는 눈을 똑바로 마주쳤다. 사람들이 대놓고 쳐다볼 때는 별수 없다.

하지만 여자아이는 눈을 피하지 않고 고개를 갸우뚱했다. 파랗게 칠한 입술 사이로 보라색 풍선껌이 보였다. 안내원 여자와 달리 그저 호기심을 느끼는 눈치였다.

"안녕. 난 스카이야. 왜 쳐다봐?"

내가 눈썹을 치켜올리며 말했다.

여자아이는 주저 없이 환하게 웃더니 매니큐어 칠한 손을 내밀며 말했다.

"안녕. 나는 라나야. 넌 무슨 오디션 봐? 보컬 아니면 춤?"

종소리처럼 밝고 또랑또랑한 음성이었다. 부모님이 매일 보는 한국 뉴스의 아나운서들이 생각났다. 캘리포니아 억양이 아니었다면 서울에서 왔다고 해도 믿을 터였다.

"둘 다."

내 대답에 라나가 반짝이는 파란 입술로 씩 웃었다.

"오, 능력자네. 대단하다. 세 번째 줄이 그거였어?"

내가 끄덕였다.

"넌?"

나는 알면서도 예의상 물어보았다.

"나는 보컬. 춤도 추긴 하는데 저런 애들한테는 절대 못 이겨."

라나가 같이 온 여자아이를 가리키며 말했다. 그 아이는 나를 경계하듯 쏘아보고는 라나를 향해 웃으며 손을 흔들었다. 라나도 말없이 손을 흔들었다.

"나는 반대야. 어릴 때부터 춤을 춰서 차라리 춤이 더 나아. 노래도 부르기는 하지만. 초등학교 때부터 쭉 합창단원이었거든."

"우와, 멋지다!"

라나는 진심으로 감탄했다.

나는 서서히 경계심을 풀고 살짝 웃었다. 대화가 생각보다 괜찮게 흘러갔다. 사실 라나도 다른 사람들처럼 내 몸에 대해 한마디 던질 줄 알았다. 어딜 가나 엄마처럼 말하는 사람들이 있다. '이렇게 활동적인데 왜 살이 안 빠져?' '춤은 그만 추고 노래에 집중하지그래? 네 몸으로 무슨 춤이야.'

뭐, 거의 엄마가 하는 말이다. 그래도 비슷한 질문을 하는 사람들이 1년에 몇 명씩은 꼭 있다. 예전에는 아빠 쪽 친척들이 다 뚱뚱해서 유전적 영향으로 그렇다고 변명했다. 건강 검진에서도 아무 문제없다고 덧붙였다. 하지만 사람들은 내 말을 귓등으로 들었다. 그래서 포기했다. 시간과 에너지가 아까웠다. 솔직히 내 몸무게가 어때서? 뚱뚱하다고 하찮은 사람인 것도 아닌데.

화면을 보니 한 남자가 음정을 틀려 심사위원에게 혹평을 받고 있었다. 대중의 웃음거리로 삼으려고 예선을 통과시킨 게 분명했다. 그저 안타까울 뿐이었다. 그때 라나가 화면에서 눈을 돌리더니 나를 바라보았다.

"음, 근데 이런 질문해서 미안하지만……."

라나가 입을 뗐다.

숨이 턱 막혔다. '제발 몸무게 물어보지 마라. 몸무게는 안 돼.' 좋았던 분위기를 망치고 싶지 않았다. 나는 마음을 단단히 먹고 다음 말을 기다렸다.

그런데 라나는 이렇게 물었다.

"두 가지 다 오디션 보면 좀 위험하지 않아? 둘 중 하나만 못해도 다음 라운드로 진출 안 시킨다던데. 아니면 그 자리에서 하나만 선택하라고 하거나. 나는 절대 못 해. 무섭잖아."

"음, 위험한 만큼 유리할 수도 있지. 보컬이랑 춤 둘 다 통과하면 나중에 하나 탈락하더라도 기회가 한 번 더 있잖아. 하나만 밀어붙이다가 오디션에서 아예 탈락되면 좀 그렇겠지만, 둘 다 통과하면 나중에 하나 탈락해도 다른 하나가 남아 있으니까."

나는 또 한 번 안심하며 말했다.

이번에도 라나는 민감한 질문을 하지 않았다. 그저 휘둥그런 눈으로 신기하게 바라보며 말했다.

"와, 너 진짜 용감하다. 그럼 잘해!"

나는 웃었다.

"고마워, 너도!"

라나가 친구와 수다 떨기 위해 다른 줄로 몸을 돌리자, 나는 내 줄을 보았다. 한 명이 들어간 듯했다. 앞에 단 한 사람만 남아 있었다.

무대 공포증은 거의 없지만 손이 부르르 떨렸다. 라나에게는 말하지 않았지만 가장 큰 걸림돌은 내 몸에 대한 심사위원의 편견이다. 할리우드 때문에 LA의 몸매 기준은 까다로운 편이지만 케이팝 세계는 훨씬 심하다. 이미 깡마른 여자들에게 '턱을 살짝 깎거나' '쌍꺼풀 수술을 받으라'고 권한다. 나는 깡마르지도 않은 데다 쌍꺼풀도 없다. 업계 전문가들이 '조언'이랍시고 늘어놓을 말들이 불 보듯 뻔했다.

'50킬로그램은 빼야 돼! 코 수술 좀 받아! 아침마다 5천 보씩 뛰어! 죽을 각오로!'

아마 이렇게 말할 것이다.

뭐, 마지막 말은 안 할지도 모른다. 어쨌거나 그런 조언을 따르느니 죽고 말지.

사실 나는 있는 그대로의 내가 좋다. 한동안은 엄마 눈에 '완벽한' 마른 딸이 되고 싶었다. 몇 년간 식이 요법과 혹독한 운동, 해독 주스 마시기 등 매주 추가되는 엄마의 건강 프로젝트를 따랐다. 나는 오렌지 카운티^{Orange County}에서 자랐다. 그때는 그리 어려운 일이 아니었다.

그러나 이제는 다 끝이다. 전부. 지난 몇 년간 엄마도 실패했는데 누가 나를 변화시킬 수 있을까.

그때 건물 출입문이 벌컥 열렸다. 밖에서 비명 소리가 들려와 어마어마한 토네이도가 건물 안으로 불어닥치는 줄 알았다. 그런데 키가 2미터는 족히 넘을 법한 건장한 경호원이 선글라스에 정장 차림으로 누군가를 위해 문을 잡아 주고 있었다.

"웩. 개야."

라나가 신음했다.

아직 이름을 모르는 파란 머리 아이도 신음 소리를 냈다.

'개'가 누군지는 몰라도 느낌이 안 좋았다.

물어보려 했지만 그럴 필요가 없었다. 아는 사람이니까. 모르기는 힘들다. LA와 한국에 사는 대부분의 한국인들이 아는 사람이다.

헨리 조는 이상하리만큼 유명했다. 다른 유명 인사들과 달리 남자 아이돌 멤버도 아니고 한국 드라마에 출연한 적도 없다.

한국 뉴스 사이트에서 헨리가 대단한 재벌가 아들이라는 기사를 얼핏 읽은 적이 있다. 한국 드라마에 나오는 것처럼. 재벌은 가문 대대로 기술과 식품, 호텔 등 다양한 사업을 운영하는 일종의 대기업을 일컫는다. 게다가 헨리의 엄마가 유명한 여배우여서 그를 모르는 사람은 거의 없다.

여기 사람들은 헨리의 부모는 몰라도 헨리는 잘 안다. 미국에서 헨리는 돈 많고 조각 같은 외모로 유명하다. 이 두 가지 조건으로 명품 모델이 되었고, 세계 각지의 인스타그램 팔로워는 5백만 명이 넘는다.

참, 나도 그중 하나다. (변명하자면 헨리가 키우는 하얀 시베리안 허스키가 엄청 귀여워서 팔로우했다.) 그리고 자연스럽게 알고 있다. 미국 사람이라면 당연히 카다시안Kardashian 가족을 알듯이.

솔직히 말하자면 사람들은 헨리가 잘생겨서 팔로우한다.

180센티미터의 키, 떡 벌어진 어깨에 사슴 같은 눈과 도도록한 광대뼈. 헨리 조는 사진만큼이나 매력적이었다. 마지막 셀카에서는 금발이었는데 내가 보기에는 지금의 자연 갈색빛 흑발이 훨씬 잘 어울린다. 자연스럽게 넘긴 머리칼에 연분홍 셔츠, 하얀 면바지까지 '꾸민 듯 안 꾸민' 스타일의 정석이다. 한쪽 어깨에 걸친 감색 블레이저는 패션 잡지 촬영을 막 마치고 온 듯한 인상을 주었다.

밖은 거의 37도다. 이 날씨에 웬 재킷?

안내원 여자는 비명을 꺅 질렀다. 아주 대놓고. 그러고는 헨리를 맞이하러 문으로 달려가다가 자신의 발에 걸려 넘어질 뻔했다.

"어서 와요, 헨리 조! 오디션 보러 와 주셔서 감사해요."

여자가 허리를 푹 숙이며 외쳤다.

"쳇. 오디션장에 오기만 해도 감사 인사를 받네. 노래는 부르나? 춤은? 이 바닥에선 저런 애들을 무조건 떠받드니까 짜증 나. 이중 잣대야, 뭐야?"

라나가 눈을 굴리며 말했다.

맞는 말이다. 헨리의 음악적 재능은 알려진 바가 없다. 애초에 오디션에 나간다는 소문도 없어 의아했다. 헨리 같은 유명 인사들은 오디션 도전을 여기저기 홍보했을 법한데. 하지만 사흘 전 인스타그램에 올라온 마지막 게시물도 햇빛 아래 누워 있는 개 사진이었다.

이 생각이 스치자 이마를 탁 치고 싶었다. '내가 이걸 어떻게, 왜 알고 있는 거지?' 가끔 SNS가 무서울 때가 있다.

그때 뒤에서 우당탕 소리가 났다. 〈넌 나의 샤이닝 스타〉 공식 채널인 SBC의 촬영진이 로비로 뛰어 들어온 것. 방송 사회자인 데이비 킴도 뒤따라왔다.

라나와 파란 머리 친구는 카메라를 의식하며 억지웃음을 지었다. 하지만 카메라는 우리를 유령 취급하듯 획 지나쳐 헨리를 향해 허겁지겁 달려갔다. 서로 부딪히지 않은 게 다행이었다.

데이비는 헨리에게 한국어로 질문을 쏟아부었다. 헨리는 나보다 한 살 많은 열일곱 살이라고는 믿기 힘들 만큼 차분하고 침착하게 대답했다. 그는 말하면서 손으로 머리를 빗어 넘기며 카메라를 향해 부드러운 미소를 지어 보였다.

헨리를 둘러싼 무리의 환호 때문에 목소리가 안 들렸지만 말끝마다 웃음이 터졌다. 모두 반한 눈치였다. 대단한 녀석이다.

"스카이 신?"

내 이름을 부르는 소리에 나는 몸을 획 돌렸다. 3번 문앞에서 삼성 태블릿을 든 여자가 기다리고 있었다.

"준비하세요."

내가 당황하자 여자가 찡그리며 덧붙였다.

맞다. 오디션.

몸이 부들부들 떨렸다. 헨리가 방으로 걸어 들어오는 순간 머리가 백지장처럼 하얘졌다. 내 정신 좀 봐.

'연예인이지만 그냥 남자애일 뿐이야. 집중해.'

나는 속으로 중얼거렸다.

팔다리를 탈탈 털었다. 처음 춤추기 시작했을 때부터 길들여 온 오랜 습관이다. 다른 사람들도 준비하느라 바빠 아무도 날 못 볼 줄 알았다. 그런데 헨리 조가 대기실 건너편에서 신기한 눈길로 나를 쳐다보았다.

얼굴이 화끈 달아올랐지만 무시하고 등을 돌린 채 계속해서 몸을 풀었다. 웬 잘생긴 BTS 워너비 때문에 이곳에 온 진정한 이유를 잊으면 안 된다. 수개월을 연습했다. 수업 받고 숙제하는 시간 외에 틈틈이 노래하며 춤췄다.

나는 심호흡을 한 뒤, 여자를 따라 문으로 들어갔다.

2

백스테이지^{backstage}는 말 그대로 아수라장이었다. 헨리가 왔다는 소문이 퍼지자 사람들이 헨리를 보려고 서둘러 대기실로 갔다. 〈아메리칸 아이돌〉이나 〈아메리카 갓 탤런트〉, 혹은 한국의 〈케이팝스타〉와 〈쇼미더머니〉 같은 프로그램을 보면 참가자들이 백스테이지로 이동하는 장면은 늘 편집되거나 빠르게 넘어갔는데 이제 그 이유를 알겠다. 헨리 조에게 관심 없는 나머지 사람들이 하나같이 흥분에 차서 한국어로 소리치거나 서로를 가리키는 통에 정신이 없어 머리가 돌 지경이었다. 무대 담당자가 조명을 만지자 머리 위로 불빛이 번쩍거렸다. 내가 있는 무대 뒤에서도 관중들의 시끌벅적한 소리가 들렸다.

"카메라가 다시 켜질 때까지 여기서 기다리세요. 심사위원들이 잠깐 쉬는 중이에요. 무대 올라갈 때 알려 줄게요."

여자가 지친 목소리로 말하며 발밑에 X자로 표시된 파란 테이프를 가리키고는 인이어를 두드렸다.

나는 쿵쾅거리는 심장을 부여잡으며 고개를 끄덕였다. 〈넌 나의 샤이닝 스타〉는 마지막 방송 외에는 사전 녹화로 진행된다. 객석은 직원들과 수백 명의 방청객들로 바글바글했다. 박태석 회사인 PTS 엔터테인먼트 소속 케이팝 가수들도 객석에 앉아 있었다. 팬들이 가수들의 반응을 보기 위해 방송을 시청할 테니까.

학교 축제에서 수많은 무대에 올라 봤지만 아빠나 다른 학부모 카메라가 아닌 방송국 카메라 앞에 선 것은 처음이다. (아빠는 아직도 휴대폰 대신 캠코더를 고집한다.)

부모님이 한국 방송에 나온 나를 보고 어떤 반응을 보일지 궁금했다. 미국에 살고 있지만 케이블에서 특별 채널을 구독해 한국 방송을 볼 수 있다. 아빠는 TV에 나온 나를 보면 기뻐할 것이다. 반면 엄마는? 일주일간 외출 금지나 당하지 않으면 다행이다. 내가 아는 엄마는 무대 위 나를 보는 즉시 창피해서 눈을 질끈 감고 TV를 끌 사람이다.

"자, 이제 됐어요. 무대 가운데 큰 X자로 가서 심사위원들이 지시할 때까지 기다리세요."

생각에 잠겨 있는 내게 태블릿을 든 여자가 불쑥 말했다. 여자는 마이크를 건네며 손짓했다.

백스테이지에서 나와 한 걸음씩 내딛을 때마다 심장이 터질 듯했다. 내가 등장하자 모두 빤히 쳐다보았다. 앞줄의 남자아이들 몇 명이 서로를 쿡 찌르며 입을 벌리고 나를 보았다. 몇몇은 대놓고 킬킬댔다.

'그래. 역시나. 이럴 줄 알았지.'

문득 나도 음치 남자처럼 웃음거리 도구로 예선을 통과했을까 봐 두려웠다. 생각만 해도 끔찍하다. 하지만 한국 방송에서는 뚱뚱한 사람들이 종종 놀림거리가 되는 게 현실이다.

미국 학교를 다녀서 좋은 점 중 하나는 아시아 매체에서처럼 동일한 몸매 기준을 강요하지 않는다는 것이다. 학교 공연에서는 내가 뚱뚱하든 말든 누구도 신경 쓰지 않는다. 어쩌면 대놓고 말하거나 반응하지 않는 것일 수도 있다. 하지만 각자 다른 환경에서 살아왔기 때문에 저마다 몸매가 다르다. 반면 한국 매체 속 여자들은 대부분 너무 말랐다. 개중에 조금 통통하거나 나만큼 살집 있는 사람들은 주로 개그맨이거나 요깃거리로 주연을 띄워 주는 조연들이다. 뚱뚱한 여자들은 기분 전환용일 뿐이다.

하지만 나는 여기서 웃음거리가 되고 싶지 않다. 우승하러 왔으니까.

나는 당당히 고개를 들었다. 지금 좀 웃으면 어때? 그러다가 말 텐데.

그나마 심사위원들은 대놓고 내색하지 않았다. 그렇다고 반응이 좋은 것도 아니었다. 박태석 피디는 나를 보며 눈썹을 치켜올렸다. 장보라와 개리 킴은 얼떨떨한 얼굴로 그저 나를 바라보았다.

세 심사위원은 생각보다 평범했다. TV나 홍보 포스터에서처럼 후광이 비치지도 않았다. 거리에서 지나쳐도 몰라볼 정도였다. 옷을 특이하게 입기로 유명한 박태석은 청록색 정장 위에 과감히 핫핑크 넥타이를 맸다. 개리 킴과 장보라의 의상은 차기 최고의 한국 힙합 앨범에 나올 법한 멋진 스트리트 패션이었다. 그러나 디자이너의 옷과 전문가가 손질한 머리와 화장을 빼면 그냥 사람 같았다.

이상한 말인 거 안다. 당연히 사람 같지, 그럼. 사람이니까. 그래도 연예인은 우리 같은 일반인과는 차원이 다를 줄 알았다. 고대 그리스인이 숭배하는 신처럼. 그런데 이제 장보라의 진한 다크서클과 박태석의 얼굴 주름, 약간 더운 듯 개리의 얼굴에서 흘러내리는 땀이 눈에 들어왔다.

'연예인들은 우리와 다르지 않아요!' 기사 헤드라인에 흔히 등장하는 문구다. 하지만 이제껏 진지하게 생각해 본 적이 없었다. 한편으로는 안심이 됐다. 언젠가는 나도 저들처럼 될 수 있을 거라는 희망이 생겼으니 말이다.

나는 심사위원과 관중을 향해 환하게 웃으며 고개 숙여 인사했다.

"안녕하세요. 저는 스카이 신입니다. 열여섯 살이고 오렌지 카운티에 살아요."

내가 마이크에 대고 한국어로 자기소개를 했다.

엄마는 나를 부끄러워할지 모르겠지만 적어도 난 기본예절은 안다. 미국인에게는 생소한 한국 문화만의 적절한 행동 양식이 있다. 어릴 적 부모님의 주입식 교육이 없었다면, 고개 숙여 인사하고 정중히 자기를 소개하는 문화는 마치 트위스터(Twister, 돌림판의 지시에 따라 손발로 원을 짚으며 몸을 움직이는 보드게임—옮긴이)를 하며 저글링하듯 어색한 일처럼 느껴졌을 터였다.

"안녕하세요, 스카이. 여기 보니까 노래와 춤 둘 다 한다고 쓰여 있네요. 맞나요?"

장보라가 말했다. 목소리가 TV에서보다 살짝 높지만 여전히 듣기 좋았다.

장보라의 입술이 살짝 실룩거렸다. 미묘했지만 괜히 오기가 생겼다. 무대로 걸어 나올 때 보았던 관중의 반응 때문에 라나와 대화하며 느낀 편안함은 사라진 지 오래였다. 거기에 장보라의 비웃음까지 더해져 남아 있던 평정심이 와르르 무너졌다. 그 눈빛은 벌써 나를 조롱거리로 여기고 있었다.

'좋아. 틀렸다는 걸 증명해 보일 사람이 하나 더 늘었네. 목록에 추가.'

나는 생각했다.

"네, 춤 먼저 추고 노래할게요. 준비되면 시작하겠습니다."

나는 활기찬 목소리로 말했다. 일단 태연하게 넘어가야 했다.

무대 담당자가 내 마이크를 받아들자 모두 나를 바라보며 숨죽여 기다렸다.

박태석이 고개를 끄덕이고는 손을 들었다.

춤곡의 시작 비트가 객석에 거침없이 울려 퍼졌다. 음악이 온몸의 세포를 깨우며 나를 압도했다. 심장 소리가 밖으로 들리지 않아 다행이었다. 그 무엇도 나의 열정을 방해할 수는 없다. 미친 듯이 날뛰는 내 심장조차도.

'뚱뚱한 여자애들은 춤 못 춰.'

엄마의 말이 고장 난 음반처럼 머릿속에서 반복됐다.

'봐, 엄마. 엄마가 틀렸다는 걸 보여 줄게.'

나는 앞으로 점프하며 리듬에 몸을 맡겼다.

3

춤추는 순간 나는 다른 사람이 된다. 조금 전 무대에 오를 때만 해도 초조하고 긴장됐다. 지금은 뇌에서 근육과 귀를 담당하는 부분 외의 모든 기능이 전부 꺼진 느낌이다. 음악과 팔다리의 힘차고 과감한 움직임만 남았다. 다른 것은 없다.

무대에서 이 안무를 춰 본 적은 없지만 나무 바닥에 발을 구르고 공간을 휘저으며 금세 적응했다. 내가 고른 강력한 걸그룹 음악에 맞춰 팔을 위아래로 흔들었다. 심장 소리가 들리지 않아도 느낄 수 있었다. 에너지가 머리부터 발끝까지 들끓어 심장이 폭발할 듯했다.

처음에 관중은 쥐 죽은 듯 고요했다. 놀라 당황한 기색이 역력했다. 그러나 후렴구에 접어들자 하나둘씩 환호하며 뜨거운 함성을 터뜨렸다. 내 안의 불씨가 타올랐다. 나는 조금 전 나를 보며 비웃던 남자아이들을 힐끗 보았다. 그들의 얼굴에 웃음기가 사라져 있었다. 여전히 얼빠진 채로 심장 마비라도 일어난 듯한 표정을 지었다.

춤 동작을 마무리하려는데 박태석이 손을 들어 올렸다.

음악이 뚝 끊겼다. 나는 재빨리 중심을 잡아 두 발로 섰다. 숨을 헐떡이며 땀이 흐르는 채로 심사위원이 입을 열 때까지 눈을 똑바로 쳐다보았다.

곧이어 평가가 시작되었다. 박태석은 의자에 몸을 기대며 마이크를 집었다.

"스카이, 언제부터 춤을 췄나요?"

박태석이 한국어로 물었다.

무표정이라서 생각을 종잡을 수 없었다.

"세 살부터요."

나는 무대 담당자에게 마이크를 건네받아 대답했다.

박태석이 눈썹을 치켜올렸다.

"대단하군요. 이제 노래 부를 건가요?"

내가 끄덕였다.

나는 마이크를 꼭 쥐며 관중을 바라보았다. 모두 나에게 집중하고 있다. 비웃음과 충격이 뒤섞인 수많은 얼굴들이 나를 향했다.

날카로운 전주 음이 객석에 퍼졌다. 빠르고 폭발적인 춤곡과 달리 나의 음역을 보여 주기 위해 특별히 느린 곡을 선택했다. 느린 곡은 늘 모 아니면 도지만 흥미로운 곡으로 골랐다. 잔잔하게 시작해 후렴에서 시원하게 터지는 1980년대 한국 록 음악이다.

전주가 흘러나오자 나이 든 관중들이 곡을 알아차리고 자세를 고쳐 앉았다. 박태석이 또 눈살을 찌푸렸다. 장보라는 반응을 보이지 않았지만 개리는 놀란 듯 의자 앞으로 몸을 기울였다.

가족끼리 노래방에 갔을 때 술 취한 아빠가 불러 처음 듣게 된 노래다. 아빠는 안 올라가는 고음을 억지로 질러 죽어 가는 익룡 소리를 냈다. 아빠가 음치는 아니다. 개중에 제일 잘 불렀다. 다만 원곡이 한국 최고 헤비메탈 가수의 노래라 너무 어려웠을 뿐이다.

아빠와 달리 나는 고음을 잘 뽑는다. 특히 지난 몇 달간 꾸준히 연습하면서 실력이 많이 늘었다. 심장이 다시 쿵쾅거렸지만 적어도 학교 연습실에서 하던 만큼은 부르고 싶었다.

노래를 시작하자 기대에 찬 관중의 얼굴이 서서히 흐려지더니 엄마와 합창 오디션에 다니던 시절이 떠올랐다. 엄마는 노래만큼은 꾸준히 지지해 주었다. 모든 오디션을 따라다니며 합창단 도우미까지 자청했다. 처음 발레 발표회 몇 번을 제외하면 지난 13년간 춤 오디션에는 코빼기도 안 비친 것과 극명히 비교되었다.

하지만 나는 엄마가 합창 오디션에 오는 게 싫었다. 올 때마다 꼭 이런 말들을 해서였다. '있잖아, 통통해서 좋은 점도 있어. 아델처럼! 뱃살에서 가창력이 나오나 봐.' 혹은, '하늘아, 신이 네게 뚱뚱한 몸을 주신 이유가 있을 거야. 춤은 그만두고 합창에 집중하지그래.'

나는 엄마 말에 대꾸할 용기가 없었다. 경험상 상처 주는 말들만 돌아올 뿐이었다. 결국 엄마가 말을 멈출 때까지 '응'만 되풀이했다. 한 마디 한 마디가 뾰족한 바늘처럼 내 살을 찔러댔다.

'그만.'

나는 다시 현재로 돌아왔다. 심호흡을 하며 내 목소리가 반주의 요란한 기타와 드럼 소리를 뚫고 나가도록 시동을 걸었다. 엄마의 말로 인한 좌절과 상처를 연료 삼아 폭발적인 고음을 냈다. 이 노래를 부르기 위해 태어난 것처럼.

관중이 낮게 탄성을 터뜨렸다. 멍하니 나를 바라보는 시선들이 무대까지 느껴졌다. 심지어 우는 사람도 있었다.

눈을 감고 음악에 완전히 몰입하려는 순간 객석에서 카메라 플래시가 터졌다. 나를 찍는 게 아니었다. 관객들은 객석에 앉아 나를 보는 헨리 조를 향해 휴대폰을 들이밀고 있었다.

플래시까지 켜고 헨리 사진을 찍다니. 내 무대 중에. 무례하다.

헨리는 아랑곳하지 않고 오직 나에게 집중했다. 눈살을 찌푸린 채 슬픈 눈으로 음악의 감성에 한껏 젖어드는 듯했다. 그와 눈이 마주치자 나는 눈길을 돌렸다. 얼굴이 시뻘겋게 달아올랐다.

박태석이 손을 들었다. 다시 음악이 끊겼고 나는 심사위원의 표정에 집중했다.

개리 킴의 얼굴은 환한 반면 박태석과 장보라는 여전히 무표정이었다.

나는 주먹을 꽉 쥐었다. 오디션이 끝났다. 좋은 반응이 바로 나오지 않아 실망스러웠다.

"와! 훌륭한 무대였습니다. 여러분, 스카이에게 다시 한 번 박수 부탁드립니다!"

데이비가 무대 위로 올라와 내 앞에 섰다.

사람들은 환호했다. 그러나 박수가 점점 잦아들었다. 심사위원의 반응이 어쩐지 시큰둥했다.

장보라가 먼저 검붉은 입술에 마이크를 살포시 갖다 대며 말을 시작했다.

"스카이? 실력은 좋은데 살 뺄 생각 해 봤어요? 걸그룹 멤버로 5년간 활동한 사람으로서 말씀드리면, 카메라에는 5킬로그램쯤 더 쪄 보이게 나오거든요. 좀 통통하신 거 같아서요."

객석에서 수군거리는 소리가 들렸지만 아무도 야유하거나 반발하지 않았다. 서양 오디션이었다면 어땠을지 상상해 보았다. 아델이나 수잔 보일Susan Boyle이 TV에서 뚱뚱하다고 망신당한 적이나 있을까.

피가 들끓었다. 당혹스러운 동시에 분노기 차올랐다.

나는 마이크를 바짝 대고 또박또박 말했다.

"아니요. 안 해 봤어요. 살 빼는 조건으로 오디션을 통과한다면 참가하지 않겠어요."

내가 대답했다.

수군대는 소리가 더 커졌다. 잠시 여기에 나온 걸 후회했다. 사람들이 나를 진지하게 받아들이지도 않는데 괜한 노력을 쏟은 기분이었다.

객석의 긴장감이 피부에 와 닿을 때쯤 박태석이 입을 열었다.

"음, 자신감은 존중하지만 장보라 씨 의견에 동의해요. 다른 이유로요. PTS엔터테인먼트 대표로서 저는 수많은 연습생들을 스타로 만들었어요. 하지만 실패하는 경우들도 지켜봤죠. 케이팝 스타가 되려면 자기 관리와 고된 훈련이 필수예요. 연예계에 본인처럼 뚱뚱한 사람은 아무도 없어요. 있다 해도 오래가지 못했죠. 안타깝지만 사실이에요. 살 빼기 싫은 특별한 이유라도 있나요?"

심사위원들이 기대에 찬 눈으로 나를 바라보았다. 순간 거실에서 엄마와 함께 〈넌 나의 샤이닝 스타〉와 비슷한 오디션 프로그램을 보던 때가 떠올랐다. 명예와 영광에 환장하는 엄마 덕분에 오디션 프로그램이 방영될 때마다 같이 보는 게 일종의 모녀간 전통이었다. 엄마는 늘 일하느라 바빴기에 함께하는 이 특별한 시간이 기다려졌다. 가끔씩 살 빼는 데 '동기 부여'가 되도록 몇몇 참가자들을 콕 집어내기는 했지만.

"하늘아, 저 여자애 좀 봐! 진짜 예쁘지 않아? 인기 많네! 너도 저렇게 될 수 있어. 운동을 늘리고 먹는 양을 줄이는 방법만 알아내면 돼!"

엄마는 이렇게 말했다.

매번 화장과 패션 감각이 완벽한 마른 여자아이를 지목했다. 나와는 딴판인 빼빼로 같은 아이.

하지만 7학년 때 모든 것이 바뀌었다.

나는 천천히 숨을 내쉬며 입을 열었다.

"몇 년 전 7학년 때 〈넌 나의 샤이닝 스타〉와 비슷한 오디션 프로그램에서 뚱뚱한 여자애가 우승했어요. 저처럼 뚱뚱한 여자애들도 꿈을 이룰 수 있다는 희망이 생겨 기뻤어요. 그런데 데뷔 후 1년 사이 점점 변해 가더라고요. 인스타그램 게시물과 기사 사진, TV 출연 영상마다 말라 가는 게 보였어요. 그러던 어느 날 영양실조와 탈진으로 입원했다는 속보가 떴죠. 인터뷰에서 '팬들과 가수 활동'을 위해서였다고 말했어요. 엄마는 제가 '조금만 더 노력하면' 된다는 걸 알려주려고 그 애를 본보기로 삼았고요. 그 후로 저는 케이팝 오디션에 나가서 잘되더라도 절대 제 자신을 바꾸지 않겠다고 다짐했어요. 그래서 여기에 나왔어요. 저는 사람들한테 모델처럼 깡마른 모습을 보이려다가 결국 입원까지 하면서 자신을 몰아붙이지 않아도 된다는 걸 보여 주고 싶었어요. 그 여자애한테 실망해서 제가 직접 나서기로 한 거예요."

내 말이 끝나자 모든 관객이 조용해졌다.

장보라가 반박하려는 듯 입을 열자 개리가 마이크를 잡았다. 내 내 말이 없어 심사위원이 셋이라는 걸 까먹을 뻔했다.

"음, 재능이 뛰어나요. 저는 합격입니다. 연예계가 특정한 몸매만

추구하는 건 사실이지만 이제 바뀔 때도 된 거 같네요!"

개리가 나를 향해 활짝 웃으며 말했다.

그러고는 앞에 있는 동그란 버튼을 쾅 눌렀다. 내 머리 위로 불꽃이 솟아올랐다.

몇몇 사람들이 환호했다.

옆에서 장보라가 눈을 굴리며 중얼거렸다.

"너무 미국인 같네요."

그러고는 나를 날카롭게 쏘아보았다.

"죄송합니다. 저는 불합격이에요. 상처 주려는 게 아니라 현실을 짚은 거예요. 그렇게까지 살찐 건 자기 관리 부족이에요. 케이팝 스타가 되려면 자기 관리는 필수죠. 무 다리는 안 돼요."

'내 말을 귓등으로 들었나?'

나는 반박하지 않으려고 입술을 깨물었다. TV에 나오는데 이러면 안 된다. 장보라에게 소리치며 반발하는 내 모습을 한국을 비롯해 세계 곳곳에서 보게 될지 모른다. 그래서 나는 대답 대신 억지로 고개를 끄덕였다. 내가 취할 수 있는 최대한의 예의였다.

모두가 박태석을 바라보았다. 그는 또 눈살을 찌푸렸지만 웃긴 농담을 들은 듯이 살짝 미소를 띠었다.

"어, 이런. 저한테 달렸네요."

박태석이 말했다.

나는 침을 꼴깍 삼켰다. 손이 떨렸지만 긴장한 티를 내지 않으려고 했다. 오디션이 방송되면 엄마가 겁먹은 내 얼굴을 지적할 터였다. 만약 방송을 보기라도 한다면.

박태석이 말을 이었다.

"제게 어려운 문제를 안겨 주셨네요, 스카이. 한편으로 용감하고 분명 재능이 있어요. 개리의 소견에 동의합니다. 그런데 장보라 씨 말에도 공감해요. 연예계에서 얼마나 혹독한 자기 관리가 필요한지 눈앞에서 봤거든요. 우리는 어쩔 수 없이 아티스트들을 밀어붙여요. 한국에서뿐만 아니라 세계적인 슈퍼스타가 되기를 원하니까요. 아까 말했듯이 아무나 감당할 수 없어요. 사실 대부분이 실패하죠. 무대 위에서 뚱뚱한 여성분이 스스로 감당할 수 있다고 말하는 걸 들은 게 처음이 아니에요. 대개 연습 도중에 포기해요. 본인은 다르다고 어떻게 장담하죠?"

"저는 포기 안 해요."

나는 두 손으로 마이크를 꽉 쥔 채 박태석을 설득할 말을 떠올렸다.

"포기하면 여태껏 엄마가 했던 말이 맞았다는 걸 인정하는 셈이거든요. 그럴 일 절대 없어요."

고민 끝에 내가 말을 이었다.

"엄마 말이라니요?"

"뚱뚱한 여자애들은 춤을 못 춘대요. 뚱뚱한 여자애들은 다른 사람들처럼 무대 위에서 끝내주게 춤추지 못할 거래요. 방금 저 보셨죠. 잘 추잖아요. 직접 말씀하셨죠. 그러니까 기회를 주세요. 오늘보다 훨씬 잘할 수 있어요. 아직 새 발의 피도 못 보셨다구요."

박태석의 입꼬리가 씰룩거렸다. 미소 같았다.

"그래요?"

나는 끄덕였다. 할 말은 이미 다했다. 영혼이 탈탈 털린 듯이 머리와 심장이 텅 빈 느낌이었다.

장보라는 그 옆에서 고개를 절레절레 저었다. 둘은 한참 동안 속삭였다. 박태석이 얼굴을 찡그리자 심장이 쿵 내려앉았다. 마침내 박태석이 얼굴을 들었다. 나는 최악을 예상하며 마음을 단단히 먹었다.

박태석이 말했다.

"어머니가 틀렸다는 걸 보여 주셔야겠네요, 스카이. 〈넌 나의 샤이닝 스타〉에 합격하셨습니다."

그러고는 앞에 있는 버튼을 쾅 눌렀다. 잠시 동안 눈앞에 밝은 불빛만 어른거렸다.

4

나가는 길에 아직 보컬 줄 앞에 서 있는 라나와 마주쳤다.

"완전 멋졌어. 줄 선 사람들 다 응원했다니까. 다들 화면에서 눈을 못 떼더라! 그리고 마지막 멘트 있지? 대박이야. 미리 연습하고 온 거야? 예고편 각이던데."

라나가 눈을 번뜩이며 말했다.

"아냐. 횡설수설했는데 뭘. 예고편은 무슨. 아마 15분짜리 헨리조 영상만 나갈걸."

내가 말하자 라나는 코웃음을 쳤다.

"그런가. 너 간 다음에 어땠는지 봤어야 돼. 다들 헨리를 맨 앞으로 보내려고 난리였다니까. '자리 맡아 뒀다'고 친한 척하면서. 다행히 헨리가 객석에서 대기하겠다며 갔어. 한심해서 정말."

"웩. 나는 아침 7시부터 줄 섰는데."

"그러니까. 합격해서 다행이야! 티파니랑 나도 밖에서 한참 줄서서 기다렸어. 그래도 번갈아서 화장실은 갔지만."

파란 머리 아이의 이름이 티파니라는 걸 깨닫는 순간 주머니에서 휴대폰이 진동했다. 발신자는 '엄마'.

"나 가야겠다. 오디션 잘 보고 연습 때 꼭 만나자!"

내가 말했다.

"잘 가. 꼭 만나면 좋겠다. 우리 번호 교환할래? 나도 합격하면 문자할게. 방송은 10월에 하니까."

라나가 껌을 씹으며 말했다.

"좋아."

나는 라나에게 휴대폰을 건넸다. 라나가 합격하면 오디션에서 친구 한 명이라도 얻는 셈이다. 〈넌 나의 샤이닝 스타〉 같은 치열한 오디션에서 제대로 된 친구를 사귀기는 힘들겠지만, 혼자가 아니라는 사실에 안도감이 들었다.

게다가 라나의 예쁜 외모에 나의 양성애 심장이 두근거렸다. 부모님이 여자를 사귀어도 된다고 허락한다면 정말로 연애하고 싶은 상대였다.

그때 손톱을 검게 칠한 손이 라나의 손에서 내 휴대폰을 잡아챘다. 손의 주인은 파란 머리 아이였다. '티파니'. 머리가 기억해 냈다.

"뭐야? 라나, 너 바람피우는 거 아니지?"

티파니는 농담조로 말하면서도 매서운 눈빛으로 나를 째려보았다.

"당연히 아니지, 자기야. 티파니, 애는 스카이. 스카이, 애는 티파니야. 내 여자 친구."

라나가 티파니의 볼에 살짝 입을 맞췄다.

티파니는 라나의 어깨에 팔을 두르며 우쭐한 미소를 지었다. 질투할 타이밍이건만 이 생각이 들 뿐이었다. '세상에, 나처럼 퀴어queer라니!'

나는 환하게 웃었다. 티파니는 의외의 반응에 당황한 표정이었다. 하지만 주체할 수 없을 만큼 기뻤다. 학교 성소수자 모임에 퀴어 여자아이들이 많긴 하지만 동양인은 나뿐이어서, 어딘가에 있을 동양인 퀴어 여자들을 찾게 될 거라는 희망을 내려놓으려던 참이었다.

"만나서 반가워."

나는 엉큼한 목소리를 억누르며 말했다. 그나마 음흉한 미소는 거두어 다행이었다.

티파니가 팔짱을 끼며 말했다.

"뭐야, 이 반응?"

라나도 말은 안 했지만 궁금한 눈치였다.

"우리 학교에서 동양인 퀴어 여자애들을 본 적이 없거든. 커밍아웃을 안 했거나. 미안, 이상해 보일 수도 있겠지만 나 같은 사람들을 만나서 너무 좋아. 드디어 만나다니."

내가 말했다.

라나는 입술을 깨물었다. 처음으로 초조해 보였다.

"아, 우리도 완전 밝히지는 않았어. 그러니까 우리 친구들이랑 가족들은 다 아는데 제대로 커밍아웃을 한 건 아니야. 여기서도 할 수 있을지 모르겠고."

라나가 말했다.

"잠깐, 그럼 나한테는 왜 말했어?"

라나가 어깨를 으쓱했다.

"너는 믿음이 가서. 그리고 날 보는 네 눈빛 말야, 이성애자 느낌이 아니었어."

"이런."

라나와 티파니가 깔깔댔다. 쑥스러웠지만 같이 웃었다. 내가 라나에게 눈길을 보낸 건 사실이니까.

그때 직원이 라나의 이름을 불렀다.

라나가 심호흡을 하자 티파니가 꼭 안아 주었다.

"잘해, 자기. 다 죽이고 와."

라나가 티파니를 향해 싱긋 웃고는 무대로 가면서 우리 둘에게 살짝 손을 흔들었다.

나도 손을 흔들어 주었다.

"잘해!"

휴대폰이 다시 진동했다. 티파니가 내게 휴대폰을 돌려주었다.

'이런.'

엄마를 잊고 있었다.

나는 티파니에게 인사를 하고 혼잡해진 건물에서 서둘러 나왔다. 내가 왔을 때보다 줄이 10배는 더 길었다.

"하늘아? 학교에서 전화 왔어. 오늘 네가 안 왔다고. 무슨 일이야? 어디니?"

내가 전화하자 엄마는 걱정되어 흥분한 목소리로 말했다. 내 한국 이름을 부르는 사람은 엄마뿐. 아빠를 포함한 다른 사람들은 모두 스카이라고 부른다.

나는 한숨을 쉬었다. 자, 갑니다.

"오디션 보고 나왔어."

내가 말했다. 어차피 알게 될 테니까.

정적이 흘렀다.

"〈넌 나의 샤이닝 스타〉 나갔어?"

"어떻게 알았어?"

"손님들이 얘기하더라고. 지난 몇 주 동안 예약자가 갑자기 늘었거든. 다들 오디션 나가기 전에 피부 관리 받더라."

"아."

"그래서? 합격했어?"

순간 거짓말할까 고민했다. 오디션의 여파가 남아 있어서 지금은 엄마와 이야기하고 싶지 않았다. 하지만 지금 사실을 말하지 않으면 나중에 피곤해질 거다. 매주 연습에 참가해야 하니까. 그래서 천천히 내뱉었다.

"응."

"와, 하늘아! 내가 너 목소리 좋다고 했잖아. 한국의 아델이 되겠어!"

엄마가 말했다. 진심으로 기뻐하니 당황스러웠다.

나는 움찔했다.

"노래만 본 거 아니야. 춤도 지원했어. 둘 다 합격이야."

내가 말했다.

또 정적. 보통 부모들이라면 더 자랑스러워할 것이다. 하나보다 둘 다 합격하는 게 더 어려우니까. 하지만 엄마는 '네가 자랑스러워'라거나 '축하해'라는 말을 하지 않았다. 대신 이렇게 말했다.

"그렇구나."

조금 전의 쾌활하고 다정한 목소리와는 딴판이다. 무서우리만큼 단조로운 말투. 내게 소리 지르기 직전의 목소리였다. 하지만 소리치지 않았다. 아무 말도 없으니 엄마의 표정을 직접 보고 싶어졌다.

"엄마 작업실로 갈게. 도착하면 얘기하자. 이제 지하철 타려고."

엄마가 별말이 없기에 내가 말했다.

"그래. 곧 봐."

엄마는 오디션을 그만두라고 얘기할 터였다. 목소리에서 그 기운을 느꼈다. 하지만 나는 틈을 주지 않고 전화를 끊은 뒤 지하철역 계단을 뛰어 내려갔다.

엄마 작업실은 한 정거장 거리였다. 하지만 오늘처럼 찜통 같은 날씨에는 가까운 곳에 가기도 힘겹다. 지하철역은 나처럼 땀 흘리며 지쳐 보이는 사람들로 가득했다. 지린내가 나는 데다 의자가 끈적끈적해서 열차가 올 때까지 서서 기다렸다.

엄마는 LA에서 잘나가는 피부 관리사다. 친인척부터 유명 연예인에 이르기까지 모든 이의 얼굴 마사지와 화장은 전부 엄마가 담당한다. 엄마는 이렇게 주 6일 간 매일 12시간씩 일한다. 몇 년 전아빠가 일자리를 잃은 뒤로 가족을 부양하는 일은 엄마의 몫이 되었다.

그래서 한편으로는 엄마가 내 외모에 집착하는 이유를 안다. 사람들을 더 예뻐지게 하는 직업이니까. 그래도 엄마가 있는 그대로의 나를 예쁘게 보지 않아 씁쓸했다.

오후 5시, 지하철역에서 엄마 작업실로 향했다. 여전히 덥고 습했다. 안으로 뛰어 들어가 얼굴에 에어컨 바람을 쐬니 천국이 따로 없었다.

"어서 오세요!"

엄마의 비서 샐리가 쾌활한 한국어로 나를 맞이했다. 샐리는 나를 보자마자 여동생을 걱정하는 듯한 표정을 지었다. 나는 외동딸이지만, 샐리는 엄마 밑에서 일한 5년 중 처음 2년간 나를 돌보아 주었기에 나에게는 언니나 다름없었다.

"스카이, 괜찮아? 밖에서 걸어 다닌 건 아니지? 오늘 37도 찍었던데!"

"맞아."

내가 끙 소리를 내며 말했다.

"진짜 〈넌 나의 샤이닝 스타〉 오디션 봤어? 학교에서 전화 와서 엄마 바꿔드렸는데!"

나는 더 이상 말할 힘이 없어 고개만 끄덕였다. 머리가 핑 돌아 대기실 소파에 털썩 주저앉았다. 편안하다. 처음 샀을 때처럼 천의 감촉이 부드럽고 매끈했다. 아직 땀이 뚝뚝 흘러 자국이 남을 수도 있다는 걸 뒤늦게 깨달았지만, 샐리도 별로 신경 쓰지 않는 데다 너무 힘들어서 일어나고 싶지 않았다.

"합격했어?"

나는 다시 끄덕였다. 엄마가 말하지 않았다니 조금 의아했다. 창피해서 아무에게도 말하지 않을 셈인가. 머리가 아파 눈을 감았다.

"자, 여기."

샐리의 목소리와 함께 손에 차가운 기운이 느껴졌다. 눈을 떠 보니 샐리가 시원한 물을 내밀고 있었다.

"엄마는 지금 마지막 손님 보고 계셔. 물 좀 마시고 있어. 안색이 안 좋아 보여."

순간 언짢았다. 미국 영화나 한국 버라이어티 쇼에서는 종종 '땀 나는 뚱뚱한 아이'를 조롱거리로 삼는다. 특히 한국 방송에서는 사람들의 얼굴에 컴퓨터로 땀방울을 그려 넣고는 웃음소리를 곁들인다. 몸집 때문에 헉헉대는 뚱뚱한 사람들의 모습을 이용해 시청자들을 웃긴다. 나는 내 몸이 부끄럽지 않다. 물론 마른 사람도 나처럼 푹 찌는 날씨에 땀이 날 수 있지만, '안색이 안 좋아 보인다'는 샐리의 말에 괜히 심사가 뒤틀렸다.

나는 물을 벌컥벌컥 들이켰다. 너무 빨리 마시는 바람에 숨이 찼다.

"와, 그 정도야?"

나는 끄덕였다. 마지막 말이기를 바랐다. 샐리를 사랑하지만, 가끔은 질문이 너무 많다. 나는 소파에 고개를 뒤로 젖힌 채 눈을 감고 자려는 척 했다.

"하늘아?"

엄마 목소리에 눈을 떴다. 정말 잠들어 버렸다.

"더워서 탈진했나 봐요."

샐리가 그렇게 말하고는 재빨리 물을 더 가져다주었다.

이번에는 일부러 천천히 마셨다. 엄마와의 대화를 최대한 미루고 싶었다.

어떤 면에서 엄마와 나는 판박이 같지만 완전히 다른 면도 있다. 우린 둘 다 동그란 진갈색 눈과 작고 둥근 코, 검은 반곱슬 머리카락을 가지고 있다. 그런데 엄마는 아담한 반면 나는 아빠처럼 건장한 체격이다. 엄마는 자연스러운 검은색 아이라이너에 고급스러운 분홍색 립스틱을 바른다. 잘 꾸미는 동양 여성처럼. 하지만 나는 주로 연분홍 립글로스를 바르고 마스카라만 가볍게 한다. 하지만 오늘은 무대를 위해 빨간 립스틱을 바르고 화장을 진하게 했다.

화장을 생각하자 한숨이 나왔다. 땀을 흥건히 흘린 탓에 반쯤 녹은 광대처럼 보였을지도 모른다.

엄마는 샐리의 책상에서 나무 의자를 가져와 내 앞에 놓고 앉자마자 말했다.

"그래. 학교 빠지고 케이팝 오디션을 보러 갔단 말이지? 아니, 가기 전에 나한테 말하지 그랬어. 엄마가 학교에 미리 물어봤을 텐데."

"오디션 못 보게 했을 거잖아. 특히 춤은."

내가 딱 잘라 말했다.

"참."

엄마는 콧방귀를 뀌면서도 부정은 안 했다.

"엄마는 네가 TV에서 망신당할까 봐 그러지. 제발, 하늘아. 네가 그렇게 입고 무대를 휘젓고 다닌 거 보면 캐런 이모가 뭐라고 하겠어."

엄마는 내 옷을 가리키면서 잠시 말을 멈췄다.

"한국에 있는 다른 이모 고모 들은 어떻고!"

'아, 내 모습이 창피해서 한국에 만나러 가지 못하게 하는 이모 고모 들?'

불쑥 대꾸하고 싶었지만 입 밖으로 내뱉지는 않았다.

미국에 이모라고 부르는 엄마 친구들은 많지만, 사춘기가 된 후로 직접 만나지 못한 진짜 이모와 고모 들도 많았다. 나는 이모와 고모 들을 만나러 한국에 가도 되냐고 수없이 물었지만, 엄마는 매년 말도 안 되는 변명만 늘어놓았다. 머지않아 나는 진짜 이유를 알아냈다. 엄마는 내가 부끄러웠던 것이다. 정확히는 내 몸무게가.

평소에는 그냥 눈 딱 감고 엄마가 말하게 내버려 둔다. 하지만 오늘은 장보라 일도 그렇고 더는 참을 수 없었다. 나는 엄마 눈을 똑바로 쳐다보며 말했다.

"내 옷이 뭐 어때서. 그냥 스포츠 브라랑 레깅스인데."

원래 무대에 설 때는 더 화려한 의상을 입지만 오늘은 관객이 나와 내 무대에 집중하기를 바라는 마음으로 내가 좋아하는 플러스 사이즈 브랜드인 토리드^{Torrid}에서 검은색 스포츠 브라와 레깅스 세트를 골랐다. 입었을 때 날렵하고 섹시해 보이는 옷이었다. 땀 사태가 일어나기 전까지는. 뚱뚱한 사람이 꽉 끼거나 노출 있는 옷을 입는 걸 '부적절'하다고 여기는 엄마 같은 사람들의 생각까지 어찌할 수는 없다.

"그 방송 미국이랑 한국 말고도 전 세계에서 다 보잖아. 누가 너 춤출 때 팔뚝 살이랑 산타처럼 출렁이는 뱃살 볼까 신경 안 쓰여?

적어도……."

바닥에 무언가 쨍그랑 떨어지는 통에 샐리가 소리쳤다.

"어머!"

엄마와 내가 돌아보자 샐리는 멋쩍게 웃었다.

"죄송해요."

유리 조각이 발 주위로 흩어졌다. 물이 사방에 튀어 카펫에도 스며들었다.

"샐리, 조심하지! 다쳤어?"

엄마가 샐리에게 관심을 돌리는 바람에 나는 잠시 잊었다.

"괜찮아요. 죄송해요, 사장님. 얼른 다 치울게요."

샐리가 대답했다.

화장실에 휴지를 가지러 가면서 내게 윙크를 하는 샐리에게 고마운 눈빛을 보냈다.

엄마는 우리의 은밀한 눈빛 교환도 알아채지 못한 채 몸을 수그리며 말했다.

"내가 도와줄게."

엄마와 샐리가 치우는 동안 나는 천천히 숨을 가다듬었다. 엄마가 입을 연 뒤 처음으로 숨통이 트였다. 나도 도와주려고 일어났지만 엄마가 고개를 저었다.

"다했어. 그렇게 많이 안 흘렸어. 하늘아, 넌 중요한 문제나 좀 생각해 봐. 그 오디션 말이야. 지금이라도 전화해서 영상 없애 달라고 하면 안 돼?"

샐리는 휴지통에 유리 조각을 버리러 갔다가 그 자리에서 얼어붙었다. 엄마의 속내를 몰라 나도 가만히 있었다. 그냥 내버려 두면 안 되나? 안 되겠지, 그럼. 엄마가 누군데. 나는 엄마가 어떤 사람인지 정확히 안다.

"싫은데. 나 잘했어. 노래랑 춤 다 합격했다고. 외모 때문에 실력을 보지도 않으면 그 사람들 손해지."

내가 말했다.

"그래도 하늘아, 합격했다고 다 영상 내보내야 되는 건 아니잖아."

나는 엄마를 향해 몸을 휙 돌렸다.

"내보내지, 엄마. 합격한 사람들 영상은 다 내보내. 올해 오디션 참가자들 수천 명 중에 상위 1퍼센트만 합격시켜. 그냥 좀 자랑스러워하면 안 돼?"

나는 수천 명 중 대부분이 예선에서 탈락한다는 사실은 말하지 않았다. 아빠 없이는 예선을 못 봤을 테니까. 나 때문에 엄마가 아빠한테 화내는 긴 더 싫다.

"난……."

엄마가 더듬거리더니 다시 입을 열었다.

"나도 자랑스러워. 단지 네가 외모에 좀 더 신경 쓰면 좋겠다는 거지. 정말 사람들한테 웃음거리가 돼도 상관없어?"

나는 오늘 아침 화장실 거울 앞에서 몇 시간 동안 서 있었던 순간을 떠올렸다. 오늘은 특별한 경우였다. 전에는 틈만 나면 거울 앞에 서서 나 자신을 '고치고' 싶은 충동에 휩싸였다. 볼 때마다 뭔가 마음에 안 들었다. 이유는 알 수 없었다. 엄마 소원대로 마르거나 예뻐지고 싶은 건 아니었다. 그저 전부 못나 보였다. 그토록 외모에 신경을 많이 쓰던 나였다.

나는 마음을 가다듬고 낮은 목소리로 말했다.

"내 외모는 하나도 중요하지 않아. 웃고 싶으면 웃으라지. 어쨌든 이길 거니까. 집에 갈게. 사유서 쓰기 싫으면 안 써 줘도 돼. 무단결석 한 번은 괜찮거든."

문에 다다르자 뒤에서 사각거리는 소리가 들렸다.

"여기, 결석계 갖다 내. 그리고 기다려. 일 끝났으니까 차 타고 같이 가자. 차에 가서 기다려."

엄마가 말했다.

엄마는 서명한 종이를 평화 조약처럼 내밀었다.

건네받으면서 딱히 할 말이 없어 짧게 대꾸했다.

"고마워."

"뭐 좀 먹었어?"

엄마가 난데없이 물었다. 방금 전까지 뚱뚱하다고 구박하더니 무슨 말이람. 당황스러워 납득할 시간이 필요했다. 한국인들이 서로 안부를 살필 때 흔히 식사 여부를 묻기는 하지만 지금 상황에는 영

맞지 않다.

"아니, 집에 가서 먹으려고."

내가 말했다.

"알았어. 끼니 거르면 안 돼, 하늘아. 여기는 북한이 아니잖아. 가난하고 굶주린 아이들에 비해 네가 얼마나 행운아인지 생각해 봐."

"알겠어."

나는 이를 악물고 대답했다. 한국 엄마들은 짜증난다. 살 빼라고 할 때는 언제고 이제는 안 먹는다고 잔소리라니.

엄마는 고개를 살짝 끄덕이고는 문을 닫았다.

5

"그래서 엄마가 그만두라고 했다고?"

다음 월요일 등굣길에 아빠가 물었다.

휴대폰에 이어폰을 꽂고 아빠와 페이스타임을 하는 중이었다. 매주 월요일 학교 가기 전에 나누는 통화다. 동네가 조용해서 차에 치이거나 치일 뻔한 적도 없다. 아직까지는.

요즘 베이 에리어^{Bay Area}에서 일하는 아빠는 기껏해야 격주로 주말에 집에 온다. 새너제이^{San Jose}까지 비행기를 타고 내려가야 되기 때문이다. 가끔 보고 싶을 때도 있지만 매주 통화하는 걸로도 충분하다.

"응. 내가 춤 오디션도 봤다고 했을 때 엄마 목소리를 들었어야 돼. 내가 누구 죽였다는 말이라도 들은 것처럼 반응하더라니까."

내가 말했다.

아빠가 낄낄댔다.

"엄마가 원래 좀 그렇잖아, 스카이. 네가 합격해서 너무 자랑스럽다. 보컬이랑 춤 둘 다."

"고마워, 아빠."

아빠 말 덕분에 상처가 조금 가셨다. 다만 아빠는 거의 집에 없고, 내가 매일같이 상대해야 하는 사람은 엄마라는 점이 아쉬웠다.

아빠가 말했다.

"엄마는 우리와는 다른 문화에서 자랐잖아. 그건 이해하지?"

"응."

아빠는 늘 이 말을 한다. 꼭 의무인 것처럼. 우리 둘과는 달리 엄마가 한국에서 니고 자랐다는 점을 계속해서 상기시킨다. 엄마는 불경기 때 기대치가 하늘을 찌르는 부모님 밑에서 성장했다고 한다. 우리 가족이 다 같이 살 때는 내게 뚱뚱하다고 지적하는 엄마에게 아빠가 한소리 하곤 했다. 그러나 따로 산 뒤로 아빠는 '평화 유지'에 더욱 힘썼다. 가뜩이나 함께하는 시간이 부족하니 잘 지내고 싶은 듯했다.

"학교 거의 다 왔어."

내가 말했다. 반쯤 사실이었다. 아직 몇 분 정도 더 가야 하지만, 지금 선 곳에서 학교의 스페인 양식 붉은 지붕이 보였다. 게다가 아빠가 그 사실을 알 길도 없다. 나는 얼굴만 보이도록 휴대폰을 바짝

당겼다.

"알았어, 그럼. 다음에 얘기하자. 아빠도 일하러 가야 돼."

아빠가 말했다.

"끊을게."

학교로 걸어가는데 아무것도 달라진 게 없었다. 사실이었다. 아직까지는. 지난 주말에 〈넌 나의 샤이닝 스타〉에 합격했지만, 두 달 후 첫 방송 때까지는 아무도 모를 것이다. 방송이 되어도 별로 신경 쓰지 않을 듯하다. BTS가 꽤 유명하긴 해도 학교에서는 대부분 케이팝이 뭔지도 모르니까.

나는 사람들이 바글바글한 식당으로 갔다.

친구들은 금방 찾을 수 있었다. 클라리사 한의 밝은 적갈색 머리 덕분이다. 학교의 복장 규정은 머리카락 색상에 대해 엄격해서 자연스러운 색으로만 염색할 수 있지만, 정확한 색은 정해져 있지 않았다. 그래서 클라리사는 검은 머리를 밝은 빨강으로 염색했다.

클라리사와 나의 다른 친구 레베카는 닌텐도 스위치를 하고 있었다. 원래는 학교에 게임기를 가져오면 안 되지만, 교실에서만 꺼내지 않으면 수업 전에 하는 정도는 괜찮았다. 나는 게임을 좋아하지 않지만 구경하는 건 재밌었다. 수업 시작 전에 뭔가 할 일이 있는 기분이었다. 오늘 둘은 포켓몬을 하고 있었다.

우리 셋은 5학년 때 같은 반이 된 뒤로 쭉 단짝으로 지냈다. 그때 이후로 같은 반이 된 적은 없지만 틈날 때마다 놀면서 최대한 붙어 다닌다. 누구도 학교에 일찍 올 이유가 없는데도 수업 전에 식당에 모여 같이 노는 게 일상이 되었다.

내가 레베카 옆자리에 앉자, 레베카는 잠깐 게임을 멈추었다.

"그래서 진짜 오디션 나갔어? 어떻게 됐어?"

"응, 괜찮았어. 합격했거든."

내가 말했다.

"뭐라고? 대박, 축하해! 완전 최고."

클라리사가 내 팔을 치며 꺅 소리를 질렀다.

친구들은 놀라면서도 자랑스러워했다. 아무래도 놀라움이 큰 듯했다. 내가 정말 합격하리라고는 생각지 않은 것 같아 왠지 씁쓸했다.

"헨리 조도 오디션 보러 갔다며! 어땠어? 진짜 잘해?"

클라리사가 말을 이었다.

"응, 봤어."

"뭐?"

레베카가 외쳤다.

"사진 찍었어? 사인은?"

클라리사가 끼어들었다.

나는 손을 흔들었다.

"얘들아, 진정해. 아니, 내 오디션 보느라 바빠서 그럴 시간 없었어."

레베카와 클라리사가 눈빛을 교환했다. 클라리사는 여전히 흥분한 강아지처럼 동그란 눈을 굴려댔지만, 레베카는 진정하고 목을 가다듬었다.

"그렇구나. 방송은 언제 해?"

레베카가 물었다.

"10월 중순. 그때가 첫 방송이야. 사실 내 분량이 얼마나 나올지는 몰라. 일단 두고 봐야지."

내가 말했다.

"그래도 합격했잖아! 그럼 잠깐이라도 나올 거야. 널 편집하면 말이 안 되지."

레베카가 나를 장난스럽게 쿡 찌르기에 나는 미소를 지었다.

"잠깐, 헨리는 많이 나오겠지? 한국에서도 유명한가? 너……아!"

클라리사가 말했다.

레베카가 팔꿈치로 갈비뼈를 찌르는 통에 클라리사가 움찔했다.

"그냥 응원해 주면 안 돼? 언젠간 스카이가 유명해질 수도 있어. 이제 시작이라고."

레베카가 말했다.

"그래. 근데 혹시라도 헨리 만나면 사인 받아 주면 안 돼?"

클라리사가 갈비뼈를 문지르며 말했다.

나는 기대에 찬 클라리사의 눈빛을 보며 한숨지었다.

"알았어. 근데 장담은 못해. 무슨 오디션 봤는지도 몰라."

내가 대답했다.

나는 춤과 노래 모두 합격해서 헨리가 무슨 오디션을 봤는지 상관없다는 말은 하지 않았다. 그저 클라리사가 나보다 헨리에게 더 관심을 보이는 게 실망스러웠다.

"춤이야! 물론 공식 영상은 아직 안 나왔는데 사람들 인스타그램 스토리에서 봤어. 엄청 잘 추더라."

클라리사가 한참 재잘대고는 행복한 탄성을 뱉었다. 그런데 은근히 감탄하는 레베카의 얼굴을 보니 클라리사만 좋아하는 건 아닌 듯했다. 그저 클라리사가 좀 더 솔직하게 말했을 뿐.

"알았어. 헨리 사인 받아 올게. 혹시나 마주치면. 일부러 찾아다니지는 않을 거야. 나도 힐 일이 있으니까."

내가 말했다.

"물론이지. 네 일 먼저 챙겨. 알겠지? 쉬는 시간 같은 때 해 달라는 거야."

레베카가 단호하게 끄덕이며 말했다.

클라리사는 환호성을 질렀다.

"넌 최고야! 고마워, 스카이!"

그때 종이 울려 모두 자리에서 일어났다. 레베카와 나의 1교시는 심리학 심화 수업이다. 교실이 식당과 가까워 서두를 필요가 없기에 식탁 옆에 서서 무리를 뚫고 복도로 나가는 클라리사의 모습을 지켜보았다.

"쟤는 1교시 수업을 학교 반대편에서 들으니까 맨날 종 치기 5분 전에 가라고 하는데도 매번 까먹더라."

레베카가 말했다.

"그러게."

"그리고 말야, 나 헨리한테 별 관심 없어. 그래, 뭐. 잘생기긴 했지. 그래도 내 1순위는 너야. 알지?"

"고마워, 레베카."

나는 레베카의 팔을 살짝 눌렀다.

하지만 심리학 수업에서 피터슨 선생님이 '조작적 조건화'에 대한 강의를 시작했을 때도, 나는 클라리사가 나보다 헨리 조에게 더 관심을 보인 사실이 거슬렸다.

'내가 더 잘한다는 걸 보여 주겠어.'

나는 생각했다. 헨리가 얼마나 잘하는지는 모르겠지만 아마 SNS 팔로워 숫자를 늘리려고 오디션을 보았을 거다. 실력이 어떻든 내 경쟁자다. 헨리 같은 사람에게 지기에는 너무 오랫동안 치열하게 연습했다.

둘 다 합격한다 해도 결국 사람들은 내 이야기를 하게 될 거다.

5교시 수업 도중 이메일을 받았다. 〈넌 나의 샤이닝 스타〉의 다음 관문에 대한 자세한 안내 사항이었다. 연습 일정과 탈락 라운드 날짜가 적혀 있었다. 역사 시간에는 노트북을 사용할 수 있어 필기하는 척하며 슬쩍 확인했다.

장문의 메일이었지만 요지는 분명했고 끝에 일정이 정리되어 있었다. 매주 토요일에 보컬과 춤 파트가 번갈아 '집중 훈련'을 한다. 그러니까 나는 매주 참석해야 한다. 세 번에 걸쳐 탈락자를 선정한 뒤 마지막으로 현장 탈락자 선정 라운드가 진행된다. 오디션 일정은 이렇다.

8/29	보컬 집중 훈련 1
9/5	춤 집중 훈련 1
9/12	1라운드 탈락자 선정(Top 20 선정)
10/10	'넌 나의 샤이닝 스타' 첫 방송
	(매주 토요일 저녁 6시 방송)
10/17	2라운드 탈락자 선정 (Top 10 선정)
11/7	3라운드 탈락자 선정 (Top 5 선정)
11/28	연습 및 오디션 없음
	(미국 추수감사절 주말 연휴)
12/5	마지막 라운드 (생방송, 각 파트 우승자 선정)
2021/6/6	우승자 서울 PTS엔터테인먼트 트레이닝 시작

왠지 숨이 막혔다. 그래도 우승자만 한국에 간다니 다행이었다. 그전까지는 LA에서 학교생활을 병행할 수 있다. 매주 주말 연습에 갈 방법은 아직 못 정했지만.

화면에 문자 메시지가 떴다.

라나 민

> 너도 일정표 받았어???

그제야 오디션장에서 라나와 연락처를 교환한 사실이 떠올랐다.

> 응!

라나 민

> 까먹고 말 못했는데 티파니랑 나도 붙었어! 대박이지!

문자에서 목소리가 들리는 듯해 피식 웃었다. 하지만 블랑켄십 선생님께 들키는 바람에 곧바로 후회했다.

"스카이? 반 친구들한테 들려줄 재밌는 얘기라도 있나 보구나? 식민지 질병 얘기는 아니겠지? 웃을 일이 아니거든. 특히 인간 역사에 치명적이었던 천연두는 말야."

여기저기서 낄낄대는 소리가 들렸다. 그러나 선생님이 매섭게 노려보자 금세 조용해졌다.

"쪽지 시험 봐야겠다. 모두 책상 정리해. 다들 스카이한테 고마워하고."

모두가 나를 쏘아보았다. 하지만 민망하기보다 한국에 갈 수도 있다는 생각에 마음이 들떴다. LA의 코리아타운이 한국의 축소판

이기는 하지만, 실제 한국은 내가 마지막으로 갔을 때에 비해 얼마나 변했는지 궁금했다.

선생님이 쪽지 시험지를 돌렸다. 하늘색 종이는 복사기에서 막 나온 듯 아직 따끈했다. 선생님은 처음부터 쪽지 시험을 준비해 왔을 터였다. 단지 희생양이 필요했을 뿐.

짜증 나지만 지금은 그걸 신경 쓸 때가 아니다. 가장 시급한 건 차도 없이 주말마다 LA에 갈 방법을 찾는 일이었다. 예상치 못한 문제였다. 보컬과 춤 둘 다 합격하리라고는 생각지 못했다. 아빠가 격주 주말마다 집에 올 때 데려다 주기로 약속했으나 아빠가 없는 주말에 LA에 갈 방법도 궁리해야 한다.

내 나이는 운전이 가능하지만 엄마 때문에 배우지 못했다. 운전 얘기를 꺼내면 엄마는 늘 이렇게 말했다.

"왜 자꾸 운전을 일찍 배우려 해? 나는 결혼하고 너 가진 서른 살 때 배웠어. 학교는 집에서 걸어 다닐 수 있는 거리잖아!"

아빠와 나는 미국 문화는 다르다며 엄마를 설득하려고 했다. 미국은 대부분의 장소나 건물이 곳곳에 흩어져 있어서 한국에서처럼 걷거나 대중교통을 이용하는 것만으로는 힘들다고 해도 엄마는 절대 귀담아듣지 않았다. 아빠가 운전을 가르쳐 주기로 했지만 아직 기회가 없었다. 집에 있어야지, 원.

선생님이 책상 옆을 지나가며 헛기침을 할 때에야 시험지가 다 배부된 사실을 깨달았다. 학교 성적이 안 좋으면 엄마가 오디션에 못 나가게 할 것이다. 일단 걱정은 나중으로 미루고, 〈넌 나의 샤이 닝 스타〉에 대한 생각도 잠시 접어 둔 뒤 눈앞의 시험지에 집중했다.

6

첫 집중 훈련은 LA 서부의 스튜디오에서 진행되었다. 집에서 1시간 거리였다. 아빠는 새너제이에서 다음 주말에야 내려오고 엄마는 아침 일찍 출근해야 해서 라나에게 태워 달라고 부탁했다. 다행히 라나가 어바인Irvine에서 스튜디오로 가는 길에 우리 집이 있었다.

라나의 차는 밖에서 볼 때는 지극히 평범했다. 친구 엄마들이 주로 모는 토요타Toyota 세단이었다. 하지만 조수석 문을 열자 컨버스Converse 운동화가 굴러떨어져 발을 찧을 뻔했다.

"미안! 티파니랑 북부 캘리포니아에서 내려와서 차가 아직도 엉망이야."

라나가 말했다.

내가 운동화를 건네자 라나는 다른 물건들이 수북히 쌓인 뒷좌석 위로 아무렇게나 던졌다. 앉을 공간을 마련하기 위해 정신없이 후다닥 치우느라 제대로 보지 못했지만, 오리 인형도 있고 포장 음식 상자가 5개 이상은 되었다. 나는 모른 척 차에 타면서 라나에게 말했다.

"태워 줘서 고마워."

"아니야!"

라나는 고속도로로 차를 몰면서 환하게 웃었다. 오디션 때만큼 눈부시게 예뻤다. 우아한 붉은 금발이 어깨까지 구불구불 늘어졌다. 오늘 입술 색은 자홍색이었다. 어찌나 반짝거리는지 비결을 묻고 싶을 정도였다. 라나는 매력덩어리였다. 매일 아침 라나가 일어날 때마다 천사들이 천상의 성가를 부른다고 해도 믿을 터였다.

교통 상황은 좋았다. 적어도 LA 기준으로는. 고속도로의 모든 차선에 차들이 줄지어 있었지만 그래도 움직이긴 했다. 평소 LA의 교통 체증 같으면 건강한 사람이라도 신경 쇠약에 걸릴 만했다.

"토요일 아침인데. 다들 어디 가는 거지?"

라나가 운전대에 머리를 맞대며 신음했다.

"아점 먹으러?"

나는 별생각 없이 내뱉었다.

지도상으로는 집에서 LA까지 50킬로미터도 안 되었지만, 운전을 못하는 내가 북쪽으로 올라가는 일은 드물었다.

몇 분 후 내가 어색한 정적을 깨고 물었다.

"너희 북부 캘리포니아 출신이야? 지금은 어바인에 살고?"

"음, 원래 여기 아래 출신인데 대학 때문에 올라갔어. 부모님도 같이. 참 눈치도 없으시지. 그래도 지금은 오디션 때문에 티파니랑 같이 어바인에 있는 내 친구네서 지내고 있어. 이제야 숨통 트여. 북쪽에서도 같이 사는데 부모님도 거기 계시거든. 항상 우리를 떼어 놓으려고 해. 짜증 나 죽겠어."

라나가 대답했다.

나는 입술을 깨물었다. 내가 여자를 사귀어도 비슷한 상황일 듯했다. 가끔은 남자보다 여자가 더 끌린다. 하지만 부모님이 받아들일 리 없다. 한국에서는 2000년이 돼서야 성 소수자 축제가 생겼다. 지금도 성 소수자들을 단지 '죄인'이라고 낙인찍기 위해 축제에 나타나는 사람들이 있다. 부상자가 없도록 경찰이 상시 대기를 해야 한다.

어린 세대 사이에서는 조금 나아졌을지 몰라도, 우리 부모님은 고지식해서 내가 여자를 사귄다고 하면 절대 인정 못 할 것이다. '괜찮은 남자 만나기' 전 단계쯤으로 생각하겠지.

티파니와 라나가 가족으로부터 받았을 고통을 생각하자 머리가 지끈거렸다. 라나는 아무렇지 않은 척했지만 도로 앞을 결연히 응시하며 입술을 살짝 떨었다.

"너희 사귄 지 얼마나 됐어? 어떻게 만난 거야?"

내가 기분 좋은 주제로 말을 돌리며 물었다.

통했다. 라나가 활짝 웃었다.

"2년 됐어. 신입생 때 기초 음악 이론 수업에서 만났지. 친구한테 댄스 뮤직비디오를 찍어 주려 하는데 도와 달라고 하더라. 그 '친구'가 바로 나였어. 그러다가 끝날 때쯤 데이트 신청을 했고! 완전 사랑스러운 영상이야. 언제 한번 보여 줄게!"

나는 저절로 웃음이 새어 나왔다. 라나가 숨도 안 쉬고 들떠서 얘기하는 걸 보니 티파니를 진심으로 사랑하는 듯했다. 나도 덩달아 기뻤다. 나로서는 평생 꿈도 못 꿀 관계라는 점에서 살짝 질투가 나기는 했지만.

"다 왔어!"

라나가 외쳤다. 나는 깜짝 놀라 일어났다. 그 뒤로 잠들었던 모양이다.

스튜디오는 흔한 벽돌 건물이었다. 높다란 갈색 문과 긴 기둥이 은행이나 박물관을 연상시켰다. 라나의 휴대폰이 목적지에 도착했다고 알려 주지 않았다면 도중에 길을 잃을 뻔했다.

"유명한 가수들도 여기서 일했었대. 레이디 가가^{Lady GaGa}랑 리아나^{Rihanna}……, 그리고 밥 딜런^{Bob Dylan}이랑 링고 스타^{Ringo Starr} 같은 사람들까지."

라나가 제대로 보기 위해 구찌^{Gucci} 선글라스를 눈썹 위로 올리며 말했다.

이미 어제 스튜디오 홈페이지를 찾아보아 알고 있는 내용이지만, 직접 말로 들으니 훨씬 실감 났다. 유명한 아티스트들이 거쳐 간 곳에서 연습한다는 생각만으로도 흥분되어 짜릿했다.

"내 친구가 오디션 기술직 직원인데 〈넌 나의 샤이닝 스타〉 때문에 1년 전에 예약했대. 예약금도 어마어마했겠지."

라나가 입구로 걸어가며 말을 이었다.

스튜디오 내부는 외관보다 더 볼 만했다. 나무 벽에 이곳에서 탄생한 베스트셀러 앨범과 음반이 금빛 장식으로 화려하게 줄지어 있었다.

직원이 우리를 뒤쪽의 큰 회의실로 안내했다. 다른 보컬 합격자들이 먼저 와 앉아 있었다. 개리 킴과 박태석도 있었다. 나머지 합격자들을 못 보고 일찍 나온 탓에 아는 얼굴이라고는 아델 노래를 부른 스폰지밥 티셔츠 여자아이밖에 없었다. 그 애는 이번에도 또 다른 스폰지밥 티셔츠를 입고 테이블 중간에 앉아 있었다. 분홍색 티셔츠에 스폰지밥의 〈F는 프렌드〉 노래 가사가 적혀 있다.

"어떡해. 그 신동도 있네. 지금 포기할까."

라나가 속삭였다.

심사위원을 비롯해 모두가 편한 옷을 입고 있었다. 벽에 등을 기대고 선 촬영진이 없었다면 촬영 분위기로 보이지 않을 터였다. 한국인을 포함한 동양인이 대부분이지만 흑인과 라틴계, 백인도 간간이 보였다. 한국 음악 방송이라서 한국말이 서투른 사람들도 케이팝 노래로 오디션을 봐야 했다. 그래서 외국인들은 언어 장벽이 없는 춤 파트에 더 많이 합격했다고 들었다.

"어서 와요. 몇 명만 더 기다리고 시작할게요."

박태석이 우리에게 한국어로 안내했다.

그러고는 태블릿으로 출석 체크를 하고 각각 봉투를 건네주었다. 봉투에는 화려한 필기체로 합격자의 이름이 적혀 있었다.

회의실은 학교 교실 크기였다. 1라운드에 진출한 40명이 겨우 들어찼다. 자리가 대부분 찬 데다 다닥다닥 붙어 있어 빈자리를 찾아 힘겹게 이동했다. 몇몇의 따가운 시선이 느껴졌다.

'내가 뚱뚱해서 공간을 좀 차지하지만 괜찮아. 다른 사람들이랑 똑같이 앉을 권리가 내게도 있다고.'

나는 속으로 생각했다. 이런 상황에서 늘 주문처럼 되뇌는 말이다.

"저기요!"

라나가 다리를 쩍 벌리고 앉아 있는 남자에게 소리쳤다.

"저희 좀 지나갈게요. 옆에 두 좌석 비어 있으니까 지나가게 좀 일어나 주세요."

남자가 당황한 표정으로 휘청거리며 일어났다.

라나가 눈을 굴리며 자리에 앉았다.

"남자들이란. 자기들은 가만히 있으면서 늘 우리가 움직이기를 기다려. 이래서 내가 여자만 사귀는 거야. 진짜 꼴불견이라니까."

라나는 나만 들리도록 조용히 속삭였다.

"라나, 사랑해. 물론 친구로서."

내가 말했다.

라나가 윙크했다.

"나도 알아."

자리를 잡는 동안 다른 사람이 들어왔다. 나는 방 안의 합격자들을 세어 보았다. 라나와 나를 포함해 39명이었다. 1명이 안 왔다.

나는 시계를 내려다보았다. 12시 15분. 약속 시간은 12시였다. 박태석도 스마트워치를 내려다보더니 개리와 눈빛을 주고받았다. 개리가 어깨를 으쓱하자 박태석이 우리를 향해 몸을 돌렸다.

"안녕하세요, 여러분. 저는 박태석입니다. 박 피디라고 불러도 좋아요. 5분 내로 마지막 사람이 안 오면 탈락시켜야 할 거 같군요. 첫날이라 좀 여유 있게 하는 거예요. 앞으로는 12시 정각에 오셔야 합니다."

"네, 박 피디님."

모두 입을 모아 대답했다. 그러고는 어색하게 자리에서 몸을 뒤척였다. 몇몇은 안심하는 듯했다. 경쟁 상대가 하나 줄었으니까.

그때 밖에서 요란한 소리가 들렸다. 사람들이 소리쳤다. 누군가 다급하게 복도를 가로질렀다. 회의실 유리 벽을 통해 헨리 조가 모퉁이를 돌아 마치 자신의 건물인 것처럼 소란스럽게 뛰어 들어오는 모습이 보였다.

'여긴 왜?'

분명 클라리사가 헨리는 보컬이 아닌 춤 파트에 합격했다고 했었다.

헨리가 문을 열고 회의실 안을 들여다보자 모두 놀라 숨죽였다. 그는 누군가를 찾는 듯이 두리번거렸다. 머리는 부스스하고 당황해 넋이 나간 얼굴이었다. 지난번에 본 시니컬한 인상과는 딴판이어서 꽤나 충격적이었다. 인스타그램 게시물 속 모델이나 팬들 앞의 연예인이 아니라 인간 헨리 조를 처음 보는 듯했다.

회의실 뒤쪽에 있던 촬영진이 헨리를 향해 황급히 카메라를 돌렸다. 먹잇감을 포착한 듯이.

헨리는 촬영진을 쏘아보고는 문을 닫고 슬쩍 돌아갔다.

복도 끝에서 발소리가 들리더니 금발의 백인 여자가 헨리를 향해 고함치며 다가갔다.

두꺼운 유리 벽 때문에 소리가 뭉개져 정확히는 안 들렸지만 속사포로 말을 쏟아 냈다. 마스카라가 얼굴로 흘러내렸고 눈은 한참 운 것처럼 퉁퉁 부어 있었다. 반면 헨리는 굳은 얼굴로 간신히 화를 참으며 가만히 있었다.

"우아, 멜린다 존스다! 지난달 《틴 보그Teen Vogue》 잡지에 나왔었는데! 무슨 일이지?"

회의실에 있는 한 여자아이가 말했다.

헨리의 인스타그램 스토리에서 종종 본 구릿빛 얼굴에 금발의 모델이었다. 몇 달 전에 헤어졌다는 기사를 인터넷에서 봤는데 사실인 듯했다. 서로를 증오하는 눈치였다.

촬영진은 다투는 장면을 찍기 위해 서둘러 밖으로 나갔다.

"세상에. 웬 난리야? 누가 보면 〈카다시안 패밀리〉(Keeping Up with the Kardashians, 할리우드 유명 연예인 킴 카다시안 가족의 리얼리티 쇼—옮긴이)인 줄 알겠네."

뒤에서 개리 목소리가 들렸다.

헨리와 멜린다는 촬영진을 보더니 동작을 멈췄다. 언제 싸웠냐는 듯 헨리가 팔을 뻗어 멜린다를 포근하게 감싸자 멜린다는 그대로 헨리에게 안겼다. 화해도 참 빠르다. 그때 헨리가 멜린다의 몸을 돌려 카메라를 등지도록 했다. 멜린다는 여전히 화가 풀리지 않은 듯했지만 두려움과 고마움이 뒤섞인 얼굴이었다.

헨리는 촬영진과 이야기를 나눴다. 한 손으로 머리를 가다듬으며 다른 손으로는 멜린다를 계속 붙들고 있었다. 나는 헨리의 얼굴이 보이지 않았지만 촬영진이 웃고 있었다. 헨리의 매력이 또 통한 모양이다.

'헨리가 멜린다를 보호해 주네.'

나는 눈앞의 희한한 장면을 보며 생각했다. 헨리를 잘 모르지만 적어도 지금은 괜찮은 사람 같아 보였다. 덜떨어진 남자라면 멜린다를 그대로 두거나 그냥 가 버릴 수도 있었다.

결국 박태석이 밖으로 나가 멜린다를 데리고 들어왔다.

"여기는 멜린다 존스예요. 올해 보컬 파트 마지막 참가자입니다."

멜린다는 얼굴에 번진 마스카라를 황급히 닦으며 서툰 한국어로 자기소개를 했다.

"안녕하세요. 멜린다예요. 한국어 혼자 공부해서 잘 못해요. 그래도 한국어로 노래 부를 수 있어요."

멜린다는 다시 영어로 BTS와 다른 보이 그룹 덕에 한국 문화에 관심을 가지게 된 이야기를 했다. 멜린다가 말하는 동안 복도에 있는 헨리에게 자꾸 눈길이 갔다.

촬영진이 멜린다를 따라 회의실로 들어오자 헨리는 혼자 남겨졌다. 매우 지쳐 보였다. 카메라 앞에서 보이던 미소는 거둔 채 발치를 보더니 불현듯 고개를 들어 올려다보았다. 그 바람에 나와 눈이 마주치고 말았다. 혼자만의 시간을 방해한 느낌이었다.

헨리는 놀란 사슴처럼 동그래진 눈으로 나를 보고는 성큼성큼 걸어갔다.

"난리야 난리."

라나가 내 귀에 대고 속삭였다.

나는 공감하며 끄덕였다. 황당한 일이었다.

멜린다가 말을 마치자 모두 돌아가면서 자기소개를 했다. 대부분 LA와 오렌지 카운티 출신이었다. 미국 다른 지역에서 온 사람들도 몇몇 있었다. 예상대로 동양인 참가자들은 거의 한국계 미국인이었다. 중국인과 베트남인과 일본인도 있었다. 15번째가 넘어가자 집중이 안 되어 대강 흘려들었다. 녹색 머리 여자는 리드미컬하고 옛스러운 한국 트로트를 부른다. 라틴계 여자는 나보다 한국에 오래 살았고 에픽하이 같은 한국 힙합 그룹을 좋아한다. 물론 언젠가 BTS를 보고 싶어 하는 '아미(BTS의 팬클럽)'들도 수두룩했다.

자기소개가 끝나자 개리가 박수를 쳤다.

"모두 환영합니다! 반가워요. 1라운드를 위해 나이나 보컬 스타일에 따라 조를 편성했어요. 공정한 경쟁을 위해서죠. 그중에서 잘한 사람들을 뽑을 거예요. 전부 별로면 전원이 탈락하게 됩니다. 4명씩 10개의 조입니다. 팀으로 부르는 건 아니에요. 그건 나중에 할 거고, 이번 라운드에서는 각자 연습해 노래할 겁니다. 조원들이 무대에 같이 올라가서 서로 경쟁하는 방식이에요. 솔직히 말씀드리면 탈락자를 빠르게 걸러 내기 위한 방법이 맞습니다."

개리가 그렇게 말하고는 웃었다.

여기저기서 억지웃음 소리가 들렸다.

"그래도 잔인하지만은 않아요. 이 방법은 각자의 장단점을 가리는 데 아주 유용하고 효과적이랍니다. 케이팝 시장은 날로 커지고 있어요. 조원들 사이에서 두드러지지 않으면 실제 시장에서는 더욱 살아남기 힘들겠죠."

박 피디가 거들었다.

잠깐의 목 풀기 시간이 지난 후 개리가 나눠준 봉투를 열어 보라고 했다.

　나는 봉투에서 숫자 3이 적힌 종잇조각을 꺼냈다.

　라나가 몸을 기울이며 속삭였다.

　"너 몇 번이야?"

　"3번. 너는?"

　"나도! 우리 스타일이 비슷하긴 한가 봐."

　나는 미소를 지었다. 조끼리 경쟁하는 이번 라운드가 두려웠지만, 아는 사람이 있어 그나마 다행이었다.

　"해당 번호가 적힌 연습실로 이동하세요. 연습실이 넓으니까 흩어져서 이어폰 끼고 각자 연습할 수 있을 거예요. 이어폰이 없으면 안내 데스크에 가서 달라고 하세요. 1라운드에서는 케이팝이나 팝송 아무거나 괜찮습니다."

　박 피디가 설명했다.

　'좋아. 이제 시작이야.'

　나는 쿵쾅거리는 심장을 부여잡고 3번 연습실로 향했다.

7

　나머지 조원들은 한국에 사는 이저벨 마르티네스와 헨리의 전 여자 친구 멜린다였다. 1라운드 곡을 신택하고 공식적으로 연습할 수 있는 기회가 이번뿐이라 바로 연습을 시작했다. 우리 넷은 각자 연습실 벽에 기대앉았다.

　나는 다른 사람들과 마찬가지로 휴대폰에서 음악을 골랐다. 곡은 이미 정해 놓았다. 뼈에 새겨질 만큼 많이 연습한 노래라 케이팝 오 디션에 나가게 되면 꼭 부르고 싶었다. 그래도 다시 들어보면서 나 만의 스타일로 해석해 보았다.

　이하이의 〈1, 2, 3, 4〉라는 곡을 다섯 번째 따라 부르고 있는데 위 에서 내려다보는 멜린다의 시선이 느껴졌다. 가까이서 보니 더욱 완벽한 비주얼에 잠시 넋이 나갔다.

라나와 티파니가 케이팝 뮤직비디오에 어울린다면, 멜린다는 테일러 스위프트^{Taylor Swift}의 뮤직비디오에 나올 법했다. 실제로 테일러 스위프트의 뮤직비디오에서 본 것 같기도 했다. 아니면 백업 가수였거나. 헨리의 인스타그램에서 본 게시물도 꼭 패션 잡지 사진 같았다.

"음, 왜 그래?"

내가 물었다.

"어머나, 안녕. 그 곡 엄청 좋은데. 이하이 최고지?"

멜린다가 말했다.

나는 '어머나, 안녕'이라는 말에 웃지 않으려고 애쓰며 대꾸했다.

"응. 멋있어."

"넌 특히 더 좋아하겠다. 뚱뚱하다고 욕 많이 먹었는데 지금은 봐봐! 완전 성공했잖아! 예쁘고 날씬해졌고!"

이로써 멜린다는 나의 적 목록에 추가되었다.

"뚱뚱하지는 않았는데 어이없게 욕먹기는 했지. 근데 뚱뚱한 거랑 예쁜 게 별개는 아니야. 뚱뚱한 사람도 예쁠 수 있고, 예쁜 사람도 뚱뚱할 수 있어."

나는 짐짓 태연하게 말했다.

멜린다가 마치 외계어를 듣는 듯 멀뚱멀뚱 쳐다보았다.

"그래. 그건 그렇고 쉬는 시간에 같이 점심 먹을래? 김치 가져왔어. 몸에 좋거든."

멜린다가 천천히 말했다.

'백인 여자애가 나더러 김치가 몸에 좋다고 하다니.'

내가 한국인인 걸 알 텐데 참 이상했다. 자기가 뭔데 우리나라 음식을 설명하지?

"김치랑 또 뭐?"

나는 궁금해서 물었다.

"뭐라고?"

멜린다가 당황하여 눈을 깜빡거렸다. 비웃을 타이밍인가.

"김치만 따로 먹으면 안 돼. 그러면 케첩만 짜서 먹는 셈이야. 김치는 밥이랑 같이 먹어야 돼."

멜린다가 코를 찡긋했다.

"나는 밥 안 먹어. 탄수화물 끊었거든."

할 말을 잃고 방 안을 둘러보았다. 이저벨과 라나가 멜린다를 쳐다보고 있었다. 이저벨은 흥미로운 표정을 지었고, 라나는 웃음을 참으며 손으로 입을 가렸다. 둘은 나에게 공감 어린 눈빛을 보내고는 다시 각자 연습에 돌입했다.

다행히 멜린다도 곧 자기 자리로 돌아갔다.

'음, 내가 이기더라도 쟤한테는 미안하지 않겠어.'

내가 생각했다.

연습 후 라나는 티파니와 볼일이 있다고 했다. 그래서 나는 엄마 작업실에 내려 달라고 부탁했다.

"2주 후에 봐!"

내가 차에서 내리자 라나가 외쳤다.

"잘 가! 태워 줘서 고마워!"

라나는 손 키스를 날린 뒤 멀어졌다. 드디어 엄마와 마주할 시간이다.

엄마는 분명 집중 훈련에 대해 전혀 언급하지 않을 것이다. 그래도 엄마가 내게 말할 기회라도 주면 좋겠다. '오늘 어땠어?'와 같은 단순한 질문이라도.

하지만 역시 작업실에 들어가자 내게 건넨 말은 '왔구나'였다.

내가 오늘 어디서 무얼 했는지 묻지 않는다. 엄마는 내게 눈길 한 번 주지 않고 샐리의 책상 위에 있는 보라색 난초를 손질할 뿐.

"샐리 언니는?"

샐리가 보이지 않아 물었다.

"볼일이 있대. 오늘 여유 있는 날이라 볼일 보고 천천히 오라고 했어."

엄마는 난초를 바라보며 대답했다. 내가 아니라 난초에게 말하는 듯했다.

"그렇구나."

달리 할 말이 없었다.

평소에는 주로 샐리가 엄마와 나의 대화 공백을 채운다. 다리 역할을 해 주는 샐리 덕분에 그나마 전혀 모르는 사람들의 대화 같은 그림은 면할 수 있었다. 그러나 사실 서로를 잘 모른다.

나는 샐리의 책상에 자리 잡고 앉아 학교 구글 드라이브^{Google Drive}에 들어가 숙제를 내려받았다. 엄마가 한가할 때의 내 일상이다. 어릴 적 엄마가 나를 집에 혼자 두지 않아 늘 여기서 숙제를 하곤 했다. 샐리는 별로 신경 쓰지 않았다. 오히려 엄마와 샐리는 안심했다. 학교 숙제가 전부 온라인으로 진행되었기 때문이다.

엄마와 나 사이에 묘한 긴장감이 돌았지만 익숙한 일상이었다. 심지어 편안하기까지 했다. 골치 아픈 물리학 때문에 끙끙대느라 엄마가 쳐다보고 있는 줄도 몰랐다. 불현듯 엄마가 입을 열었다.

"하늘아, 얘기 좀 하자."

나는 엄마를 올려다보며 주먹을 불끈 쥐었다. 그 다섯 글자를 듣자마자 편안한 감정이 싹 사라지고 말았다. 또 뭐가 마음에 안 드나 보다. 한껏 찡그린 얼굴에 쓰여 있었다.

"춤이랑 보컬 연습 꼭 둘 다 가야 해? 네가 전달해 준 이메일 읽어 보니까 매주 주말 LA에 가야 하던데. 다음 주는 아빠가 데려다준다 해도 그 뒤에는? 어떻게 갈 거야?"

엄마가 물었다.

이럴 줄 알았다. 다행히 오는 길에 라나와 합의를 봤다.

"아빠 없는 주말에는 라나가 태워 주기로 했어. 어바인에 살아서 가능하대. 가는 길이니까."

내가 말했다.

"그렇구나."

둘 다 살아남아야 가능한 방법이라는 말은 덧붙이지 않았다. 항상 그랬듯이 엄마는 딱히 추궁하지 않았다. 그저 입을 다물고 다시 난초를 정리할 뿐이었다. 엄마는 똑같은 곳에 난초를 반복해서 옮겨 심었다. 춤 오디션을 극구 반대하는 것과 지금처럼 침묵시위를 하는 것 중에 뭐가 더 짜증 나는지는 잘 모르겠다.

방송하면 보기는 하려나.

엄마가 화초를 정리하는 모습을 지켜보다가 나는 가방에서 이어폰을 꺼냈다. 말하기 싫으면 하지 말라지. 나도 기다리느라 시간을 낭비하고 싶지 않았다.

엄마가 오후 고객을 보고 있을 때 샐리가 돌아왔다. 샐리는 내 얼굴을 보더니 물었다.

"이번엔 사장님이 뭐라셔?"

나는 신음했다. 피부 관리실에서 들려오는 클래식 음악보다는 작게.

"또 오디션 가지고 뭐라고 하잖아."

샐리가 안타까운 표정을 지었다.

"어떡해, 스카이."

"괜찮아."

내가 말했다. 실은 괜찮지 않았다.

나는 다시 숙제를 시작했다. 올해는 미국 역사 과목이 골치다. 이 어폰을 끼려고 하자 샐리가 말했다.

"사장님이 왜 너를 응원하지 않는지 모르겠어. 춤이랑 노래 영상 보여 주셨거든. 엄청 잘하던데!"

"춤추는 영상을 보여 줬다고?"

순간 깜짝 놀라 물었다.

"응. 사장님 휴대폰에 있던데."

충격적인 사실에 말문이 막혔다. 북부 캘리포니아로 이사 가기 전까지 춤 공연에는 아빠만 왔다. 이제껏 엄마는 내 인생에 관심이 없는 줄 알았다. 그런데 아빠가 찍은 영상들을 봤다니 믿기지 않았다. 아빠라면 엄마에게 보여 줬을 수도 있다. 그런데 엄마가 휴대폰에 직접 저장까지 했다고? 지금 샐리와 내가 같은 사람에 대해 말하는 건지 헷갈릴 정도였다.

"아, 영상 저장하신 거 몰랐구나."

샐리가 말했다.

"본 줄도 몰랐어."

샐리가 푹 한숨을 쉬었다.

"네 공연 다 보셨어. 나한테도 몇 개 보여 주시고. 사장님 나름대로 자랑스러워하셔. 근데 다른 사람들이 어떻게 생각할지 두려우신가 봐. 그렇다고 사장님이 너한테 그런 식으로 말해도 된다는 건 아니지만. 정말 그러면 안 되지. 내가 사장님하고 너무 붙어 있어서 그런가 봐. 사무실에 종일 둘밖에 없으니까.”

“다른 사람이 두려워서 그렇다고? 그게 말이 돼?”

샐리는 내가 앉아 있는 컴퓨터 앞으로 다가왔다.

“잠깐 비켜 봐.”

나는 바로 자리에서 일어났다. 원래 샐리 책상이니까.

샐리는 하위 폴더 여러 개를 뒤지더니 한국어로 ‘옛날 가족사진’이라고 적힌 폴더를 찾아냈다.

나는 얼굴을 찌푸렸다. 그런 게 있는 줄도 몰랐다.

샐리는 피부 관리실 문이 닫혔는지 힐끗 확인하고는 속삭였다.

“내가 보여 줬다고 하면 안 돼, 알았지? 사장님이 유난히 힘든 날엔 와인 마시면서 이 폴더를 열어 보시거든.”

샐리는 폴더에 들어가 첫 번째 사진 파일을 클릭했다. ‘1989_03_15’라고만 되어 있었다.

나는 직접 보고도 믿기지 않아 연신 눈을 깜빡였다.

“저게…….”

“맞아. 사장님, 너처럼 뚱뚱하셨어.”

샐리가 말했다.

사진 속 여자아이는 나의 축소판 같았다. 나보다는 어린 열두 살이나 열세 살쯤으로 보였고 더 작았다. 하지만 그것 말고는 나와 똑 닮았다. 내가 엄마를 똑 닮은 거겠지만. 해변에서 수영복 차림으로 놀고 있는 모습이었다. 사진 속 엄마는 카메라를 향해 활짝 웃고 있었다.

지금 엄마는 쇄골과 갈비뼈가 다 보일 정도로 빼빼 말랐다. 저렇게 웃는 엄마 모습을 한 번도 본 적이 없었다.

"어떻게 된 거지?"

나는 첫 사진이 믿기지 않아 다른 사진을 더 훑어보았다. 또 그 소녀였다. 그리고 또 그 소녀. 귀여운 하얀 강아지와 놀고 있는 사진과 한국의 중학교 앞에서 친구들과 팔짱 끼고 찍은 사진도 있었다.

'엄마가 이 사진들을 왜 한 번도 안 보여 줬지?'

나는 궁금해하며 계속 사진을 넘겼다. 사실 알았다. 나에게 과거를 숨기고 싶었을 것이다. 모든 사람에게도.

사진을 넘겨 보는 동안 엄마가 내게 했던 말들이 주마등처럼 스쳐 갔다.

'하늘아, 너무 많이 먹지 마! 이렇게 막 먹으면 사람들이 어떻게 생각하겠어. 하늘아, 그렇게 꽉 끼는 옷을 입으면 사람들이 어떤 눈으로 보겠니? 미국인들은 볼륨감을 좋게 보지만 한국인들은 아니야. 사람들이 나를 나쁜 엄마로 여길 거야!'

엄마는 늘 내가 원하는 것보다 '사람들'이 나를 어떻게 볼지를 더 중요시했다. '사람들'에는 이웃이나 친척, 내 친구들이 포함된다. 그 중에 누가 되었든 늘 다른 사람들이 나를 어떻게 생각할지를 걱정했다. 모든 사람들이 내 행동거지를 면밀히 지켜보기라도 하듯이.

엄마의 사진을 보고 나니 슬펐다. 사진 속 엄마는 행복해 보였다. 어쩌다가 엄마가 '사람들'의 시선을 두려워하게 되었는지 궁금했다.

"고등학교 때 따돌림을 당하셨나 봐. 심하게. 술 많이 취했을 때 한 번 얘기하신 적 있어. 지금도 그렇지만 당시 한국은 달랐대. 따돌림에 대한 규제가 딱히 없었나 봐. 한국에서는 젊은 여자의 이상적인 몸무게를 49킬로그램이라고 생각해. 조금만 더 나가도 사람들이 닦달하지. 가족이나 친구들도."

샐리가 내 마음을 읽은 듯 말했다.

어느새 마지막 사진이었다.

샐리는 말없이 다른 폴더를 열었다. 폴더에 담긴 사진들의 이름에는 1998년이라고 명시되어 있었다. 샐리가 첫 번째 사진을 클릭했다.

환하게 웃던 소녀의 모습은 온 데 간 데 없었다. 20대의 엄마는 지금처럼 모델 같이 가느다란 몸매에 날카로운 눈빛을 보였다. 그리고 혼자가 아니었다. 어느 순간 헤벌쭉 웃는 아빠와 함께 있었다. 배경을 보니 UCLA^{University of California at Los Angeles}였다. 아빠는 USC^{University of Southern California} 출신이지만.

"네 아빠가 학교에 놀러 오셨을 때인가 봐. 사진 찍기 싫어했는데 아빠 만나고서 좋아지셨대."

샐리가 부드럽게 말했다.

그때 엄마가 샐리를 부르는 소리가 들렸다.

"샐리? 문 사모님 계산해 줘."

"이런, 가요!"

샐리는 즉시 폴더를 닫았다.

나는 멍하니 컴퓨터 화면을 바라보았다. 순간 해리 포터가 에리세드 거울$^{Mirror\ of\ Erised}$에서 돌아가신 부모님을 봤을 때의 심정이 이해가 갔다. 다만 내 소원은 부모님이 다시 살아나는 게 아니라 엄마가 나를 이해하는 것이다. 내가 본 사진은 환상이 아닌 진짜였다. 안타깝게도.

엄마도 한때 뚱뚱했다는 사실을 알고 나니 엄마의 태도를 더더욱 이해할 수 없었다. 경험해 봤으면서 왜 나대로 행복하게 살게 내버려 두지 못하는 걸까? 다른 사람들이 얼마나 무섭기에?

휴대폰이 울렸다. 레베카의 문자였다.

레베카 응우엔

> 역사 서술형 나만 어려워? 글이 이렇게 난해한데 도대체 나라를 어떻게 세운 거야? 이래서 미국이 엉망인가?

나는 엄마에 대한 생각을 전부 제쳐 두고 숙제 모드로 돌아갔다. 절대로 엄마처럼 당하지 않으리라 결심하면서. 당시의 엄마가 안타까웠지만 내게는 당장 해결해야 할 문제와 책임이 있다. 엄마의 과거가 지금 나를 함부로 대할 핑곗거리가 될 수는 없다.

8

　오디션에 대한 아빠의 반응은 엄마와 정반대다. 리허설을 하러 북부 할리우드의 춤 연습실에 가는 길에 아빠는 〈넌 나의 샤이닝 스타〉에 대해 낱낱이 물었다. 오디션과 심사위원 그리고 라나와 티파니에 대해 궁금해했다.

　보통 부모님이 캐물으면 취조당하는 느낌이 들 수 있다. 하지만 아빠와는 파티에서 오랜만에 만난 친구와 대화하는 기분이었다. 엄마와의 일을 말하려다가 관뒀다. 행복한 시간을 망치고 싶지 않아서였다. 우리는 사고가 나도 모를 정도로 웃고 떠들었다.

　고속도로 한복판에서 사고가 났는지 길이 막혔다. 다른 운전자들은 얼굴을 찌푸리고 있었지만 나는 아빠와 못다 한 이야기를 하느라 정신이 없었다. 춤 연습실에 도착했지만 내리기 아쉬웠다. 내일 아침 아빠가 베이 에리어로 가기 전에 더 많은 시간을 함께하고 싶었다.

춤 연습실은 노래 연습실과 달리 외관부터 세련되어 보였다. 정육면체 형태의 밝은 주황색 건물이었다. 주차장이 꽉 찬 걸 보니 늦은 듯해 건물로 뛰어 들어갔다. 박 피디와 장보라가 태블릿을 들고 나를 기다리고 있었다.

"지난주에 늦지 말라고 했을 텐데요, 스카이 신?"

박 피디가 눈썹을 치켜올리며 말했다.

"정말 죄송해요. 집에서 10시에 나왔는데 5번 국도에 대형 사고가 나서요."

내가 말했다.

장보라가 눈을 굴렸다.

"다음에는 9시에 출발하세요. 다들 차 타고 왔는데 본인만 늦었네요."

'이런, 장보라한테 미운털 제대로 박혔네.'

아빠는 아침형 인간이 아니라서 더 일찍 출발하기는 힘들었다. 그렇다고 내가 직접 운전할 수도 없는 일이었다. 하지만 이 말은 굳이 하지 않았다. 장보라에게 구구절절 설명하면 엄마처럼 그만두라고 할 테니까.

"처음이자 마지막 경고예요, 스카이 신. 잘났다고 게으르면 안 되죠. 첫 연습이라 다행인 줄 알아요. 아니면 탈락시켰을 거예요."

박 피디가 말했다.

"네, 피디님. 절대 안 늦을게요."

내가 정중히 고개 숙이며 말했다.

"다들 돌아가며 자기소개 했어요. 미안하지만 스카이 신 소개할 시간은 못 줘요. 들어가 앉아서 설명 기다리세요."

장보라가 단호하게 말했다.

모두가 나를 쳐다보고 있을 줄 알았다. 하지만 둘러보니 티파니만 나를 보고 있었다.

'괜찮아?'

티파니가 입 모양으로 물었다.

나는 고개를 끄덕였다. 정말 괜찮았다. 티파니가 나를 걱정하다니 의외였다. 어색한 첫 만남 이후 티파니가 나를 별로 좋아하지 않을 줄 알았다. 그런 생각을 하던 중에 헨리 조가 눈에 들어왔다. 그는 모두의 주목을 받고 있었다.

촬영진을 포함한 모두가 헨리가 앉아 있는 연습실 뒤쪽에 모여 있었다. 헨리는 한창 이야기하며 유머를 던지고 미소와 매력을 발산했다. 빵 터져서 무릎을 치며 눈물을 찔끔 보이는 사람도 있었다.

나는 맨 뒷줄 자리를 발견했다. 남은 곳이 거기뿐이었다. 춤 연습실은 꽤 번듯했다. 바닥부터 천장까지 통유리로 되어 있고 나무 바닥은 윤이 났다. 하지만 40명이 겨우 다 들어갈 정도의 크기였다.

자리에 앉은 나는 헨리를 의식하지 않으려 했다. 그러나 헨리를 둘러싼 사람들이 너무 소란스러워 신경이 거슬렸다. 몸을 돌려 직접 보지는 않았지만 거울로 자꾸 눈길이 갔다.

춤 합격자들은 다양했다. 동양인은 절반도 채 안 되었다. 나머지는 힙합 의상을 입은 흑인과 황인, 백인이었다. 모여 있으니 잘나가는 대규모 댄스 팀 같았다.

"헨리, 헨리. 그래서 어떻게 했어?"

한껏 흥분한 남자가 고함치듯 말했다.

"음, 그냥 서 있었어. 무슨 일인가 하고……."

지난주에 본 헨리 조와는 완전 딴판이어서 그때의 일이 실제였는지 의심이 들 정도였다. 나는 헨리를 무시하고 헨리 양옆에 앉은 사람들을 관찰했다.

한쪽에는 동양인 여자가 서피스 프로^{Surface Pro} 태블릿을 내려다보고 있었다. 다른 한 사람은 프로 레슬링 선수 더 록(The Rock, 미국계 캐나다인 배우 드웨인 존슨^{Dwayne Johnson}의 프로 레슬러 시절 이름―옮긴이)이 연상될 만큼 덩치 있는 남자였다. 보아하니 여자는 매니저이고 남자는 경호원인 듯했다.

헨리가 이야기를 이어 가려는데 장보라가 손뼉을 쳤다.

"자, 시작할게요. 호명하면 앞으로 나와 주세요. 4명씩 10개 조로 나눌 겁니다. 박 피디님과 제가 나이와 스타일을 고려해 조를 짰어요. 연습실마다 음향 장치가 하나씩이라 각 조는 안무를 같이 배우게 될 거예요. 다음 주 탈락자 선정에서 다른 심사위원분들과 제가 조 전체를 탈락시킬지 일부나 전원을 합격시킬지 결정할 예정입니다. 이름이 불리면 복도로 가서 배정받은 춤 연습실을 찾아 주세요."

장보라가 말했다.

나는 짧게 안도의 한숨을 내뱉었다. 지난주 보컬 오디션 방식과 똑같아 한편으로 마음이 놓였다.

모두 긴장하며 조 발표를 기다렸다.

"1번 연습실. 엘리자벳 에르난데스, 티파니 리, 프리티 레디, 카테리나 코바코바."

박 피디가 이름을 불렀다.

티파니는 조로 이동하면서 살짝 손을 흔들었다. 나도 손을 흔들고는 다시 귀를 쫑긋 세웠다.

"2번 연습실. 헨리 조, 더그 바튼, 스카이 신, 이마니 스티븐스."

나는 벌떡 일어났다. 나머지 사람들도 자리에서 섰다. 우리 조가 일어나자 모두가 지켜보았다. 대부분 헨리를 보았지만 나와 나머지 조원들을 보는 시선도 느껴졌다. 카메라는 우리의 모든 움직임을 쫓았다.

나는 뒷자리에 있어서 총알같이 튀어 나간 이마니와 더그보다 늦게 나갔다. 그런데 헨리는 어물대며 나를 빤히 지켜보고 있었다.

'음, 왜 저러지?' 하고 생각했다.

나는 헨리를 휙 지나쳐 갔다. 그와 어울릴 여유가 없다. 학교와 보컬 연습으로 충분히 바쁘니까. 오늘의 연습 시간을 충분히 활용해야 한다.

복도를 반 이상 지나자 헨리가 외쳤다.

"저기, 기다려."

나는 마지못해 돌아섰다. 헨리는 거부할 수 없는 인스타그램용 미소를 짓고 있었다. 양옆에 아까 본 여자와 남자가 따라붙었다. 아담한 여자가 헉헉대기에 나는 속도를 늦췄다. 뭐, 어차피 거의 다 왔으니까.

"고마워."

여자와 남자가 따라잡자 헨리가 말했다.

가까이에서 보니 나보다 머리 하나는 더 컸다. 내 키가 170센티미터이기에 더욱 놀라웠다. 사진보다 실물이 별로이기는커녕 오히려 더 잘생겼다. 옛날 로맨틱 코미디 영화 속 상대 남자 배우로 나올 법한 얼굴이었다. 동양인 버전 휴 그랜트[Hugh Grant]나 라이언 고슬링[Ryan Gosling] 같았다. 어쩌면 그보다 더 젊고 잘생겼는지도 모른다. 어쨌거나 실물로 본 사람 중에 가장 매력적이었다.

나는 LA 근처에 살지만, 제일 가까이서 본 연예인이 어스 카페[Urth Caffé]에서 라테를 마시던 할시[Halsey]였다. 그때조차 지금 헨리처럼 코앞에서가 아니라 카페 맞은편에 앉아 있는 모습만 보았다. 친구들이 환장하는 헨리 조가 바로 옆에 서 있다니 꿈만 같았다.

"안녕, 난 헨리야. 만나서 반가워."

헨리가 손을 내밀어 악수를 나눴다.

"안녕, 나는 스카이."

내가 조금 세게 흔들었는지 헨리가 얼굴을 살짝 찌푸렸다. 그런데도 그는 별말을 하지 않고 인스타그램 사진에서 수없이 봤던 차분하고 신사 같은 미소를 지어 보였다. 가까이서 보니 가짜 미소였다. 입은 분명 웃고 있지만 비밀스런 눈은 차갑고 조심스러웠다. 나는 휴대폰을 꺼내 인스타그램 사진 속 눈과 비교해 보고 싶었다.

'진짜 미소는 어떨까?'

내심 궁금했다. 헨리는 손을 놓은 지 오래였다.

그 뒤로는 말이 없었다. 기다리라고 할 때는 언제고. 그저 옆에서 걷기만 할 뿐이었다. 같이 걸어갈 상대가 필요했나 보다.

헨리는 아주 편해 보였다. 촬영진 중 한 사람이 슬쩍 빠져나와 본인을 뒤따라온 사실을 알고 있는지 궁금했다. 그런데 헨리를 보니 패션쇼 무대를 걷듯 어깨를 쫙 펴고 걷고 있었다. 진작 알아차린 눈치다.

카메라 한 대가 온전히 헨리를 찍는 게 별로 놀랍지 않았다.

"신경 쓰이지 않아? 맨날 카메라가 쫓아다니면?"

내가 뒤쪽을 가리키며 물었다.

헨리가 으쓱했다.

"조금. 근데 적응됐어. 우리 가족은 항상 주목받거든. 카메라 앞에 서는 게 내 일이기도 하고."

나는 헨리의 솔직함에 놀랐다. 헨리는 수상한 액체가 가득 담긴 유리병을 손에 들고 있었다. 내가 생각하는 그게 아니기를 바랐다.

"웩! 그게 뭐야?"

내가 말했다.

헨리의 얼굴에 씩 미소가 번졌다. 완전한 미소는 아니지만 다정한 카메라용 가짜 미소도 아니었다. 자연스러웠다. 눈가의 주름과 썩 어울려 순간 귀여워 보였다. 하마터면 반할 뻔 했다.

헨리는 나의 반응에 빵 터져 상기된 내 얼굴을 보지 못했다. 알면서 모른 체했는지도 모른다.

'정신 차려! 헨리 조한테 빠져들면 안 돼. 네 경쟁자잖아!'

머릿속으로 되뇌었다.

"콤부차(설탕을 넣은 녹차나 홍차에 유익균을 넣어 발효시킨 음료—옮긴이)야. 내가 직접 끓였어. 마셔 볼래?"

헨리가 말했다.

"아니. 왠지 그 노란 액체 맛일 거 같아. 상상하기도 싫어."

내가 말했다. TV에서 오줌을 언급할 수는 없으니까.

뒤에서 킥킥대는 소리가 들렸다. 경호원인지 매니저인지 카메라맨인지 알 수 없었다.

"너무하네."

헨리가 웃었다. 어느새 연습실 문 앞이었다. 헨리가 문을 열어 주며 말했다.

"너부터 들어가."

문간이 좁아서 내가 먼저 들어갔다. 순간 헨리에게서 바다 같은 향수 냄새가 훅 풍겼다.

'윽, 냄새까지 좋네.'

나는 속으로 중얼거렸다.

"보컬은 2주 동안 준비하는데 우리는 1주밖에 안 주는 게 말이 돼? 뭐, 공식 연습은 한 번씩이니까 똑같기는 한데. 박 피디님 복제해서 보컬이랑 춤 연습을 같은 날에 하면 좋겠다."

연습실로 들어서자 더그가 말했다. 그는 이마니와 스트레칭을 하고 있었다. 이마니는 지겨운 듯한 표정이었다. 더그가 얼마나 재잘 댔을지 짐작이 갔다.

이마니가 나를 보자 안도하는 얼굴로 벌떡 일어났다.

"휴, 살았다. 안녕, 나는 이마니야. 네가 스카이구나. 우리 조에 여자가 나 혼자가 아니라 다행이야."

이마니가 손을 내밀며 말했다.

이마니의 분홍색 레게 머리가 한눈에 꽂혔다. 멋져 보였다. 검은 탱크톱과 레깅스에 대조되어 눈에 띄었다.

"안녕, 만나서 반가워."

"여기 있는 게 신기하지 않아? 난 어렸을 때부터 춤췄어. 케이팝 도 좋아하고. 꿈을 이룬 기분이야."

이마니가 말했다.

"나도! 케이팝 안무 중에 뭘 제일 좋아해?"

내가 웃으며 물었다.

우리는 같이 스트레칭하면서 좋아하는 춤에 대해 쉴 새 없이 떠들었다. 점점 분위기에 취했다. 멜린다는 거슬렸지만 이마니와는 잘 맞아 다행이었다.

20대 후반으로 보이는 키 큰 근육질의 동양인 남자가 방으로 들어왔다. 파란 민소매 셔츠에 추리닝 바지 차림이었다. 강사인 듯했다. 아니나 다를까, 그는 카메라맨에게 살짝 고갯짓을 하고는 연습실 앞으로 가 섰다.

"안녕하세요, 여러분. 저는 채드라고 해요. 이 조에는 BTS의 노래 〈Idol〉이 배정되었습니다."

더그가 날카로운 비명을 질러 모두 눈썹을 치켜올렸다. 기쁨인지 놀람인지 구분되지 않았다. 혹은 둘 다거나.

"저 BTS 완전 좋아요. 근데 춤 엄청 어렵잖아요."

더그가 말했다.

우리는 공감하며 중얼거렸다. 가장 좋아하는 안무 중 하나지만 BTS 멤버들도 인정한 고난도 춤이다. 한국 전통 무용에 높은 점프가 많고 발동작이 복잡했다.

"꽤 어렵기는 하죠. 하지만 다른 조 안무도 만만치 않아요. 탈락하지 맙시다, 우리."

채드가 말했다.

"말은 쉽죠."

이마니가 말했다.

나도 동감이었다. 결코 만만찮은 여정이 될 터였다.

'뭐, 떨어져도 보컬이 있으니까.'

공간을 많이 차지하는 안무라서 채드는 우리를 자신 뒤에 두 줄로 세웠다. 더그와 이마니가 나란히 서게 된 것을 보며 나는 이마니에게 안타까운 눈빛을 보낸 뒤 헨리 옆에 섰다.

준비를 마치자 채드가 곧장 시작했다. 1절의 안무를 0.5배속으로 가르쳐 주고 우리가 익숙해질 때까지 반복해서 보여 주었다. 나는 춤을 따라하면서 숨을 깊고 느리고 고르게 쉬었다. 어느 정도 감을 잡은 뒤로는 채드가 아닌 조원들에게 눈길이 갔다.

더그는 자꾸 발이 꼬여 수차례 앞으로 고꾸라질 뻔했다. 반면 이마니는 쉽게 따라했다. 안무가 완벽하지는 않지만 몸을 부드럽게 움직였다. 우리 중에 춤을 가장 오래 춘 듯했다. 헨리는 어중간했지만 모든 스텝을 따라하며 우아하게 춤을 췄다. 춤 실력을 보니 왜 영상을 찍어 올리지 않았는지 의아했다. 한편으로는 올리지 않은 게 다행인지도. 춤추는 영상을 올렸다가는 대혼란이 빚어질지도 모른다. 아마 인스타그램이 폭발하지 않을까.

그때 내가 내 발에 걸려 바닥에 넘어졌다.

"조심해요! 아직 원래 속도로 하지도 않았어요."

채드가 살짝 비웃는 투로 말했다.

얼굴이 달아올랐다. 나는 다시 벌떡 일어나 태연하게 동작을 따라했다.

'집중해!'

혼자 중얼거렸다. 다른 곳을 보기가 민망해 거울 속 채드에게 눈을 고정했다.

채드가 실제 속도로 안무를 하자 우리는 허둥거렸다. 카메라 앞에서 바보처럼 보이지 않으려고 안간힘을 썼다. 더그는 잔뜩 당황한 얼굴이었고 이마니는 집중하느라 무표정이었으며 헨리는 태연하다가도 간간이 인상을 찌푸렸다.

춤을 연습할수록 1라운드에서 탈락하고 싶지 않았다. 힘들었지만 무척 즐거웠다. 좋아하는 안무로 탈락하면 아쉬울 것 같았다. 무엇보다 춤 파트에서 바로 탈락함으로써 장보라의 콧대를 세워 주고 싶지 않았다.

'할 수 있어. 절대 1라운드에서 탈락하지 말자.'

나는 열심히 춤을 따라하며 굳게 다짐했다.

9

그다음 주에 나는 학교에 남아 도서관에서 숙제를 하거나 토요일에 있을 오디션을 준비했다. 〈넌 나의 샤이닝 스타〉 때문에 이번 학기에는 댄스 팀과 합창단에서 빠져야 했다. 그래도 선생님들은 연습실이 빌 때 사용할 수 있도록 너그럽게 허락해 주셨다.

"유명해지면 우리 잊지 마! BTS한테 안부 전해 주고!"

내가 사정을 말씀드리자 춤 선생님이 말했다.

나는 선생님 반응이 재밌어서 이번 생에 BTS를 만날 일은 없다는 말은 굳이 하지 않았다.

보컬 1라운드는 생각보다 수월하게 흘러갔다. 라나와 이저벨, 멜린다와 나는 뛰어난 실력을 뽐내며 각각 1, 2분씩만 노래를 부르고 바로 평가가 진행되었다.

"천사 같은 목소리들이군요. 다들 너무 잘 불러서 지금 당장 4인조 그룹을 결성해도 되겠어요."

박 피디가 말했다.

"전 세계가 긴장해야겠는데요. 정말 놀라워요."

개리가 말했다.

"축하해요, 여러분. 전원이 다음 라운드로 진출할 수 있게 되었어요."

마침내 장보라가 입을 열었다. 모두와 눈을 맞추며 일일이 미소를 지어 주었다. 나만 빼고.

장보라는 나를 유령 취급했지만, 다른 심사위원들의 평가에 들뜬 채로 춤 라운드를 위해 옷을 갈아입으러 백스테이지로 서둘러 갔다. 우리 보컬 조가 거의 마지막이어서 준비할 시간이 30분도 채 안 되었다. 나는 헐레벌떡 돌아다니던 중 헨리 조와 정면으로 마주쳤다.

헨리가 신음 소리를 냈고, 우리는 서로 뒷걸음쳤다. 짜증이 나려는 걸 겨우 참았다.

'웬 한국 드라마 같은 상황?'

"저기, 미안. 괜찮아?"

내가 말했다.

순간 나는 헨리가 앞 좀 잘 보고 다니라고 할까 봐 긴장했다. 내가 공간을 너무 많이 차지하니까. 중학교 때 몇몇 못된 남자아이들이 그렇게 놀렸다. 그때 이후로 나는 복도에서 아무도 마주치지 않으려고 애썼다.

나는 얼굴이 빨개지지 않았기를 바라며 슬며시 헨리를 올려다보았다.

헨리는 화나기는커녕 놀라 걱정하는 얼굴이었고 눈가에는 주름이 져 있었다.

"완전 괜찮아. 준비하느라 바쁘지? 얼른 가. 다른 사람들은 다 준비됐어."

헨리가 말했다.

그러고는 과한 몸짓으로 길을 비키며 장난스레 입꼬리를 올렸다.

'윽. 매너에다 장난기까지?'

옷을 갈아입으러 가장 가까운 화장실로 뛰어가면서 헨리가 예비 남자 친구가 아니라 경쟁자라는 사실을 되뇌었다. 오늘은 보컬과 춤 둘 다 심사위원 앞에서만 공연하는 날이라서 댄스 의상으로 깜찍한 분홍색 탱크톱과 검정색 운동 레깅스만 가져왔다.

옷을 입자마자 힘이 샘솟으면서 긴장감이 무모한 자신감으로 바뀌었다. 엄마는 늘 나더러 밝은 옷을 입지 말라고 한다. 쇼핑하러 가면 검정색과 남색처럼 '날씬해 보이는' 색상만 권한다. 여름에 레베카, 클라리사와 함께 토리드에서 구입한 분홍색 탱크톱은 내가 가장 좋아하는 옷이다. 뒤가 뚫려 있고, 내 피부색과 잘 어울리는 색상이다. 내가 봐도 심각하게 귀엽다.

화장을 고치고 머리를 손질한 뒤 조원들이 기다리는 백스테이지로 뛰어갔다. 더그와 이마니가 인사를 건넸지만 헨리는 말이 없었다. 조금 전의 장난기는 온데간데없이 나를 머리끝부터 발끝까지 천천히 훑더니 눈을 휘둥그레 떴다.

"와, 스카이. 진짜 잘 어울린다."

헨리가 말했다.

덧붙일 말이 있는 듯 입을 열었지만 더그가 끼어들었다.

"나 너무 떨려. 지금 나만 떨리는 거야?"

"우리 다 떨려. 누가 안 떨리겠어? 우리는……."

헨리가 심드렁하게 말했다.

"세상에. 헨리, 너도 떨려? 와, 우리 망했다. 앞 조는 전원 탈락했대. 미치겠네!"

헨리는 잠시 눈을 감았다가 나를 보았다. 표정에 '도와줘'라고 쓰여 있었다.

"좀 떨리면 어때. 배운 지 일주일밖에 안 된 춤으로 심사위원이 우리를 탈락시킬지도 모르는데."

내가 말했다.

"윽. 그렇게 말하니까……."

이마니가 말했다.

"그냥 최선을 다하자. 지금 우리가 할 수 있는 건 없어."

내가 어깨를 으쓱하며 말을 이었다. 원래 긍정적인 편은 아니지만 모두를 안심시키기 위해 무슨 말이든 해야 했다. 더그처럼 전부 당황하면 큰일이니까.

"맞아. 그래도 몇 명은 합격하겠지."

이마니가 대답했다.

"넌 붙을 거야. 이상하게 들릴 수도 있는데 연습할 때 거울로 너 봤어. 우리 중에 제일 잘 추더라."

"뭐야, 고마워! 너도 잘 추면서."

내가 대답하려는 순간 어디선가 아픈 동물이 앓는 듯한 소리가 났다. 이마니와 나는 놀라며 올려다보았다. 더그가 울고 있었다. 마치 사형 선고라도 받은 사람처럼.

"난 준비가 안 됐어. 오디션도 겨우 통과했는데. 내가 무슨 생각을 한 거지?"

더그가 말했다.

"더그, 진정해."

헨리가 이를 악물며 말했다. 얼굴은 경직되고 어깨가 뻣뻣이 굳어 있었다. 그 순간 깨달았다. 헨리도 무대 공포증이 있다는 걸. 어쩌면 더그만큼이나. 그래서 더그가 거슬렸던 걸까.

나는 합창 오디션과 춤 공연을 많이 경험해 봐서 그런지 무대에 서는 게 무덤덤했다. 무대보다 그 뒤에 있을 심사위원의 평가 때문에 더 떨렸다.

이마니도 태연했다. 약간 긴장한 듯했지만 차분했다. 반면 헨리는 더그만큼은 아니어도 눈을 살짝 크게 뜬 채 어색하게 숨을 내뱉고 있었다.

"괜찮아?"

나는 헨리가 진심으로 걱정되어 물었다.

'무대가 무서운데 오디션은 어떻게 봤지? 뭐 하러?'

문득 궁금해졌다.

헨리는 나를 다시 힐끗 내려다보았다. 볼이 벌겋게 달아올라 있었다. 인정해야겠다. 이번에는 내가 아니라 헨리의 얼굴이 빨개져서 고소했다.

"응. 걱정하지 마."

헨리가 말했다.

그때 무대 감독이 우리를 무대로 불렀다. 겨우 대형을 갖추자 〈Idol〉의 전주가 스피커에서 흘러나왔다.

나는 즉시 바닥에 몸을 웅크린 채 음악에 맞춰 발을 앞뒤로 움직였다. 오랫동안 연습하며 질리도록 들어 왔지만 〈Idol〉은 여전히 내가 가장 좋아하는 BTS 노래다. 한국어가 맛깔스럽게 들리기 때문이다. 안무에 녹아 있는 자신감과 멋에 전율이 인다. 후렴구가 나오자 훨훨 나는 듯한 느낌이었다.

몸을 돌려 점프하는 동작에서 헨리가 외쳤다.

"아! 조심해."

몸이 쿵 부딪치는 소리가 들렸다. 나는 가속 때문에 간신히 무대로 착지했다.

음악이 멈췄다. 힐끗 돌아보니 더그와 헨리가 무대에 대자로 뻗어 있었다. 안무로 대강 짐작해 보면 더그가 실수로 헨리를 향해 점프한 듯했다. 결국 서로 부딪히는 바람에 넘어진 것이다.

"어떡해, 괜찮아?"

내가 물었다. 나는 숨을 헐떡였다. 춤출 때는 몰랐는데 멈추니 숨이 가빴다.

이마니도 휘둥그레진 눈으로 둘을 보며 헐떡이고 있었다. 상황 파악이 안 되어 당황한 표정이었다.

"더그 바튼, 최종 탈락입니다. 가서 짐 싸세요."

장보라가 말했다.

더그는 당황한 얼굴로 천천히 일어나더니 말없이 나갔다.

헨리는 그대로 있었다. 나도 모르게 헨리의 상태가 걱정되었다.

'일어나. 제발 괜찮길.'

나는 간절히 빌었다.

"헨리, 괜찮아요?"

개리가 걱정 어린 투로 물었다.

헨리는 자기 이름이 불리자 팔로 배를 감싼 채 천천히 몸을 일으켰다.

"네, 다행히 갈비뼈는 비껴갔어요. 근데 큰일 날 뻔했네요."

헨리가 말했다.

그때 무대 뒷문이 벌컥 열리더니 헨리의 관계자들이 다급히 무대로 올라왔다.

"카메라 꺼요. 지금 안 끄면 가만 안 둡니다."

경호원이 말했다.

매니저가 헨리 옆에 무릎을 꿇었다. 헨리는 공연 전만큼이나 창피해 보였다.

"괜찮아요. 그냥 멍 좀 들겠죠. 당분간 웃통 벗고 사진 찍을 일 없으니까 괜찮을 거예요."

헨리가 매니저에게 조용히 말했다.

나는 콧방귀를 뀔 뻔했다. 그럼 그렇지. 헨리는 이 상황에서도 카메라 앞에서 웃통 벗는 일이 우선이다.

"헨리 조는 괜찮아요. 녹화 다시 시작하죠. 그룹 평가도 해야 되고 지체할 시간 없어요."

박 피디가 명령조로 크게 외쳤다.

헨리의 매니저가 속삭이자 헨리가 다시 말했다.

"괜찮아요, 진짜. 계속 아프면 말씀드릴게요. 고마워요."

관계자들이 무대에서 내려가자 박 피디가 우리 셋을 무대에 일렬로 세웠다.

"더그 빼고 이번 조는 정말 훌륭했어요. 미리 말은 안 했지만 이조는 참가자들 중에 가장 강렬한 춤을 춘 멤버들로 뽑았어요. 더그도 힘은 넘치지만 제대로 소화를 못 했죠. 나머지 세 사람은 엄청난 에너지를 보여 주면서도 힘을 잘 활용했어요. 잘하셨습니다. 여러분 모두 합격입니다."

카메라가 돌아가자 박 피디가 말했다.

"이마니 스티븐스와 헨리 조. 축하드립니다. 심사위원 만장일치로 다음 라운드에 진출하게 되셨습니다. 무대를 내려가 주세요."

장보라가 말했다.

이마니와 헨리가 돌아가며 걱정스런 눈빛을 보냈다.

'참, 이제 나뿐이네.'

카메라가 나를 비추자 생각에 잠겼다.

심사위원의 말을 기다리면서 나는 곰곰이 생각했다. 안무는 완벽하게 했는데. 뭐가 문제지?

"스카이."

개리가 입을 떼고는 장보라를 힐끗 보며 말을 이었다.

"굉장했어요. BTS 안무를 자기 걸로 만들었군요. 저는 춤꾼이 아니라 래퍼지만 재능은 확실히 알아볼 수 있어요. 그리고 저는 스카이 스타일이 너무, 너무, 너무 좋아요."

"감사합니다."

내가 말했다.

나는 장보라 쪽을 보았다. 미리 알아챘어야 했다. 장보라는 다른 심사위원들처럼 내 눈을 보지 않고 마이크를 내려다보며 말했다.

"스카이 신, 제가 본인 춤을 어떻게 생각하는지 알죠. 재능은 인정해요. 그런데 솔직히 이 안무를 망친 거 같아요."

나는 자세한 설명을 기다렸지만 더는 말이 없었다. 내심 다행이었다. 지난번 오디션 때만큼이나 말도 안 되는 이유겠지.

"스카이, 잘했어요. 다음 라운드 기대할게요."

박 피디가 말했다.

나는 무대에서 내려가며 장보라의 말을 되뇌었다. 그런데 백스테이지에서 웃통을 벗은 헨리 조를 보는 순간 머리가 새하얘졌다.

경호원이 카메라를 막고 서 있는 동안 매니저가 상처 위에 스프레이를 뿌렸다. 내가 서 있는 곳에서 헨리의 단단한 가슴과 조각 같은 복근이 보였다.

'대박. 저게 사람 몸인가?'

순간 나는 헨리가 웃통 노출 사진을 왜 걱정했는지 완전히 이해가 되었다. 나 참, 어쩌면 국제적 재앙일 수도 있겠다는 생각까지 들었다.

"보니까 좋아?"

헨리가 장난스럽게 웃으며 말했다.

"응, 아, 아니. 알았어, 그래, 미안! 내가 프라이버시를 침해했네."

나는 눈을 피하며 말을 더듬었다.

헨리가 웃었다. 순간 얼굴이 밝아졌다가 고통스러운 듯 표정이 다시 일그러졌다.

"아, 당분간 웃을 때 조심해야겠다. 근데 괜찮아. 상관없어."

"그렇겠지. 모델들이란."

내가 투덜댔다.

매니저가 스프레이를 다 뿌리자 헨리는 셔츠를 도로 입으며 미소 지었다.

"그럼 난……."

헨리가 입을 열었다.

그때 티파니가 조원들과 함께 서둘러 다가왔다. 내 무대를 준비하느라 바빠서 티파니 조 무대를 놓쳤는데, 복도에서 그들이 잘했다고 소곤거리는 소리를 들었다. 여자친구의 〈귀를 기울이면〉 무대에서 모두 여신의 자태를 뽐낸 듯했다.

"스카이! 붙어서 다행이야. 순간 걱정했는데."

티파니가 외쳤다.

"응. 근데 개리랑 박 피디님 덕분에 애초에 탈락은 아니었던 거같아. 장보라가 괜히 골탕 먹이려고 그랬겠지. 아니면 방송을 더 재밌게 하려고 그랬거나."

내가 말했다.

티파니가 눈을 굴렸다.

"둘 다겠지."

"맞아. 그래도 다 잘됐어. 헨리가 다치기는 했는데 괜찮겠지……."

헨리가 뒤에서 사라진 사실을 깨닫고는 말을 흐렸다. 티파니와 얘기할 때 가 버린 듯했다.

'가 버렸네? 그냥 다음 주에 보는 건가?'

내가 생각했다.

바보 같은 말인 거 알지만 인사도 없이 간 게 괜히 서운했다. 대화는 많이 안 했어도 지난주에 몇 시간이나 같이 연습했는데. 손 인사 정도는 하고 가지.

'이게 나을 수도 있어. 결국 경쟁자일 뿐이니까.'

나는 속으로 생각했다.

티파니가 눈썹을 치켜올리고는 다행히 화제를 전환했다.

"애들이랑 스프링클스Sprinkles에 컵케이크 먹으러 가려고. 같이 갈래? 라나가 차 가지러 갔어."

오늘 같은 하루의 마무리로 컵케이크는 완벽하다.

"그래. 이마니가 아직 안 갔는지 보고 물어볼게."

내가 말했다.

"좋아. 앞에서 만나!"

나는 장보라와 헨리에 대한 잡생각을 훌훌 털고 백스테이지 뒤쪽으로 걸어갔다.

10

　친구들과 컵케이크를 먹는 시간이 너무 즐거워서 그들이 내 경쟁자라는 사실을 잊을 뻔했다. 먼저 번호를 교환하고 인스타그램을 팔로우하고, 다음 달 첫 방송 후 SNS에서 서로를 홍보해 주기로 했다. 기분이 좋았다. 친구를 사귀러 오디션에 나간 건 아니지만 라나, 티파니, 이마니와 함께하는 시간은 행복했다. 일주일 내내 라나는 인스타그램에서 #긍정 게시물 링크들과 티파니와 자주 가는 아름다운 바다 사진을 보내 주었다. 티파니는 그룹 채팅방에 웃긴 짤들을 올렸다. 이마니와 나는 좋아하는 안무와 뮤직비디오뿐 아니라 LA에 새로 생기는 식당 이야기를 했다.

　폭풍 같던 지난주와 달리 이번 주는 다소 여유롭다. 학교 숙제와 프로젝트 몇 개 빼고는 할 일이 별로 없다. 친구들과 놀 시간도 있었다. 클라리사와 레베카가 오디션에 대해 물었지만 자세히 얘기하지는 않았다. 아빠한테는 말해도 친구들에게는 방송 전에 스포일러를 하고 싶지 않았다.

　토요일에는 라나의 차를 타고 녹음실에 같이 갔다. 차 안은 여전히 지저분했다. 심지어 오늘은 라나가 급회전할 때 오리 인형이 내 얼굴로 날아왔다. 그래도 재밌었다. 라나의 차를 타려면 익숙해져야 한다.

　도로에서 또 큰 사고가 났는지 토요일인데도 길이 막혔다. 다행히 라나는 아빠와 달리 아침형 인간이라 일찍 출발했다.

　도로가 뚫리지 않자 라나는 반쯤 포기하고 등받이에 몸을 기댔다.

　"근데 다음 미션은 뭘까? 2라운드 전에 보컬이랑 춤 둘 다 공식 연습 기간이 2주나 되잖아. 뭔가 큰 건가 봐."

　라나가 말했다.

　"모르겠어. 어려운 거 아니면 좋겠다. 그룹 미션인가? 다음 라운드에서 그룹으로 뭐 한다고 하지 않았어?"

　내가 말했다.

　라나가 숨을 들이쉬었다.

　"그런가 보네. 그래서 연습 시간도 많이 주는 건가. 와, 지난번 라운드에 이어 힘든 그룹 미션이라니. 진짜 빨리 탈락시키려나 봐!"

며칠 전, 오디션 주최 측에서 살아남은 참가자 수를 문자로 보내주었다. 미리 예고한 대로 보컬과 춤에서 절반씩 탈락해 각각 20명이 남았다.

역시 내 예상이 맞았다. 도착하자마자 박 피디가 조를 선택하라고 했다.

"지난 우승자들을 보면 대부분 솔로가 아니라 케이팝 그룹 멤버로 활동하고 있어요. 저희 회사에서도 솔로보다는 그룹을 더 많이 데뷔시켜요. 솔로 아티스트들도 다른 가수들과 종종 같이 작업하기도 하고요. 이 업계에서 팀을 이뤄 노래하거나 춤추는 능력은 필수죠."

박 피디가 설명했다.

"보통 케이팝 그룹들은 두셋 이상씩 활동하지만 여러분이 좀 더 편하게 연습할 수 있도록 인원수를 제한할게요. 무대뿐 아니라 곡 해석 능력도 볼 거니까 창의성을 발휘하세요! 래퍼들은 즉흥 랩도 좋습니다! 보컬들은 다양한 음역을 시도해 보세요! 아티스트로서 곡을 자기 걸로 만드는 능력은 아주 중요해요. 그러니까 좋은 기회라고 생각하세요."

개리가 덧붙였다.

나는 당연히 라나와 짝지었다. 라나는 지난 라운드에서 정말 잘했을 뿐더러, 잘 맞는 사람과 파트너를 맺고 싶었다.

각 조마다 연습실이 배정됐다. 카메라 한 대가 라나와 나를 뒤쫓았다. 무대나 큰 공간에서는 신경 쓰이지 않았지만 바짝 붙어 있으니 불편했다. 나는 당황하지 않으려고 애쓰는 반면 라나는 카메라를 달고 태어난 사람처럼 매우 자연스러웠다. 연습실에 있는 카메라에 대고 상냥하게 손을 흔들기도 했다.

나는 카메라를 쳐다보지도 않았다. 교통사고 당하기 직전의 너구리처럼 나올 것 같았다. 그래서 연습실 보면대에 붙어 있는 안내문에 집중했다.

위에는 한국어, 밑에는 영어로 이렇게 쓰여 있었다.

2라운드 곡은 팝송이나 케이팝 중에 골라 주세요. 한번 정한 곡은 바꿀 수 없으니 조원들과 잘 상의하여 결정하시기 바랍니다. 결정이 끝나면 54311번으로 곡 제목과 조원 이름을 적은 문자 메시지를 보내 주세요. 각 조마다 다른 곡을 불러야 합니다. 동일한 곡을 여러 조가 선택한 경우, 먼저 문자 메시지를 보낸 조에 곡이 배정됩니다.
아래는 추천 곡입니다. 목록에 없는 곡을 골라도 좋습니다.

For your second challenge, please pick either an American or a Korean pop song. Make sure that everyone in your group approves of the choice, as you will not be able to make changes. Once you've made your selection, please text your song choice

> and your names to 54311. No two groups will be
> allowed to sing the same song, so first group to text
> their choice gets the song.
> Here are some suggested song choices, although
> you are welcome to choose one that is not listed
> below.

라나와 나는 안내문 밑의 추천 곡들을 살펴보았다. 알고 보니 라나와 나는 취향이 달랐다. 라나는 국카스텐이나 허밍 어반 스테레오 같은 인디 가수들을 좋아하지만 나는 대중 가수를 선호한다.

"그래. 시간 없으니까 둘 다 아는 곡으로 정하자. 〈Crazy in Love〉는 어때? 인기 가수들 곡은 잘 안 듣지만 비욘세Beyonce 노래는 좋잖아."

나는 목록을 살펴보았다. 비욘세 노래가 부담스럽기는 하지만 추천 곡 중에는 제일 나아 보였다.

"그래, 좋아. 내가 문자 보낼게."

나는 휴대폰을 꺼내 메시지를 보냈다.

"꼭 됐으면 좋겠다. 아니면 비욘세 노래 중 다른 걸로 해도 되는데 또 골라야 되잖아."

내가 문자를 보낼 때 라나가 말했다.

몇 초간의 긴장 끝에 문자를 받았다.

> 미션 곡은 〈Crazy in Love〉입니다. 행운을 빌어요!

라나와 나는 하이 파이브를 하고 연습에 돌입했다.

다른 사람과 노래를 부르면 어색하고 불편하거나 서로 기분이 상할 줄 알았다. 하지만 라나는 편안하고 유쾌해서 좋은 의미로 함께 노는 기분이었다. 우리는 다양한 화음을 시도해 보고 장난치면서 웃고 즐겼다.

조금 뒤에 카메라맨이 다른 조를 찍으러 간 것조차 알아채지 못할 만큼 몰입했다.

〈Crazy in Love〉를 연습하는데 허벅지에서 휴대폰 진동이 느껴졌다. 주머니에서 꺼내 확인하니 엄마로부터 온 문자였다. 지난 몇 주간 말도 안 하더니 이상한 일이다.

'아빠가 집에 와서 그런가'라고 생각했다.

아빠가 있을 때 엄마는 그나마 나에게 관대한 편이다.

나는 문자를 읽었다.

엄마
> 집에 언제 와? 늦었어.

시간을 보니 저녁 7시였다. 엄마가 퇴근했나 보다.

한 시간 안에 출발할 거야. 알아서 갈게.

엄마

그래.

그게 다였다. 내심 다른 말을 기대했다. 마지막으로 대화를 나눈 게 첫 리허설이 끝나고 돌아왔을 때였다. 하지만 그게 끝이었다. 내가 너무 많은 걸 바랐나.

'음, 그래도 신경은 쓴다는 거겠지?'

나는 생각했다. 그래도 엄마는 너무 오래 나를 무시했다. 아마 아빠가 시켜서 연락한 듯했다.

"스카이, 무슨 일이야? 괜찮아?"

라나가 걱정스레 물었다.

"응. 곧 가야 돼. 엄마야."

내가 휴대폰을 가리키자 라나가 끄덕였다.

"그래, 그럼. 오늘은 여기까지 하자."

우리는 말없이 오렌지 카운티로 차를 몰았다. 대화를 몇 차례 시도하던 라나는 내가 '응', '아니'의 단답형으로 말하자 이내 그만두었다. 말 상대가 되어 주지 못해 미안했지만 그렇다고 괜찮은 척할 수는 없었다. 그만큼 엄마의 영향이 너무 컸다.

라나는 집 앞 도로에 나를 내려 주었다.

"스카이. 얘기하고 싶지 않겠지만 털어놓고 싶으면 언제든 말해. 알았지? 엄마랑 사이 별로인 거 알아. 이유는 다르지만 나도 그런 적 있거든."

라나가 말했다.

"고마워, 진심으로."

내가 대답했다.

"너무 신경 쓰지 마. 음, 아니다, 신경 써야지. 공연 완전 잘하자. 우리를 비난하는 사람들 코를 납작하게 해 버리자고."

라나가 말했다.

라나는 머리 위로 큰 하트를 만들었다. 기분은 별로였지만 너무 귀여워서 미소가 새어 나왔다.

"그러자."

"2주 뒤에 봐!"

"조심히 가."

문 앞에 다다르자 기분이 조금 나아졌다. 엄마가 응원하지 않으면 뭐 어때? 내게는 라나 같은 친구들이 있는데. 집에서 나의 하루를 궁금해하며 기다리고 있을 아빠도 있다.

나는 애써 웃으며 집으로 들어갔다.

11

아빠가 오기 전까지 고요했던 집에 드디어 숨통이 트였다. 우리는 남은 주말 동안 쉴 새 없이 이야기했다. 엄마도 대화를 들으며 웃고 끄덕였다. 아빠가 오면 엄마는 늘 상냥한 척을 해서 엄마와 나 사이에 아무 문제가 없는 듯 보인다.

다시 떠나는 아빠를 LA 공항에 내려 주고 다시 엄마와 단둘이 남자 바로 이전 분위기로 돌아갔다. 우리는 서로를 없는 사람처럼 대했다.

LA에서의 다음 춤 연습 때 나는 엄마에게 태워 달라고 부탁하지 않았다. 대신 우버^{Uber}를 타고 기차역에 간 후 지하철을 탔다. 시간이 두 배로 걸렸지만 열악한 LA 대중교통치고는 제 시간에 목적지까지 도착한 게 다행이었다.

"좋아요. 시작하겠습니다. 이름이 불리면 앞으로 나오세요. 2라운드를 위해 둘씩 짝을 지어드렸어요."

내가 들어서자 장보라가 말했다.

모두 긴장했다. 몇몇은 보컬 참가자들처럼 파트너를 직접 고르지 못해 억울하다며 투덜댔다. 나는 잠잠히 있었다. 보컬도 하는 나로서는 어느 한쪽 편을 들 수 없었다.

"나중에 고마워하게 될 거예요. 마음대로 고르는 게 생각만큼 좋지는 않으니까요. 우리가 직접 배정해 주면 나중에 탈락하더라도 본인 탓하지 않아도 되잖아요."

박 피디가 자비로운 왕인 양 힘주어 말했다.

그 뒤로 불평하는 사람은 없었다. 수긍해서가 아니라 반발해도 소용없다는 걸 알아서다. 나는 심사위원이 내 이름을 부를 때까지 스트레칭을 했다. 손을 발까지 뻗고 몸을 좌우로 구부렸다.

"스카이 신과 바비 임."

내가 일어나자 한 남자가 앞으로 걸어 나갔다. 헐렁한 바지와 스냅백 모자로 보아 브레이크 댄서인 듯했다. 브레이크 댄스와는 거리가 먼 나로서는 어떻게 무대를 같이할지 의문이었다. 남자가 나를 사납게 노려보았다. 내가 자신의 강아지를 차로 치기라도 한 듯이.

"쟤랑 같이 추라고요? 저 떨어뜨리려고 그러세요? 저 뚱뚱한 여자애랑 춤추면 당연히 탈락하죠."

남자가 언성을 높이며 말했다.

박 피디는 얼어붙었고 심지어 장보라도 어이없는 표정을 지었다. 일순간 방 전체가 고요해졌다. 둘러보니 모두가 나를 쳐다보고 있었다. 누구도 나를 감싸려 들거나 바비에게 반발하지 않았다. 1라운드 이후 같이 놀았던 여자아이들도.

이유를 알 것 같았다. 카메라가 돌아가고 있으니 괜히 소란을 일으키고 싶지 않을 터였다. 그래도 씁쓸했다. 카메라가 켜져 있든 말든 무슨 상관이지?

나는 기죽지 않고 숨을 깊이 들이쉬었다. 나 자신은 내가 지켜야 한다.

"저기, 나 몸치 아니거든. 몸치였으면 여기까지 못 왔지. 심사위원이 뚱뚱하다고 봐줬을까 봐?"

내가 말했다.

남자가 콧방귀를 뀌었다. 뒤에서는 장보라가 눈을 굴렸다. 늘 장보라가 거슬렸지만 오늘은 더 짜증 났다. 같은 여자가 나를 이토록 싫어하다니 기분이 상했다. 안 그래도 성차별이 심한 이 바닥에서.

박 피디가 바비를 싸늘하게 바라보았다.

"파트너는 무작위로 정한 겁니다. 파트너가 마음에 안 들면 본인과 바꿔 줄 사람을 찾아보세요."

바비는 신음하며 전염병 걸린 사람 보듯 나를 힐끗 돌아보았다.

"무슨 사형 선고도 아니고. 누가 저랑 파트너를 바꾸려고 하겠어요. 아니, 재 좀 봐요!"

바비가 나를 가리키는 순간 내 입술이 살짝 떨렸다. 참을 수 없었다. 어린 시절로 돌아간 기분이었다. 발레 선생님이 나를 교실 한가운데 세워 두고 나 같은 아이들이 튀튀를 입으면 흉하다고 망신을 준 적이 있었다. 엄마가 내 몸을 비난했던 순간들도 떠올랐다. 어릴 적 놀림받던 엄마도 이런 기분이었을까.

자존심이 상했지만 바비 앞에서 눈물을 보일 수는 없었다. 나는 주먹을 꽉 쥐며 울음을 꾹 참았다.

"애초에 저런 애가 어떻게 합격한 거예요? 금방 탈락할 텐데."

바비가 연극 독백을 하듯 계속해서 툴툴거렸다.

'저런 애.'

"저기, 나 여기 있거든. 그럼 그쪽은? 본인도 그리 날씬하진 않은 거 같은데. 그쪽처럼 뚱뚱한 남자들은 뚱뚱한 여자들이랑 같은 편 아니야?"

내가 다시 입을 열었다.

미안하지만 사실이었다. 그 자신도 꽤 몸집이 있는 편이면서 뚱뚱한 여자를 싫어하는 게 어처구니없었다.

"지금 나더러 뚱뚱하다고 한 거야?"

바비가 팔짱을 끼며 물었다.

나는 한숨을 쉬며 최대한 차분한 목소리로 말했다.

"뚱뚱한 건 나쁜 게 아니야, 바비. 우리 몸을 표현하는 형용사일 뿐이지. 모두 있는 그대로 아름다워."

"뭐, 이제는 또 아름다워?"

바비는 당황하며 얼굴을 찡그렸다. 내 말에 제대로 휘둘리고 있었다.

'자기 몸 긍정주의 101(사이즈 포용성 란제리 브랜드—옮긴이)! 찾아서 공부해!'

나는 바비에게 소리치고 싶었다.

주위가 고요해졌다. 카메라는 바비와 나에게 집중했다. 구경만하지 말고 지원군으로 나서 주기를 바랐지만 무리한 기대였다.

"그만해요."

박 피디가 우리 사이에 끼어들며 말했다. 그는 내 쪽은 아예 외면한 채 바비를 향했다.

"바비, 우리도 일정이 있어요. 정말 파트너를 바꾸고 싶으면 개인시간에 하도록 해요. 다른 참가자들 기다리게 하지 말고."

방송이 우선인 박 피디가 미웠지만 이해는 갔다. 프로듀서니까. 돈과 시간이 제일 중요하겠지.

나는 무심코 장보라를 보고 헛구역질할 뻔했다. 장보라는 이 광경을 흥미롭게 지켜보고 있었다. 오디션에 참가한 이후 처음으로 회의감이 들었다.

가수가 되면 늘 이런 사람들을 상대해야 한다. 나는 엄마와 바비와 장보라가 틀렸다는 걸 보여 주고 싶었지만 혼란스러워졌다. 이제 지친다. 나는 왜 항상 변명해야 할까? 뚱뚱한 사람들은 상처받아도 마땅한가? 나는 뚱뚱한 사람들의 대변인도 아니고 순교자도 아니다. 나는 그저 꿈을 좇아 나의 인생을 살고 싶을 뿐이다.

내가 뒤돌아 방에서 나가려고 할 때 뒤에서 목소리가 들렸다.

"바비, 넌 아닐지라도 나는 스카이 파트너가 되면 영광일 거 같은데. 스카이는 기막힌 댄서야. 오디션이 그렇게 자신 없으면 그냥 지금 그만두지그래."

사람들이 뒤를 돌아보았다. 목소리의 주인공이 헨리 조라는 사실을 확인하자 모두 깜짝 놀란 눈치였다. 이제껏 들어보지 못한 차가운 목소리여서 나조차 알아채지 못했다.

"그렇지만 헨리……."

장보라가 말했다.

헨리는 장보라를 무시하고 바로 나를 향했다.

"스카이, 너의 파트너가 되고 싶어. 너도 좋다면."

헨리가 말했다.

12

　순간 방 안에 있던 사람들이 일제히 나를 쏘아보았다. 마치 내가 무인도에서 마지막 음식을 차지한 것을 시샘하는 듯했다. 나는 움찔했다. 왜들 저러지? 내가 헨리에게 파트너가 되어 달라고 한 것도 아닌데.

　일순간 나는 거절하고 싶었다. 내 인생에 더 이상 드라마는 필요 없다. 연예인 따위의 도움으로 우승하고 싶지도 않다. 헨리에게 열광하는 친구들이 떠올랐다. 헨리와 파트너가 되면 내게는 눈길소자 주지 않을 터였다.

　그러나 지금 바비는 나를 쓰레기 보듯 노려보고 있다. 헨리의 도움이 꺼려져도 바비와 파트너를 하면 내가 내 발등을 찍는 셈이다.

　고민하는 사이 카메라가 코앞에 다가와 있었다. 나는 헨리에게 말했다.

"그래, 좋아. 파트너 하자."

헨리가 활짝 웃었다. 회색 셔츠에 추리닝 바지 차림인데도 빛이 났다. 헨리가 앞으로 걸어 나왔다.

헨리가 지나가자 사람들은 휴대폰을 슬쩍 꺼내 사진을 찍었다. 무슨 레드 카펫이라도 걷는 줄 알았다. 한 여자애는 무음도 아닌데 연달아 찰칵, 찰칵, 찰칵, 찰칵 소리를 냈다. 대놓고 사진을 찍는 모습이 무례해 보였다. 아무리 헨리가 적응했다 해도 어디서나 찍어대면 무섭고 짜증 날 듯했다.

헨리가 다가오자 바비가 불쑥 외쳤다.

"잠깐, 그럼 저는요?"

헨리와 나는 뒤를 돌아보았다. 그제야 우리가 여태까지 계속 서로의 눈을 바라보고 있었다는 걸 깨달았다. 헨리는 웃음기를 거둔 채 싸늘하고 무표정한 얼굴로 바비를 보았다.

'어머, 배우 해도 되겠네. 모델이 아니라.'

내가 생각했다.

"음, 헨리의 기존 파트너 캐시 장이랑 하면 되겠네요."

박 피디가 말했다.

"네? 헨리가 원래 제 파트너였어요?"

캐시라는 아이가 펄쩍 뛰며 쿵쿵 걸어왔다.

캐시가 바비를 죽일 듯이 노려보자 바비는 뒤로 움찔했다.

"네, 맞아요. 바비가 스카이와 파트너를 하지 않는 이상?"

박 피디가 말을 이었다. 분노한 캐시의 모습에 살짝 움츠러들었다.

바비는 나를 쳐다보고는 비웃으며 소리 내어 피식거렸다.

"절대 그럴 리가요."

"그럼 정해졌네요."

박 피디가 말했다.

헨리가 발걸음을 뗐다. 나를 잊었다고 생각할 때쯤 그가 어깨 너머로 고개를 돌려 말했다.

"가자, 연습하러."

내가 따라가자 캐시가 매섭게 노려보았다.

나는 헨리를 따라 헨리의 관계자들이 있는 뒤쪽으로 갔다. 헨리가 매니저 포시아와 경호원이자 기사인 스티브를 소개했다. 드디어 그들의 이름을 알게 되어 좋았다. 나는 상냥히 웃어 보였다.

포시아는 내가 헨리의 파트너가 된 것이 못마땅한 눈치였다.

"포시아, 괜찮아요. 스카이가 여기서 춤 제일 잘 춰요. 그리고 얼마나 멋진데요. 지난주에 봤잖아요."

헨리가 안심시키려 미소 지으며 말했다.

포시아는 여전히 경계하는 얼굴로 끄덕이고는 몸을 돌렸다.

"기분 나쁘게 생각하지 마. 마지막에 바뀌어서 그래. 〈넌 나의 샤이닝 스타〉 쪽에서 미리 파트너를 알려 줘서 벌써 캐시 뒷조사까지 했거든. 네가 저번 라운드에서 나랑 같은 조였다는 사실 말고는 너에 대해 아는 게 없어서 그래."

헨리가 나에게 속삭였다.

'뒷조사?'

조금 지나쳐 보였지만 재벌 사이에서는 흔한 일인 듯했다.

"음, 모르는 건 서로 마찬가지지."

내가 말했다.

헨리가 미소 짓자 순간 당황했다.

"그렇지? 재밌겠다. 인터넷에 내 팬티만 팔지 마. 알았지?"

나는 입이 떡 벌어졌다. 경험담인지 물어보려는데 박 피디가 손을 들어 모두를 주목시켰다.

"자, 이제 정리됐으니까 2라운드 규칙을 설명할게요. 케이팝에서 파트너와 춤추는 경우는 드물지만 다른 사람과 같이 호흡을 맞출 줄도 알아야 해요. 지난 라운드에서는 팀에서 각자가 얼마나 돋보이는지를 봤지만 이번 라운드에서는 팀워크가 중요해요. 커플 댄스도 팀 댄스만큼 호흡을 맞추는 연습이 필요해요. 과거 우승자들 중에도 그룹으로 영입된 경우가 많으니까 파트너와 협력하는 모습을 보여 주세요. 예외는 있겠지만 개인이 아니라 조별로 탈락하게 될 거예요. 형평성을 위해 모두 같은 기본 안무를 출 거고요. 각자 스타일에 맞춰 바꿔도 좋아요. 수위를 넘지 않는 선에서 박자에 맞게 얼마든지요. 이번 라운드는 10명만 합격하게 됩니다."

박 피디가 말했다.

"무슨 곡이에요?"

티파니가 물었다.

"이제 알려드릴 거예요. 장보라 씨가요. 안내해 주세요, 보라 씨."

장보라는 거울 옆에서 당당한 미소를 지었다. 그때 연습실 문이 열리며 채드가 추리닝 차림에 검은 스냅백 모자를 쓰고 들어왔다. 그는 장보라 옆에 가서 자리를 잡았다. 서로 팔다리를 엮어 고난도 안무를 선보이려는 피겨 스케이팅 선수들처럼 준비 자세를 취했다.

그러자 머리 위 스피커에서 음악이 흘러나왔다. 쿵쿵거리는 베이스 멜로디에 덥스텝 간주의 빠른 곡이었다. 둘은 같이 탱고를 추다가 강력한 팝핀과 락킹을 선보였다. 안무가 다양해 복잡했지만 조화로웠다.

나는 장보라의 동작을 유심히 지켜보았다. 손목의 움직임과 중심 잡는 발에 주목했다. 직접 춤춘다고 생각하며 호흡도 맞춰 보았다. 보는 내내 흥분되어 온몸에 소름이 돋았다. 장보라를 좋아하지는 않지만(물론 장보라도 나를 싫어하고), 춤 실력만큼은 인정한다. 그녀는 불가능해 보이는 동작도 완벽히 소화했다.

춤에 푹 빠져 있다 보니 어느새 노래가 끝났다. 모두가 장보라와 채드를 향해 환호했다. 하지만 속으로는 겁을 먹은 듯해 보였다.

"재밌는…… 춤이네."

헨리가 말했다.

"그러니까. 제대로 탈락시키려나 봐."

내가 신음했다.

"맞아."

주위를 둘러보았다. 티파니와 이마니와 헨리의 얼굴은 공포와 절망으로 가득했다. 흡사 사형 선고를 받은 사람들 같았다.

"너무 겁먹지는 마세요. 일단 몇 시간 동안 춤을 배우게 될 거예요. 기본 동작을 익히면 저희가 나눠서 봐드릴게요. 일어나서 거울 앞에 보라 씨와 함께 서 주세요."

박 피디가 씩 웃으며 모두를 향해 말했다.

헨리 옆에 서 있자 기분이 이상했다. 같이 춤을 추면 서로 스킨십을 하게 된다. 그걸 이제야 깨닫다니. 아직 적응이 안 되었다.

저번처럼 같은 공간에서 춤추던 상황과는 완전히 이야기가 달랐다. 전 세계 사람들 앞에서 헨리와 딱 붙어 춤을 춰야 한다.

볼이 달아올랐다. 거울을 보자 얼굴이 토마토처럼 시뻘겠다. 그때 거울 속에 비친 다른 얼굴이 눈에 들어왔다. 캐시가 나를 무섭게 노려보고 있었다. 캐시뿐만이 아니었다.

나는 푹 한숨을 쉬었다.

'이제 익숙해져야지.'

나는 생각했다. 시작에 불과했다. 곧 수천 명, 아니 TV 시청자까지 포함해서 수백만 명이 지켜보는 앞에서 헨리와 춤을 춰야 한다. 친구들도 보게 된다. 엄마, 아빠, 그 밖의 사람들까지. 좁은 연습실에서도 부담스러우면 수많은 사람들 앞에서 어떻게 감당할까.

나는 헨리가 유명인이라는 사실을 잊으려고 했다. 그래야 안무에 편하게 집중할 수 있을 테니까.

장보라와 채드는 모두가 따라할 수 있도록 0.5배속으로 천천히 스텝을 알려 주었다. 느린 속도라 그나마 나았지만, 그래도 다들 허둥지둥했다. 고난도 안무다.

"너 춤 잘 춘다. 처음에 오디션 보러 왔을 때는 안 믿겼는데."

나는 헨리와 동작을 맞추며 말했다.

"다른 사람들도 그랬을걸."

헨리가 어깨를 으쓱했다. 그러고는 어느샌가 내 손을 조심스럽게 들어 올려 나를 360도로 회전시켰다. 다행히 몸이 먼저 반응한 덕분에 급작스러웠음에도 발이 꼬이지 않고 부드럽게 돌 수 있었다.

"너도 정말 잘 춰. 원래 알고 있었지만."

헨리가 웃으며 말했다.

"잘했어요! 헨리 조와 스카이 신 시작이 좋군요!"

박 피디가 연습실 앞에서 외쳤다.

이번에도 모두의 시선이 집중되었다. 장보라와 채드도 동작을 멈춘 채 지켜보았다. 장보라는 내가 망치기를 바라는 듯 날카롭게 쩨려보았다.

장보라의 시선이 나를 자극했다. 나는 고개를 당당히 들고 보란 듯이 눈빛을 쏘았다.

'그래요, 나 춤 잘 춰요. 이제 어쩔 거예요?'

나의 도발에 장보라는 어이없다는 듯 콧방귀를 뀌며 시선을 돌렸다. 심사위원을 적으로 만들어서 좋을 건 없지만 나를 괴롭히는 사람에게 주눅 들 필요 없다. 적당히 해야지.

안무를 계속해서 반복하는 도중 무슨 소리가 났다. 처음에는 환청인 줄 알았는데 또 들렸다. 헨리의 배가 꼬르륵거리는 소리였다. 미세한 데다 음악 소리에 묻혀 거의 안 들렸지만, 분명 내 배는 아니고 다른 사람들도 멀리 떨어져 있다.

헨리는 당황한 내 표정을 알아채고 수줍게 말했다.

"차 막힐까 봐 아침 못 먹고 왔어."

나는 얼굴을 찌푸렸다. 2시가 넘은 시각. 얼마나 배고플까.

"음, 너 끼니 챙겨 주는 사람들 있지 않아?"

내가 뒤에 있는 헨리 관계자들을 가리키며 물었다.

헨리는 놀란 표정을 지었다.

"아, 저분들은 내 홍보 담당하는 팀이야. 포시아는 사진 올리고 스케줄 관리하고, 스티브는 나를 안전하게 이동시켜 주지. 밥까지 챙겨 달라고 할 수는 없어. 저분들 일이 아니거든."

나는 어깨를 으쓱했다.

"그런 사람들도 있던데. 매니저한테 잡일 시키는 연예인이 한둘인가."

헨리는 고개를 저었다.

"나는 안 그래. 실례잖아. 1라운드에서 다쳤을 때도 포시아한테 스프레이 뿌리지 말라고 했어. 근데 무작정 뿌리겠다고 해서."

왠지 멋있어 보였다.

그때 뜬금없는 생각이 들었다. 거절당할 수도 있지만 물어보고 싶었다.

"저기, 있잖아⋯⋯. 이거 끝나고 타코 먹으러 갈래?"

13

입 밖으로 내뱉은 말이 꼭 데이트 신청처럼 들렸다.

"데이트는 아니고, 혹시 배고플까 봐. 코리아타운에 맛있는 타코 트럭이 있거든. 나도 몇 주 동안 먹고 싶었어."

내가 재빨리 덧붙였다.

티파니와 다른 사람들도 부르려다가 말았다. 헨리의 매니저가 내 뒷조사를 못 해 불안해했는데 모르는 사람들이 늘면 부담스러 워할 듯했다. 어색하더라도 우리끼리 가는 게 나았다.

헨리는 고개를 숙인 채 고민하다가 손으로 머리를 매만지며 포 시아와 스티브를 힐끗 돌아보았다.

"포시아한테 스케줄 물어보고 비어 있으면 갈게. 생각해 보니까 어제 저녁도 안 먹은 거 같아."

"뭐라고? 어제 도대체 뭐했는데?"

내가 소리치자 몇 명이 돌아보았다. 촬영진은 쉬고 있어 다행이었다. 카메라에 잡히고 싶지 않은 모습이었다.

그 말을 하면서도 속으로는 움츠러들었다. 사람들의 시선이 신경쓰였다. 순간 헨리가 왜 '음식에 집착'하냐며 '농담'할까 봐 두려웠다. 뚱뚱한 사람들이 흔히 받는 오해다. 하지만 헨리는 농담을 던지지 않았다. 오히려 내 질문에 감동받은 눈치였다.

"기억이 안 나. 요즘 스케줄이 빡빡해서 가끔 먹고 자는 걸 까먹어. 안 좋은 거 알아. 근데 나 시간 되면 진짜 타코 먹으러 가자. 물어봐 줘서 고마워."

헨리가 말했다.

관계자들은 내키지 않은 듯했지만 연습 후에 건물 앞에서 만났다. 당사지인 헨리는 과자 가게에 가는 어린이처럼 들떠 있었다.

"어떻게 허락받았어?"

주차장을 가로지르며 헨리에게 속삭여 물었다.

"아, 파트너와 가까워지기 좋은 기회라고 했지. 사실이잖아. 앞으로 몇 주 동안 서로 편해져야지."

헨리가 눈썹을 치켜올렸다. 나는 눈이 마주치기 전에 시선을 피했다. 아까 일로 아직 싱숭생숭했지만 헨리에게 완전히 마음을 열고 싶지 않았다. 이번 라운드는 같이 합격해야 하지만 결국 그도 경쟁자일 뿐이다. 2라운드가 끝나면 10명밖에 안 남는데 헨리 때문에 정신을 흐트러뜨리고 싶지 않았다.

내가 타코 먹으러 가자고 한 이유는 같은 인간으로서 걱정되어서다. 차에 타면서 이렇게 스스로를 합리화했다.

헨리의 차는 검은 서버번^Suburban SUV였다. LA에서 연예인들이 타고 다니는 걸 봤다. 헨리와 내가 뒤에 타고 포시아는 조수석에 탔다.

"그래, 근데 나랑 타코 먹으러 가겠다고 한 진짜 이유가 뭐야?"

나는 자리에 앉으며 물었다.

"아, 있잖아. 네가 제일 위험한 경쟁자니까 너를 파악해서 약점을 캐내려고."

헨리의 목소리가 진지해서 농담인지 아닌지 헷갈렸다.

"진짜?"

헨리가 웃으며 고개를 젓더니 갑자기 장난기 가득한 미소를 지었다.

"아니, 농담이야. 나는 완전 후플푸프(Hufflepuff, 〈해리 포터〉 시리즈에 나오는 4대 기숙사 중 하나로, 정의롭고 성실한 집단—옮긴이)야. 모함은 안 해. 그저 좀 감성적이지."

나는 콧방귀를 뀌었다.

"나랑 다르네. 나는 슬리데린(Slytherin, 〈해리 포터〉 시리즈에 나오는 4대 기숙사 중 하나로, 야망 있고 성취 지향적인 집단—옮긴이)이거든."

마침 헨리가 경쟁자라는 사실을 상기 중이었다는 건 비밀로 했다. 정말 슬리데린처럼.

헨리가 당황하며 숨을 들이쉬었다.

"이런, 나 몸조심해야 돼? 콤부차에 독 탄 거 아니지?"

"콤부차 자체가 독이야."

나는 방금 전 헨리의 진지한 말투를 따라 했다.

헨리가 빵 터졌다. 나도 웃음이 새어 나왔다.

"농담이야. 걱정 마, 당분간은. 이번 라운드에는 네가 필요하니까!"

내가 말을 이었다.

"아, 그렇지. 다행이네. 그럼 이번엔 내가 물어볼게. 나한테 왜 타코 먹으러 가자고 했어?"

헨리도 웃으며 물었다.

나는 망설이다가 대답했다.

"음, 일단 타코는 늘 당기거든. 그리고 네가 배고파 보여서. 지쳤잖아."

말하면서 생각해 보니 정말 사실이었다. 아까는 연습에 집중하느라 몰랐는데 눈 밑에 다크서클이 보였다.

"티 났어?"

헨리가 다정하게 물었다. 나는 못 들은 척하고는 스티브에게 타코 트럭의 위치를 알려 주었다. 그리고 차창 밖으로 펼쳐진 LA의 풍경을 내다보았다.

하늘은 평소처럼 푸르고 구름 한 점 없었다. 높은 야자나무가 도로 양쪽에 줄지어 있었다. LA에서 변하지 않는 건 나무와 햇살뿐이다. 건물들은 동네가 바뀔 때마다 획획 달라졌다. 시내에 다다르자 특이한 카페와 스페인 스타일의 집들 대신 콘크리트 사무실 건물과 유리로 된 고층 건물이 즐비했다.

"근데 내가 타코 한 번도 안 먹어 봤다고 하면 믿을 거야?"

한참 후에 헨리가 물었다.

나는 의심스러운 눈으로 쳐다보았다.

"아니, 못 믿겠는데."

"어쩌겠어. 나는 케일만 먹는데. 콤부차도 먹고. 아, 콤부차는 마시지만. 무슨 말인지 알지."

"뭐? 진짜로?"

헨리가 웃었다. 이번에도 농담이었다.

"아니. 근데 비슷해. 야채나 기름기 없는 단백질만 먹어. 특별한 경우가 아닌 이상 다른 건 거의 안 먹고. 탄산음료도 금지라서 콤부차로 대신해."

"금지라고?"

"응. 개인 영양사가 식단을 정해 주거든. 피부 트러블 때문에 촬영을 망치면 안 되니까."

그렇다. 헨리는 외모로 먹고사는 직업을 가졌다. 게다가 카메라에 어떻게 찍히는지도 중요하다. '카메라에서는 5킬로그램은 더 쪄 보이게 나와요.' 장보라가 오디션 때 한 말이다. 그때는 귓등으로 들

었지만 평생 카메라와 그날그날의 피부 상태를 신경 쓰려면 무척
골치 아플 듯했다.

"채식주의자 타코도 있는데. 안 먹어 봤어?"

내가 물었다.

"음, 내가 자라 온 환경 때문이기도 해. 나는 학교 때문에 7학년
때 미국으로 왔어. 부모님이 손으로 먹는 음식이나 푸드 트럭 음식
은 더럽다고 못 먹게 했거든."

"윽, 꼭 우리 엄마 같다."

내가 신음을 뱉자 헨리는 어깨를 으쓱했다.

"한국의 구식 사고방식이지. 한국에서는 이제야 LA 따라서 푸드
트럭이 유행하던데. 근데 나도 익숙해져서 먹어 볼 생각을 안 했나
봐."

몇 분 후 엘 플라밍El Flamin' 타코 트럭 주차장에 도착했다. 엘 플라
밍 타코 트럭은 다른 타코 트럭과 비교해 두 가지 특이점이 있다. 첫
째, 핫휠스Hot Wheels 장난감 자동차처럼 다홍색 불꽃이 그려져 있다.
둘째, 타코 맛이 끝내준다. 트럭 앞에서 기다란 쇠꼬챙이에 꽂아 구
운 돼지고기를 썰어 즉석에서 요리해 준다. 비록 한 번밖에 안 와 봤
지만 그때 이후로 다른 타코 가게에는 발도 안 들었다.

스티브가 주차를 했다. 나는 의자 밑에서 가방을 꺼내고, 헨리는
차 뒤쪽에서 흰 민소매 후드 티와 흰 야구 모자 그리고 선글라스를
꺼냈다.

"변장해야지."

헨리가 완전 무장을 하며 말했다.

"그러면 못 알아봐?"

내가 놀라며 물었다. 내 눈에는 여전히 헨리 조 같았다. 동양인 남자치고는 키와 광대뼈가 두드러지기 때문이다.

헨리가 으쓱했다.

"보통은 그래. 솔직히 사람들이 연예인인 줄 모르고 지나칠 때도 많아. 너도 수십 명은 못 알아봤을걸."

"그런가."

내가 중얼거렸다. 일리 있는 말이었다. LA에 16년간 살면서 연예인을 본 적이 단 한 번뿐이었으니까.

"좋은 시간 보내."

우리가 차에서 내리자 포시아가 억지 미소를 지으며 말했다. 포시아는 잔뜩 긴장해 있었다. 최악의 경우를 상상하는 듯했다.

순간 포시아가 왜 걱정하면서도 허락했는지 생각해 보았다. 헨리를 보니 답이 나왔다. 얼굴이 가려져 잘 보이진 않았지만 그는 어린 아이처럼 자리에서 들썩였다. 헨리가 사람들과 얼마나 놀러 나가는지 궁금했다. 아예 놀지 않을지도 모른다. 지금 행동으로 보아 알 만했다.

나는 지난달 헨리 조의 모습을 떠올렸다. 첫 오디션에서 데이비의 질문에 자신 있고 능숙하게 대답했던 그였다. 몇 주 전의 헨리 조도 생각났다. 멜린다와 싸우면서 화를 참던 모습. 그 두 모습과 강아지처럼 발랄한 지금의 모습이 같은 사람이라 믿기 어려웠다.

"고마워요, 포시아. 고마워요, 스티브. 이따가 봐요."

헨리가 문을 닫으며 손을 흔들었다.

SUV가 떠나고 우리는 주차장에 남겨졌다.

14

헨리가 뒤돌아 타코 트럭을 보고는 한 발짝 뒷걸음을 쳤다.

"와……. 진짜 빨갛다."

헨리의 말에 나는 활짝 웃었다.

"그치. 그러니까 엘 플라밍 타코 트럭이지."

점심시간이 지났는데도 새빨간 트럭 앞 주차장에 긴 줄이 늘어서 있었다. 무더운 날씨 탓에 셔츠가 땀에 흠뻑 젖은 사람들도 있었다. 트럭 옆 돼지고기 쇠꼬챙이의 열기와 연기도 한몫했다. 하지만 음식 냄새가 고소해서 다들 개의치 않았다.

우리는 줄을 섰다. 트럭에 점점 접근하자 헨리가 휴대폰을 꺼내 사진을 찍기 시작했다.

"마음에 들어. 뭔가 독특한 매력이 있어."

헨리가 말했다.

"인스타그램에 올릴 거야?"

"응."

당연한 소리였다.

주문대 옆의 메뉴가 보일 만큼 가까워지자 헨리가 입을 떡 벌렸다. 놀란 눈동자는 갈 곳을 모른 채 흔들렸다.

"솔직히 다 맛있어. 근데 제대로 먹으려면 타코랑 카르네 아사다 프라이(주로 미국 남서부에서 흔한 요리로, 감자튀김 위에 구운 고기를 얹어 과카몰리, 사워크림, 치즈 등과 함께 먹는다—옮긴이)를 같이 시켜야 돼."

내가 알려 주었다.

"좋아. 너를 믿어 볼게."

주문할 차례가 되자 헨리는 돼지고기 타코와 카르네 아사다 프라이, 나는 치킨 타코를 시켰다. 내가 지갑을 꺼내기도 전에 헨리가 타코 트럭 판매원에게 카드를 내밀었다.

"내가 살게. 여기 알려 줘서 보답하는 거야."

헨리가 말했다.

주로 얻어먹는 편은 아니시반 헨리가 내도록 두었다. 〈넌 나의 샤이닝 스타〉 참가비에 세뱃돈을 거의 다 써 버려서 돈이 별로 없었다. 게다가 헨리는 모델이 아니더라도 이미 소문난 부자니까.

근처 플라스틱 피크닉 테이블 중에서 빈자리를 발견했다. 음식이 나오기를 기다리는 동안, 헨리는 고기 쇠꼬챙이부터 우리 뒤로 늘

어선 줄까지 일일이 사진을 찍었다. 어떤 사람들은 못마땅해할 수도 있지만 나는 상관없었다. 내 친구들도 인스타그램에 죽고 못 살아서 헨리처럼 새로운 곳에 갈 때마다 사진을 찍어댄다.

하지만 헨리는 친구들과는 조금 다른 방식으로 범죄 현장을 촬영하듯 빈틈없이 사진을 찍었다. 내 사진까지 찍었지만 나는 아무 말도 하지 않았다. 어차피 인스타그램에 올리지 않을 테니까. 멜린다(사귀는 사이일 때)와 몇몇 연예인 지인들 말고는 본인이나 강아지 사진만 올리던 그였다.

"미안해. 나중에 어떤 사진을 올리면 좋을지 몰라서."

내가 쳐다보자 헨리가 말했다.

"괜찮아, 상관없어. 그래서 인스타그램 팔로워가 많은 거 아니야?"

나는 좋은 뜻으로 말했지만 헨리는 어색한 미소를 지었다.

"맞아."

나는 다음 질문을 할지 말지 고민했다. 연예인들에게 늘 궁금한 점이었다.

"음."

내가 머뭇거렸다.

헨리가 고개를 갸우뚱했다. 헨리의 강아지가 떠올랐다.

"응?"

"음, 이런 거 지치지 않아?"

내가 헨리의 '변장'한 모습과 휴대폰을 가리키자 헨리는 이내 시무룩해졌다. 왠지 미안했다.

"응, 솔직히 지쳐. 사실 평소에는 재밌어. 근데 어떤 날은 일처럼 느껴지기도 해. 나한테는 일이거든. 사람들은 그렇게 안 볼 수도 있지만. 정식 모델 일 외에 브랜드에서 협찬 제품을 올려 달라는 제의도 많이 오거든. 일종의 부수입이지."

헨리가 한참 후에 말했다.

"미안, 그런 뜻은 아니었어. 그냥 '연예인'의 삶이 늘 궁금했어. 매번 파파라치 피해 다니려면 힘들겠다."

내가 다급히 사과했다.

헨리가 고개를 끄덕이며 말했다.

"가끔 그래. 그래도 모델 일이 좋아. 사람들이 누구 아들로서가 아니라 내 일에 관심을 보이기 시작했거든."

"너희 부모님이 모델 일 좋게 생각하셔?"

"지금은. 처음에는 아니었어. 매번 그걸 왜 하냐고 비난하셨거든."

"윽, 나도 공감돼."

내가 말했다.

그때 판매원이 불렀다.

"해리? 타코랑 감자튀김 나왔습니다."

헨리가 자리에서 일어났다.

"해리?"

내가 물었다.

"혹시 들킬까 봐 가짜 이름 써. 나한테 뭐라 하지 마. 해리 포터 탓이니까."

나는 웃음을 참았다.

'헨리 조가 해리 포터 광팬인 걸 누가 알겠어?'

잔뜩 들뜬 헨리가 함박웃음을 지으며 음식을 들고 돌아왔다. 사람들에게 패트로누스(Patronuses, 〈해리 포터〉 시리즈에서 영혼을 빨아들이는 디멘터를 물리치는 마법으로, 대개 동물 형상을 한 수호신─옮긴이)가 있다면 헨리는 강아지일 듯했다. 크고 복슬복슬한 강아지.

"우아, 네 말이 맞네. 다 맛있어 보여. 냄새도 좋고."

헨리가 말했다.

헨리는 쟁반에 타코 4개와 감자튀김이 가득 든 용기를 받아 왔다. 타코는 내 기억대로 맛있어 보였다. 김이 모락모락 나는 고기에 파인애플 조각과 칠리소스가 어우러져 보기만 해도 군침이 돌았다.

헨리는 자리에 앉아 감자튀김 용기를 열어 보더니 입을 떡 벌렸다. 당연한 반응이었다. 아보카도와 풍성한 치즈, 사워크림이 올라간 카르네 아사다 프라이가 수북했다.

헨리는 음식 사진을 찍은 다음 어쩔 줄 몰라 가만히 앉아 있었다. 나는 웃음을 참으며 헨리를 쿡 찔렀다.

"얼른 먹어 봐!"

"이거 어떻게 해야 안 흘리고 먹지?"

헨리가 어리둥절한 얼굴로 물었다.

"타코는 아무리 깔끔하게 먹으려고 해도 더러워져. 괜찮아. 고급 레스토랑에 온 것도 아니잖아. 주차장인데 뭐 어때!"

"그러네."

헨리는 첫 번째 타코를 집기 전에 수줍게 휴대폰을 건넸다.

"부탁해도 돼?"

"그럼."

무슨 뜻인지 물어볼 필요도 없었다. 카메라를 들이대자 그는 완전히 다른 사람이 되었다. 내가 알던 모델이었다. 후드 티에 선글라스를 쓰고도 자연스럽고 섹시한 미소가 번져 멋있었다. 타코 광고를 해도 될 정도였다. 엘 플라밍 타코 트럭에 사진을 보내면 기꺼이 인스타그램에 게시할 듯했다.

"우아."

내가 사진을 찍으며 말했다.

헨리가 얼굴을 찌푸리며 물었다.

"왜 그래?"

"사진발 너무 좋은 거 아니야?"

헨리가 피식 웃으며 말없이 휴대폰을 내려놓았다. 내가 지켜봤다는 사실이 부끄러운 듯했다. 그래서 나는 휴대폰을 꺼내 음식 사진을 찍었다.

"그거 알아? 나 인스타그램 잘 안 하는데 타코 사진 올릴게. 널 위해. 우리의 추억이니까."

내가 인스타그램에 사진을 올리자 헨리가 옅은 미소를 지었다.

"고마워. 영광이야."

헨리가 웃으며 말했다.

헨리가 먼저 먹기를 주저하기에 내가 먼저 타코를 집었다. 토르티야 안의 내용물이 흘러나오지 않도록 조심하며 한 입 베어 물었다. 헨리는 잠시 지켜보더니 나를 따라서 조심스럽게 타코를 집어 입으로 가져갔다. 헨리가 너무 깔끔하게 먹으려고 애쓰느라 맛을 못 느낄까 봐 걱정했지만 이내 편해졌다. 타코 1개를 먹은 후 바로 감자튀김으로 손을 뻗으며 만족스럽게 활짝 웃었다.

"내 감자튀김도 먹어 봐."

헨리가 신나게 먹기 시작하며 말했다.

"고마워!"

음식이 너무 맛있어서 접시를 비울 때까지 한 마디도 하지 않았다. 헨리도 먹는 데 집중하느라 둘 다 타코를 먹어 치울 때까지 말이 없었다.

헨리가 의자 등받이에 몸을 기댔다.

"진짜 맛있었어. 여기 데려와 줘서 고마워, 스카이."

"아니야, 뭘. 뭐라도 먹게 돼서 다행이야."

내가 대답했다.

우리는 치즈 범벅의 기다란 감자튀김을 번갈아 집어 먹는 것으로 마무리 했다. 그때 헨리가 물었다.

"이제 어디로 가?"

"음, 원래 같으면 근처에 있는 엄마 작업실로 갈 텐데. 지금 오디션 때문에 사이가 별로 안 좋으니 그냥 지하철로 유니언 역^{Union Station} 가서 기차 타고 집에 가려고."

내가 말했다.

"내가 태워다 줄게. 스티브랑 포시아한테 물어보고. 어디 살아?"

"오렌지 카운티. 근데 괜찮아. 지금 차 막힐걸."

"LA에서는 항상 막히지."

"맞아."

헨리가 포시아에게 문자를 보냈다. 주차장 끝에 앉아 기다리는 동안 우리는 끊임없이 대화를 나누었다. 차가 도착할 쯤에는 서로 좋아하는 한국 래퍼 이야기가 한창이었다.

"나는 RM이 좋아. BTS의 중심이잖아. 미국에서 살지도 않았는데 영어도 잘해서 멋있어."

헨리가 말했다.

"그니까. 난 딘이랑 지코도 좋아."

내가 공감하며 말했다.

"재밌게 놀았어?"

우리가 차에 타자 포시아가 물었다. 엄마 같은 느낌이 물씬 풍기는 질문을 던지는 걸 보니 생각보다 나이가 있는 듯했다. 사람들은 동양인들이 동안이라며 농담 삼아 말하지만 가끔은 나도 헷갈린다.

"네, 다음에 여기 타코 먹어 보세요. 진짜 맛있어요."

헨리가 대답했다.

"아, 엘 플라밍 타코? 먹어 봤어. 안 먹어 본 사람도 있어?"

포시아와 내가 동시에 웃자 헨리는 장난스럽게 눈을 굴렸다.

LA에서 빠져나와 고속도로로 달려갈 때쯤, 나는 헨리가 예상했던 이미지와는 전혀 다르다는 생각을 했다. 건방지고 꼴불견일 줄 알았는데 다정하고 사려 깊었다. 그래서인지 멜린다와 싸우면서 화낸 이유가 더욱 궁금해졌다.

LA에서 나오는 길은 반대편 고속도로만큼 막히지 않아 예상보다 일찍 도착했다.

"다음 연습 때 보자."

내가 차에서 내리자 헨리가 말했다.

"잘 가."

나는 문이 닫힐 때 헨리의 미소를 보았다. 카메라용 미소가 아니라 진짜 미소였다.

15

월요일 아침, 나는 서랍장이 흔들리는 소리에 잠에서 깼다. 처음에는 정신이 몽롱한 상태여서 지진이 난 줄 알았다. 우리 지역은 지진이 심하지 않지만 진동 때문에 침대에서 벌떡 일어난 적은 종종 있었다. 다행히 휴대폰 진동 소리였다. 알림이 너무 많이 떠 화면을 밀자 그대로 멈췄다.

'멈춰!' 머릿속에서 불안감이 비상등처럼 깜빡거렸다. 15분 만에 학교에 가야 한다. 어제 숙제를 끝내느라 늦게까지 깨어 있었는데 너무 피곤해서 잠들기 전 알람 맞추는 걸 깜빡했다.

대충 눈에 보이는 옷을 걸치고 머리에서 물이 뚝뚝 떨어지는 상태로 문을 박차고 뛰어나갔다. 평소에는 화장하고 예쁜 옷을 골라 입지만 오늘은 날이 아니었다. 바지를 챙겨 입은 것만으로도 다행인 셈.

교문에 들어선 뒤에야 휴대폰을 보았다. 알림이 끊이지 않고 계속 떴다. 이제야 확인이 가능했다. 나는 메시지를 하나하나 읽었다.

대부분 인스타그램 알림이었지만 문자도 많이 와 있었다. 인스타그램 팔로우 요청이나 메시지는 모르는 사람에게 온 것들이라 문자를 먼저 확인했다. 복도에서 사람들과 부딪힐까 봐 간간이 고개를 들었다. 식당에서 친구들을 만나기는 늦어서 책을 가지러 사물함으로 곧장 갔다.

문자는 거의 클라리사가 보낸 것이었다. 그야말로 이모티콘과 '대박'의 향연이었다.

클라리사 한

> 대박. 대박 대박 대박 대박 🫢😵😵
> 진짜 헨리 조랑 데이트 했어? 대박
> 스카이, 어떻게 된 거야???

'헨리.' 이제야 깨달았다. 헨리가 내 사진을 찍었다. 당연히 올리지 않을 줄 알고 잠자코 있었는데 내 생각이 틀렸다.

나는 '대박'의 늪에서 빠져 나와 레베카의 문자를 확인했다. 문자를 거의 안 하는 레베카가 보낸 걸 보면 분명 큰일인 거다.

레베카 응우엔

> 음, 스카이. 인스타그램 확인해 봐.

나는 숨을 깊이 들이쉰 뒤 인스타그램을 열었다. 몇 시간 전 헨리가 올린 게시물에 사진 4장이 등록되어 있었다. 내가 찍어 준 헨리, 엘 플라밍 타코 트럭의 불꽃, 타코와 감자튀김 그리고 나. 다행히 잘 나온 사진이었다. 못생기거나 이에 음식이 끼어 있지 않았으니까. 너무 활짝 웃지 않고 적당히 미소 띤 얼굴이었다. 클라리사는 내가 활짝 웃으면 연쇄 살인마 같다고 했다. 게시물에는 간단히 **'타코 먹으러 @newskye16'** 이라고 쓰여 있었다.

헨리가 나를 태그하는 바람에 팔로우 요청이 폭주한 거다.

헨리에게 아이디를 가르쳐 준 적이 없지만, 토요일에 내가 음식 사진을 올릴 때 본 모양이다.

그나마 별 내용이 아니어서 안심했다. 물론 복도를 지나갈 때 몇 명이 힐끗거리긴 했지만 헨리가 테일러 스위프트나 더 유명한 미국 연예인들급은 아니다. 그래도 내가 헨리와 놀았다는 사실만으로 낯선 사람의 개인 인스타그램 계정을 팔로우하다니 놀라웠다. 신청갯수가 200개는 넘었다. 대부분 모르는 사람들이나 가짜 계정이었지만 몇 명은 학교 사람들이었다.

나는 짜증스러워 아무도 수락하지 않았다. 헨리의 피드에 올라오기 전까지는 나를 거들떠보지도 않던 사람들 아닌가. 그런데 이제 와서 웬 친구?

나는 게시물의 댓글을 확인하고는 바로 후회했다.

대부분은 건전한 말들이었다. **'와, 타코 맛있겠다!'**, '😎 너무 잘생겼어요!' 등등. 하지만 돼지 이모티콘과 '꿀꿀' 멘트도 줄줄이 있었다. 어떤 댓글은 더 심했다. '죽어! 헨리는 내 거야.'

댓글을 보다 보니 얼굴이 후끈 달아올랐다. 말로만 듣던 연예인들의 SNS 악플이 비로소 와닿았다. 케이팝 스타가 되려면 익숙해져야 한다. 조금 더 성숙하거나 마음의 준비가 되어 있었다면 괜찮았을지 모른다. 하지만 지금은 그저 숨 막힌다. 나약해지고 끔찍한 기분이다.

인스타그램 삭제를 고민하던 중 예비 종이 울렸다. 나는 책을 챙겨 심리학 수업에 뛰어갔다. 레베카가 자리에서 기다리고 있었다.

레베카가 나를 향해 걱정스러운 눈빛을 보냈다.

"스카이, 괜찮아?"

내가 앞자리에 앉자 레베카가 속삭였다.

나는 머리부터 발끝까지 떨고 있었다. 잠깐의 상처와 혼란은 있었지만 오늘 아침 내내 무덤덤했다. 그런데 갑자기 레베카의 걱정 어린 눈빛을 보자 눈물이 터질 듯했다. 눈물이 폭포처럼 쏟아질까 봐 나는 그저 고개를 저었다.

"아, 스카이……."

수업 종이 울렸다.

"자, 얘들아. 연필만 남기고 책상 치워. 쪽지 시험 볼 거야."

피터슨 선생님이 말했다.

'설상가상이네…….'

쪽지 시험은 '타이타닉' 사고보다 훨씬 재앙이었다. 침몰하는 배에서는 생존자가 있었지만 나는 잘해 봐야 0점이었다.

레베카는 수업 전후로 내게 말을 걸었지만 나는 그저 고개만 저었다. 안 좋은 일이 일어나면 입을 다물어 버리는 습관 때문이다. 오늘도 예외는 아니다. 쪽지 시험은 생각하고 싶지 않다. 인스타그램도 잊고 싶었다. 아직 학교에서 소리치며 뛰쳐나가지 않은 이유는 마지막 교시에 미적분학 시험이 있기 때문이다.

이미 오늘 한 과목을 망쳤다. 다른 과목도 망칠 수는 없다. 주말에 엄마는 성적이 떨어지면 리허설에 못 가게 하겠다고 여러 번 엄포를 놓았다.

나는 누구와도 대화할 기분이 아니었다. 특히 헨리 조를 찬양하는 내 친구들과는. 그래서 점심시간에 도서관에 갔다. 내 미적분 성적은 이미 간당간당하다. 그 과목을 재수강할 수는 없다.

휴대폰이 쉴 새 없이 울려 '방해 금지' 모드로 전환한 뒤 음악을 들으며 공부했다. 자주 듣는 경쾌한 케이팝 걸 그룹 노래 목록이었다. 대부분 빠르고 시끄러운 곡이라 꿀꿀한 날에 머리를 비우기 좋았다. 오늘도 예외는 아니었다. 점심시간 내내 음악을 들으며 헨리나 인스타그램 게시물에 대한 생각을 전부 내려놓았다.

공부를 했는데도 시험을 망쳤다. 미적분 과목은 자신이 없어 예상한 대로였다. 그나마 이번에는 답이라도 다 적어 다행이었다. 심리학 시험보다는 훨씬 나았다.

다사다난한 하루를 보내느라 긴장한 탓에 화장실에 갈 틈도 없었다. 그래서 종이 울리자마자 가장 가까운 화장실로 달려갔다. 나는 변기에 앉아 다시 휴대폰을 열었다.

마지막으로 확인했을 때보다 알림이 훨씬 많이 쌓여 있었다. 인스타그램 팔로워와 메시지가 늘었고 문자도 더 왔다. 다행히 '방해 금지' 모드 덕분에 휴대폰이 덜 울렸지만 화면만 봐도 여전히 숨이 막혔다.

이 모두가 게시물 하나에서 시작된 일이었다.

'헨리는 이걸 어떻게 다 감당하지?'

나는 휴대폰을 끄기 전에 문자를 다시 확인했다. 수업 시간 동안 친구들이 계속 문자를 보내왔다. 나를 걱정하는 듯했다. 클라리사도 '대박' 문자 대신 내가 괜찮은지 물었다. 답장을 못해 미안했지만 일일이 답하기도 버거웠다. 그래서 클라리사, 레베카와의 그룹 채팅방에 말을 남겼다.

'얘들아, 나 괜찮아. 미안해. 오늘 바빴어. 내일 다 설명해 줄게.'

나는 세면대에서 손을 씻다가 종일 헨리에게서 연락이 오지 않았다는 사실을 깨달았다. 수백 개의 인스타그램 알림 중 헨리에게서 온 건 없었다. 오늘 나에게 일어난 일을 신경 쓰지 않거나 아예 모르는 듯했다. 후자면 좋겠지만 애초에 계획한 일일까 봐 얼굴이 후끈거렸다. SNS에서 더 관심을 받으려고 수작 부린 걸까?

나는 손을 말린 뒤 헨리에게 다이렉트 메시지를 보내려고 했다.

그때 얼핏 얼굴만 아는 두 여자아이가 화장실에 들어왔다. 그 애들은 나를 보자마자 얼어붙었다.

"혹시⋯⋯."

한 명이 속삭였다. 1학년인 듯했다. 이름은 브렌다이거나 브레나 김이었다. 한국 학교에 같이 다녔었지만 그 이후로 본 적이 없었다.

"맞아."

다른 아이가 말했다.

둘은 거의 동시에 휴대폰을 꺼내 나를 찍어 친구들에게 스냅챗 ^{Snapchat}을 보냈다.

16

"야! 그만두지 못해? 허락도 없이."

내가 외쳤다.

둘은 나를 쳐다보고는 허둥지둥 나갔다. 쫓아가려 했지만 화장실에서 나가니 보이지 않았다.

"됐어. 더 이상 못 참아."

나는 중얼거렸다.

나는 인스타그램을 열어 헨리의 다이렉트 메시지 창으로 들어갔다. 연예인들이 다이렉트 메시지를 확인하는지는 모르겠지만, 헨리의 번호를 모르는 지금으로서는 유일한 방법이다.

> 헨리, 타코 트럭 사진에서 내 태그 없애
> 주면 안 돼? 네 팬들이 인스타그램에서
> 나를 공격해. 학교 사람들도 난리고.

메시지 밑에 곧바로 '읽음' 표시가 떴다. 헨리가 답장을 입력하고 있었다. 답이 오기 전까지는 헨리인 줄 알았다.

메시지 내용은 이러했다.

> 헨리
>
> 스카이, 헨리 매니저 포시아예요. 헨리
> 지금 사진 촬영 중이에요. 번거롭게 해
> 서 너무 미안해요. 이제 인스타그램 관
> 리는 헨리 대신 내가 해요. 알림을 항상
> 꺼 둬서 이제 알았어요. 당장 게시물 내
> 릴게요.

> 안녕하세요, 포시아. 괜찮아요. 빠른 답
> 장 감사해요.

내가 답장했다.

나는 안도의 한숨을 내쉬었다. 그래도 좋은 사람이다.

그때 휴대폰 진동이 울렸다. 클라리사였다.

전화를 받지 않고 음성 녹음으로 넘어가도록 놔두었지만 클라리사가 다시 전화했다.

"스카이! 너 어디 있어? 벌써 집에 갔어?"

결국 내가 전화를 받자 클라리사가 소리쳤다.

"아니, 이제 곧 가려고."

"정문에서 만나!"

나는 움찔했다. 집에 도착했다고 거짓말할 걸 그랬나 생각했다. 하루 종일 피해 다녀서 미안했지만 정말 혼자 있고 싶었다. 하지만 친구들은 나를 만날 때까지 가만 내버려 두지 않을 터였다.

정문에 다다르자 클라리사와 레베카가 기다리고 있었다. 레베카는 1교시 때처럼 걱정 어린 얼굴이었다. 한편 클라리사는 걱정하면서도 질투하는 듯했다.

"너 헨리 조랑 데이트했어?"

클라리사가 소리치며 잡아먹을 듯이 가까이 다가오는 걸 레베카가 막았다.

나는 레베카에게 고마운 눈빛을 보냈다.

"오늘 왜 계속 답장 안 했어? 걱정했어. 그치, 클라리사?"

레베카가 그렇게 묻고는 클라리사를 톡 쏘아보았다.

클라리사가 얼굴을 찡그렸다.

"음, 맞아. 당연히 걱정했지. 근데 어떻게 된 일인지 모르니 너무 답답했어! 헨리 인스타그램에서 네 사진 봤어. 다들 네 얘기 중이야. 이제 유명해진 거야?"

"글쎄……. 답장 못 해서 미안해. 처음엔 나도 당황했는데 7교시 미적분 시험공부도 해야 돼서."

내가 말했다.

"어휴, 힘들었겠네."

레베카가 말했다.

"그러게. 야, 아이스크림 먹으러 갈래? 아니면 빙수? 먹으면서 다 얘기해 줘."

클라리사가 약간 미안한 투로 말했다.

내게 필요한 건 바로 이것이었다. 완벽하지 않아도 나를 알아주는 친구들. 그거면 충분하다.

우리는 한국 빙수 가게에 갔다. 녹차빙수와 팥빙수, 타로빙수를 먹으며 친구들에게 전부 이야기했다. 언제나처럼 더치페이를 하고 세 가지 맛을 나눠 먹었다. 먹기 전에 레베카와 클라리사가 빙수 사진을 찍을 때까지 기다려 줬다. 이제 익숙하다. 헨리만큼 사진에 집착하지는 않지만 비슷했다.

지난 2주 동안의 주말과 오늘 일을 설명하자 레베카가 물었다.

"사진 올리기 전에 너한테 물어보기는 했어?"

나는 헨리가 사진 찍을 때 했던 말을 떠올렸다. 찍어도 괜찮다고는 했지만 올려도 된다는 뜻으로 한 말은 아니었다. 레베카가 그 말을 듣더니 신음을 뱉었다. 클라리사는 웃다가 입을 가렸다.

"스카이, 너 진짜……. 어휴."

레베카가 말끝을 흐렸다.

"나는 진짜 헨리가 태그할 줄은 몰랐어! 사진을 올릴지도 몰랐고."

내가 말했다.

레베카가 한숨지었다.

"너를 어쩌면 좋니?"

"잠깐. 말 돌려서 미안한데 왜 꼭 안 좋게 보는지 모르겠어. 케이팝 오디션 나간 거 아니야? 알려지면 좋은 거지! 마지막 라운드에는 인기투표도 포함된다면서. 이렇게 된 이상 기뻐해! 너 자신을 못 살게 굴지 말고. 유명해졌잖아!"

클라리사가 말했다.

한편으로 맞는 말이었다. 얼굴에 철판을 깔고 생각하면 저절로 알려져서 고마운 면도 있었다. 하지만 친구들은 댓글에서 돼지 이모티콘 테러를 당하는 기분이 어떤지 모른다. 둘 다 44사이즈 넘는 건 안 입으니까.

나는 말없이 녹은 빙수 국물을 바라보았다.

"스카이도 일이 이렇게 빨리 터질지 몰랐겠지. 아직 오디션 방송도 안 했잖아! 사람들은 스카이가 누군지도 모르고."

레베카가 말했다.

"그러네. 그 생각은 못 했어."

클라리사가 인정했다.

나는 고마움의 표시로 레베카의 팔을 쿡 눌렀다. 레베카는 항상 옳은 말만 한다.

빙수 가게에서 나올 때 휴대폰이 울렸다. 나는 화면을 재차 확인했다. '발신자 표시 제한.'

클라리사가 갑자기 내 팔을 붙드는 통에 휴대폰이 날아갈 뻔했다.

"어떡해! 헨리 조인가 봐! 너한테 전화하다니. 진짜 전화를 했어!"

"쉿! 전화 받게 조용히 해 봐. 클라리사, 진정해. 놀라고 싶지 않아."

내가 말했다.

클라리사는 눈을 굴리며 조용히 끄덕였다.

나는 전화를 받았다.

'스피커폰으로 해!'

레베카가 입 모양으로 말했다.

나는 끄덕이고는 스피커 버튼을 눌렀다.

"여보세요?"

"스카이?"

헨리의 날카로운 목소리에 순간 놀랐다. 바비를 대하던 말투였다.

"너 괜찮아? 종일 연락 안 돼서 미안해. 촬영이 이제 끝났어. 포시아가 오디션 측에 연락해서 네 번호를 알아냈나 봐. 전화해도 되는지 모르겠네. 너 괜찮은지 확인하려고."

"응. 지금은 괜찮아. 연락 줘서 고마워."

내가 말했다.

'목소리도 멋있어!'

클라리사가 입을 빼끔댔다.

레베카가 손으로 얼굴을 감쌌다.

"미안해. 일이 이렇게 될 줄 몰랐어. 사람들이 이런 반응을 보일
줄은."

헨리가 다시 사과했다.

"괜찮아. 몰랐잖아."

레베카가 팔꿈치로 내 배를 쳐서 숨이 턱 막혔다.

"아!"

내가 신음했다.

"안 괜찮아. 헨리는 연예인이잖아. 좀 더 조심했어야지!"

레베카가 불쑥 말했다.

맙. 소. 사.

우리는 모두 얼어붙었다. 클라리사는 경악하여 비명을 지를 듯
한 얼굴이었다. 나도 소리 지르고 싶었다. 헨리가 전화 너머에 있는
데도 얼굴이 후끈 달아올랐다. 레베카도 자신의 도발에 놀란 눈치
였다.

전화 반대편에서 정적이 흘렀다. 순간 헨리가 전화를 끊은 줄 알
았다. 그때 헨리가 천천히 말했다.

"아, 지금 스피커폰이야?"

"음, 음. 미안해. 친구들이랑 같이 있다가……."

"그쪽이 이상한 사람일까 봐요!"

레베카가 끼어들었다.

나는 레베카가 정말 좋다. 하지만 지금 레베카는 모든 일에 참견하는 엄마 노릇을 하고 있다. 결국 내 잘못이었다. 스피커폰으로 받으면 안 되는 일이었다.

나는 몇 발자국 떨어져 스피커폰을 껐다.

"미안해. 이제 스피커폰 아니야."

"괜찮아. 이해해. 친구들이 걱정해 주니까 좋네. 그리고 아까 그 친구 말이 맞아. 내가 좀 더 조심했어야 돼. 미안해. 이제 너 귀찮게 하지 않을게. 좋은 하루 보내."

헨리가 말했다.

내가 대답을 하기도 전에 전화가 끊겼다. 당황한 나는 휴대폰을 멍하니 바라보았다.

"헨리가 먼저 끊었어? 오늘 이 난리를 치고? 와, 너무하네."

레베카가 놀라 소리쳤다.

클라리사가 헨리 편을 들 줄 알았는데 그저 입을 오므릴 뿐이었다.

"그래도 사과했잖아. 모르겠어. 목소리가 이상했어. 이런 적 없었는데."

내가 말했다.

'있었다. 한 번.'

헨리와 멜린다 사이에 있었던 일을 말하면 친구들의 반응이 어떨지 궁금했다. 나는 떠벌리고 싶지 않아 숨겼지만 후회가 되었다.

오늘처럼 차갑고 못된 헨리의 모습이 진짜일까?

17

헨리와 나를 둘러싼 소란은 며칠이 지나서야 잦아들었다. 포시아가 기존 게시물을 삭제했지만 수많은 헨리 팬들과 기자들이 저장해 둔 사진이 여기저기 떠돌아다녔다. 기사들은 헨리와 내가 '데이트'를 했다는 사실과 멜린다의 대타로 내가 얼마나 '의외'인지를 다루었다.

나는 수없이 눈을 굴렸다. 헨리와 단 한 번 놀았을 뿐인데 나는 벌써 '대타'가 되어 있었다. 헨리가 '나 같은 여자애'와 데이트하는 게 '의외'라고 비난하는 게 어이없었다. 사람들은 대놓고 비만을 혐오한다.

처음에는 SNS를 전부 삭제하고 싶었다. 수천 명의 모르는 사람들이 퍼다 나르는 나에 관한 가십을 접하고 싶지 않았다. 하지만 2라운드 전 공식 춤 연습이 한 번밖에 남지 않아 인스타그램을 지우지 않았다. 헨리와 연락하려면 필요하기 때문이다.

그러나 헨리의 계정에 연습할 수 있는지 물어도 '읽음' 표시만 뜰 뿐 답장이 없었다. 1시간 동안 수시로 확인하다가 그만두었다. 춤 파트에서 떨어져도 보컬이 남았으니 아직 기회가 있었다.

원래 댄스곡인 〈Crazy in Love〉의 무대를 위해, 나는 토요일 연습 때 간주 부분에서 출 안무를 라나에게 가르쳐 주었다. 라나는 본인의 춤 실력이 '그저 그렇다'고 했지만 동작을 거의 완벽히 따라했다. 연습이 잘 풀려서 헨리와 연락이 안 된다는 사실을 잊을 뻔했다.

점심시간에 라나는 연습실 뒤에서 서성거리는 나를 발견했다. 다행히 촬영진을 포함해 모두가 쉬는 중이라 억지로 웃거나 괜찮은 척할 필요가 없었다.

"무슨 일이야?"

라나가 걱정 어린 얼굴로 눈살을 찌푸리며 물었다.

"아, 헨리 때문에. 우리처럼 연습이 잘되고 있었는데 갑자기 나를 피하네. 다이렉트 메시지에 답장도 안 하고."

내가 말했다.

라나가 내 옆의 벽에 기대며 찡그렸다.

"왜? 처음에는 괜찮았잖아. 헨리가 먼저 추자고 한 거 아니야? 티파니한테 들었는데."

"맞아. 첫 번째 연습 때는 괜찮았어. 근데 타코 먹고서 인스타그램 사건이 터진 뒤로는 연락이 없어."

"남자들은 이상해. 나랑 상관없는 일이라서 다행이야."

"아니, 난 헨리랑 사귀는 것도 아니잖아."

라나가 재차 확인했다.

"잠깐, 안 사귄다고?"

"응, 그냥 헛소문이야. 하루 종일 아무것도 안 먹었대서 내가 타코 먹으러 가자고 했을 뿐인데."

"스카이……. 헨리는 연예인이야. 그렇게 뒷일 생각 안 하고 막 같이 놀러 다니면 안 돼."

라나가 신음했다.

라나의 말을 듣고 보니 과연 무모한 행동이었다. 그래도 후회는 안 되었다. 뒷일은 짜증 났지만 좋은 시간을 보냈으니까.

"근데 헨리에 대한 이상한 소문을 들었어. 직접 알지는 못하니까 사실인지는 몰라. 내 친구들 중에 헨리랑 하버드 웨스트레이크 Harvard-Westlake 고등학교를 같이 다닌 애들이 있거든. 부모님이 관두게 하기 전에. 근데 친구가 하나도 없나 봐. 아예. 옛날에는 있었는데 무슨 일이 터졌대."

라나가 말을 이었다.

"일? 무슨 일?"

"나도 몰라. 친구들이 말을 안 하길래 더 묻지 않았어. 근데 꽤 큰

일이었나 봐."

나는 헨리가 타코 먹으러 갈 때 천진하게 좋아하던 모습을 떠올렸다. 자주 놀러 다니지 않는 걸 보면 라나가 들은 소문이 사실일지도 모른다. 가슴이 철렁 내려앉았다. 조심해야 할지 안쓰러워해야 할지 혼란스러웠다.

조금 뒤에 라나가 말했다.

"헨리한테 얘기해 봤어? 나는 절대 남자는 안 사귀지만 내 남동생 보면 남자들은 대화에 소질이 없더라고. 문제를 말해 줄 때까지 기다리면 안 돼. 반드시 먼저 물어봐야 해."

나도 직접 물어보고 싶었지만 포기했다. 헨리가 연예인이라서인지 그 사건 때문인지는 모르겠지만 왠지 두려웠다. 하지만 라나 말이 맞다. 계속 이럴 수는 없다. 결국 오디션까지 잘못되면 안 된다.

나는 다음 춤 연습 때 헨리에게 물어보기로 결심했다. 문자하면 또 무시할 테니까.

라나에게 조언해 줘서 고맙다고 하려는 순간 버락 오바마의 목소리가 터져 나왔다. '카카오톡!'

내가 라나를 쳐다보자 라나는 5살 아이처럼 웃었다.

"그 알림음은 처음 들었어."

휴대폰을 확인하는 라나를 보며 내가 말했다.

한국에서는 모든 애들과 엄마, 심지어 할머니, 할아버지까지도 카카오톡을 쓴다. 미국에 사는 한국인들도 마찬가지다. 학교에서 유일한 한국인 친구인 클라리사는 카카오톡을 잘 안 쓰기 때문에 나는 부모님과만 메시지를 주고받는다. 카카오톡에는 다른 어플에 없는 재밌는 알림음과 이모티콘이 있는데 더 자주 사용하지 못해 아쉬웠다.

"어플에서는 없어졌는데 티파니랑 나는 문자 알림으로 설정했어. 우리 둘 다 웃겨서. 역대 미국 대통령 중에 제일 동성애를 옹호하는 사람이라 좋았거든."

라나가 설명했다.

라나는 들뜬 채로 티파니에게 답장했다. 그때 나도 모르게 불쑥 말이 튀어나갔다.

"티파니랑은 어때?"

라나는 내가 옆에 있었다는 사실도 까먹은 듯 화들짝 놀라 잠깐 동안 어리둥절하더니 정신을 차렸다.

"너무 좋아. 고등학교 때는 남자애들을 사귀었는데 늘 실망했어. 아무에게도 관심이 안 가고 끌리는 사람이 없었어. 그러다 티파니랑 만나기 시작했는데, 오글거리지만 뭔가 맞는다는 느낌이 들었어. 그제야 사랑 노래들을 전부 이해할 수 있게 된 거지. 너도 이성애자 아니지?"

라나가 말했다.

"난 양성애자야. 내 생각에는. 범성애랑 양성애가 구분은 잘 안 되지만……. 그리고 여자를 사귈 수 있을지나 모르겠지만……."

나는 그렇게 말한 뒤 한숨을 쉬었다. 라나는 차분하게 내 말을 기다렸다.

"동양인 부모 때문에. 아무튼 이성애자는 아니야."

내가 말을 마쳤다.

라나는 공감하며 끄덕였다.

"응, 나도 알아. 티파니랑 나도 부모님한테 들키고서 집에서 쫓겨났어. 지금은 같이 살지만⋯⋯. 이렇게 되기까지 쉽지 않았지. 가족들은 아직도 못살게 굴어. 이제 좀 내버려 두고 인정해 줬으면 좋겠는데. 몇 년이 지나도 부모님은 여전히 내가 '여자 사귀는 시기'를 지나서 남자를 만나기를 원해서."

가슴이 찢어졌다. 트위터Twitter와 텀블러Tumblr에서 동성애를 혐오하는 부모들이 자식들을 내쫓는 이야기를 들은 적은 있어도, 직접 경험한 친구를 옆에서 보니 훨씬 고통스러웠다. 아이러니하게도 나는 아직 무사해서 다행이다. 우리 부모님은 아직 모른다. 평생 모르게 할 수도 있다.

"어떡해."

달리 할 말이 없었다.

라나가 어깨를 으쓱했다.

"어쩔 수 없지. 부모님이나 나나 서로를 바꿀 수는 없어."

라나가 목을 가다듬고 말을 이었다.

"자, 슬픈 얘기는 그만하고 다시 연습하자. 다음 라운드 진출해야지? 나 탈락하면 안 돼!"

"그래."

내가 웃었다.

우리는 미소 지으며 주먹을 부딪쳤다.

연습이 끝나고 라나와 나는 주차장으로 갔다. 그때 멜린다가 내 앞으로 다가왔다.

"네가 헨리 파트너구나."

멜린다는 회색 눈으로 못마땅하다는 듯 나를 훑어보았다. 저번에 만났을 때 친한 척하던 모습과 정반대였다.

'너는 헨리 전 여자 친구고.'

마음 속으로 한 말이 튀어나올 뻔했다. 하지만 뺨을 맞고 싶지 않아 이렇게 말했다.

"응, 그렇게 됐어."

그때 누군가 나를 살짝 뒤로 밀었다. 라나였다. 나는 라나에게 고마운 눈빛을 보냈다.

"저기, 뭐하는 거야? 스카이랑 나랑 오늘 종일 연습해서 피곤하니까 질투 난 전 여자 친구 행세는 그만하시지."

라나가 너무 크게 말하는 바람에 막 퇴근하려던 촬영진이 돌아와 우리를 둘러쌌다. 그들은 흥미로운 장면을 놓치지 않으려고 얼른 카메라를 다시 켰다.

멜린다는 카메라를 힐끗 보고는 우리를 향해 짜증스런 눈빛을 보냈다.

"저기, 헨리랑 나는 잠깐 시간을 갖는 중이야. 너랑은 오디션에서 춤만 추는 거라고. 그러니까 건드리면 죽을 줄 알아. 별것도 아닌 주제에."

멜린다가 라나를 무시하며 나에게 씩씩댔다.

멜린다 말을 한 귀로 흘리려고 했지만 마지막 말에 화가 났다. 나는 헨리에게 파트너를 청한 적도 없고 '구해 달라고' 한 적도 없다. 그런데 모두가 나를 운 좋은 애로 여겼다. 나는 라나의 팔을 뿌리치고 멜린다를 정면으로 마주했다. 나를 무시하는 사람들에게 진절머리가 났다.

"이봐, 헨리랑 나는 그런 사이 아니야. 내가 '대타'라는 소문은 다 가짜야. 헛소문이라고. 근데 내가 네 전 남자 친구하고 춤춘다고 해서 별것도 아닌 사람 취급하지 마. 네가 헨리랑 추고 싶었으면 너도 댄스 파트에 나가지 그랬어."

내가 말했다.

"나갔어. 떨어졌지만."

멜린다가 이를 악물고 말했다.

"그럼 별것도 아닌 애가 누굴까."

그때 사람들이 모여들었다. 스폰지밥 티셔츠 여자아이도 있었다. (이쯤이면 옷장 전체가 스폰지밥 티셔츠로 가득한지 궁금해진다.) 사람들이 나를 응원했다. 카메라가 우리 얼굴을 클로즈업했다.

멜린다는 눈살을 찌푸리고는 말없이 뒤돌아 갔다.

18

다음 토요일은 2라운드 전 마지막 춤 연습일이었다. 상황이 안 좋았다. 정말 나빴다. 맞는 게 없었다. 헨리와 나는 계속해서 서로의 발을 밟았다. 트위스터 게임을 하듯 팔다리가 얽혔다. 나는 얼굴을 부딪히며 넘어질 뻔했다.

다른 팀을 둘러보고는 바로 후회했다. 이마니와 케일럽 킴은 천천히 스텝을 맞추었다. 티파니와 폴 존스턴은 조금 어설프지만 노력 중이었다.

질투가 머리끝까지 차올랐다. 2주 전에 호흡이 척척 맞던 때가 꿈만 같았다.

나는 안절부절못했다. 연습도 엉망인데 오늘 밤 〈넌 나의 샤이닝 스타〉 첫 방송이 나간다. 클라리사와 레베카는 일주일 내내 문자했지만 나는 말을 아꼈다. 방송에 대한 질문에는 단답형으로 응했다. 고의는 아니었지만 이 상황에서 첫 방송이 기대될 리가 없다. 생각만 해도 속이 울렁거렸다.

첫 방송을 걱정하다가 헨리와 머리를 세게 부딪쳤다.

"아!"

내가 소리쳤다.

모두가 나를 돌아보았다. 카메라도 방향을 돌렸다. 너무 아팠다. 눈물을 글썽이며 헨리를 쏘아보았다. 헨리는 나처럼 울지는 않았지만 얼굴을 잔뜩 찡그렸다.

"미안."

헨리가 중얼거렸다. 전화 통화 이후로 들은 첫마디였다.

나는 라나의 조언을 따르기로 마음먹었다.

"됐어, 따라와. 얘기 좀 해."

내가 말했다.

나는 헨리의 손을 잡고 연습실 문을 향해 끌어당겼다. 우리가 지나가자 모두 춤을 추다 말고 놀라 쳐다보았다. 여기저기서 쑥덕거리는 소리가 들렸다.

"지금 어디 가요?"

장보라가 내 앞을 막으며 물었다.

카메라가 우리를 둘러쌌다. 나는 심호흡을 한 뒤 차분하고 단호한 목소리로 말했다.

"파트너랑 얘기 좀 하려고요. 바로 밖에서 할게요. 둘이서만."

장보라가 고개를 저었다.

"안 돼요. 개인적인 대화는 점심시간에 하세요."

점심시간은 한참 후였다. 그때까지 기다리면 하루의 반이 날아간다.

"5분만요, 제발."

내가 말했다.

"안 돼요."

장보라가 딱 잘라 말했다. 그러고는 한국어를 속사포로 쏟아 내는 통에 도통 알아들을 수가 없었다.

"박 피디님 덕분에 탈락을 면해서 무슨 특혜라도 바라나 본데 어림없어요. 지금도 다른 사람들의 귀한 연습 시간을 방해하고 있잖아요. 미국 방송에서는 어떨지 모르겠지만 여기서는 달라요."

뒤에서 이마니가 '도와줄까?'라고 입 모양으로 말했다. 장보라가 한국어로 말했지만 분위기가 심상치 않았다.

나는 고개를 저었다. 장보라가 싫긴 해도 이번에는 맞는 말을 했다. 소란을 일으킬 생각은 없었다. 하지만 모두가 춤을 멈춘 걸로 보아 이미 방해를 일으킨 건 사실이었다. 나는 속으로 신음했다. 방송에 잘도 나오겠군.

"알았어요. 죄송해요."

내가 말했다.

나는 헨리를 돌아보았다. 그는 내내 아무 말도 하지 않았다. 첫날의 카리스마 있던 연예인다운 모습은 온데간데없고 그저 묵묵히 바닥만 내려다보고 있었다.

우리는 자리로 돌아갔다. 오전 내내 끔찍했다. 점심시간이 되자 소리치고 싶었다. 내가 말을 꺼내기 전에 헨리가 내 손을 살짝 잡고 복도로 끌고 나갔다. 다른 사람들은 음식을 받기 위해 줄을 섰다.

"그래, 얘기하자."

헨리가 말했다.

"으악! 너 정말 오디션은 신경 안 쓰지? 계속 이렇게 좀비처럼 춤추면 다음 라운드에서 탈락할 거야."

내가 참았던 짜증을 터뜨리며 크게 외쳤다.

헨리는 이미 가지런한 머리를 뒤로 넘겼다.

"신경 쓰고 있어. 그냥, 모르겠어."

"나한테 화난 거 있어? 내가 뭐 잘못했니?"

내가 다시 물었다.

헨리는 못 알아들은 듯이 눈을 깜빡였다. 대답 듣기를 포기하려는 순간 헨리가 말했다.

"너한테? 아니, 내가 왜 너한테 화가 나? 넌 아무것도 안 했잖아."

나는 안도의 한숨을 쉬었다. 지난 2주 사이 헨리가 한 말 중 가장 길었다.

"그래? 그럼 뭔데?"

헨리는 깊은 숨을 쉬더니 머리를 만지며 다른 곳을 보았다.

"나 때문이야. 내가 망쳤어."

"뭘?"

"포시아가 너를 태그하지 못하게 했어야 했는데. 아니면 올리기 전에 네 허락이라도 받을걸. 다른 연예인들하고 찍은 걸 올릴 때는 별문제 없었거든. 계정 관리도 직접 안 하고 노출에 익숙하니까. 그래서 네가 이렇게 될 거라고는 생각 못 했어."

나는 눈살을 찌푸렸다.

"잠깐, 여태까지 미안해서 나한테 차갑게 굴었어? 그래서 '읽씹'을 했다고?"

라나 말이 맞았다. 남자들은 바보 같다.

"포시아한테 답장하지 말라고 했어. 네가 억지로 나한테 친절히 대하는 거 같아서. 나도 모르겠어. 미안, 좀 복잡하지."

"뭐가?"

"너랑 친구 못 하겠어. 안 될 거 같아. 솔직히 그날 연습 끝나고 놀아서 좋았어. 너무 재밌었어. 숨통도 트이고. 지난 몇 주 동안 지옥 같았거든. 근데 인스타그램 사건 때문에 정신이 번쩍 들었어. 나는 너랑 마음껏 못 놀아. 네 친구 말대로 내가 무책임했어."

"아니면 그냥…… 인스타그램에 사진만 안 올리면 되잖아."

말을 뱉고 나서야 깨달았다. 헨리와 또 놀고 싶다는 걸. 그와 계속 어울릴 수 있다고 생각했다. 헨리는 터무니없는 내 말에는 대꾸하지 않았다. 분명 멜린다에게 헨리와 아무 사이도 아니라고 했지만 같이 시간을 보내는 건 좋았다.

"그건 힘들어."

헨리가 말했다. 진지한 투로 말했지만 농담인 듯 씩 웃었다. 마음에 좀 걸렸지만 반가운 표정이었다. 드디어 풀어졌다.

내가 가만히 있자 헨리가 수도꼭지처럼 말을 쏟아 냈다.

"맞아. 근데 애초에 너랑 파트너를 하는 게 아니었어. 너 때문이 아니라 그 난리가 나서. 네가 나한테 화난 줄 알았어. 아니면 그때 이후로 나를 안 볼 줄 알았지. 나랑 시간 보내고 싶지 않아도 충분히 이해해. 내가 잘못했어."

헨리는 기어드는 소리로 말했다. 나약한 모습이 어색했다. 미안해하는 표정도.

"전에도 이런 일로 나한테 등 돌린 사람들이 좀 있었어. 물론 상황은 달랐지. 그때도 내 잘못 같았어. 다시 그렇게 될까 봐 두려웠어. 미안해."

헨리가 말을 이었다.

다음 말을 기다렸지만 헨리가 잠자코 있기에 내가 입을 열었다.

"음, 인스타그램 사건이 그리 유쾌하지는 않았지. 내가 실수로 댓글을 봐 버려서. 돼지 이모티콘이 그렇게 많은 걸 처음 봤어."

헨리가 얼굴을 찌푸렸다.

"정말 미안해."

나는 멜린다가 '별것도 아닌 거'라고 부른 순간을 떠올리며 고개를 똑바로 들었다.

"최선을 다해 연습해서 다음 라운드에 진출하는 걸로 갚아. 다른 사과는 안 받을 거야."

"응, 물론이지. 열심히 할게."

스튜디오로 돌아가자 모두 연습이 한창이었다. 점심시간이 눈 깜짝할 새에 끝났다.

장보라는 연습실 앞쪽에서 나를 보고 피식 웃었다. 헨리와 내가 늦어서 고소하다는 듯이.

"이런, 어떻게 따라잡지?"

내가 말했다.

헨리는 초조하게 손가락으로 문을 두드렸다.

"여기 연습 끝나고 더 연습할 수 있는 곳을 알아. 너만 괜찮으면."

"어딘데?"

"나……."

헨리가 슬쩍 눈을 피하며 중얼거렸다. 그답지 않은 모습이 웃겨서 내가 물었다.

"뭐라고?"

"내가 혼자 춤추고 싶을 때 이용하는 개인 연습실이 있어. 우리 둘만 있지는 않을 거야. 포시아랑 스티브도 함께 있을 건데 네가 불편하면 안 해도 돼."

나는 오늘을 낭비하고 싶지 않았다. 인스타그램 사건만 아니면 헨리와 포시아와 스티브는 좋은 사람들 같았다. 게다가 전에도 셋이서 같이 있어 봤으니까.

그래서 나는 거절하지 않고 물었다.

"거기 에어컨 있어?"

"응."

"음향 시설도 좋고?"

"응."

"그럼 좋아. 연습 끝나고 가자."

우리는 스튜디오 시티^{Studio City}로 향했다. 다행히 관광객이 몰려 있는 곳은 피했다. 할리우드 근처에 사는 기분은 이상하다. 전 세계 사람들이 할리우드 사인 사진을 찍고 2층 관광버스를 타러 온다. 하지만 나에게 할리우드는 그저 지하철역이다. 심각한 교통 혼잡 때문에 늘 불편한 곳이다.

스티브가 차를 길가에 세운 뒤 우리는 허물어져 가는 사무실 건물로 들어갔다. 내부는 근사했다. 〈넌 나의 샤이닝 스타〉 녹음실과 비슷했다. 춤 연습실 외에도 비싼 클럽처럼 휴게실과 간식이 가득한 바^{bar}가 있었다. 브리트니 스피어스^{Britney Spears}와 데미 로바토^{Demi Lovato} 등의 연예인 사진과 사인이 담긴 액자가 걸려 있었다.

"이 작업실을 빌렸다고?"

나는 유명한 연예인들 사진을 보고 감탄하며 속삭였다.

헨리가 나를 물끄러미 쳐다보았다.

"응, 이 방만."

그러고는 바네사 허진스^{Vanessa Hudgens}와 백업 댄서들 사진을 톡 두드리며 말을 이었다.

"요즘은 안 오는 거 같아. 옛날 사진이야."

나는 입을 떡 벌린 채 계단을 따라 올라갔다.

나도 엄마의 작은 사업과 아빠의 기술 덕분에 부족함 없이 자랐다. 하지만 헨리의 가족만큼 돈이 많으면 어떨지 상상이 되지 않았다. 우리집이 부자라 해도 대부분 내 대학 학자금으로 저축하고 나머지 돈으로는 한국에 있는 친척들을 방문할 듯했다. 아마도 호화로운 개인 작업실을 빌리지는 않을 것이다.

오디션에서 우승해서 꼭 한국에 가겠다는 다짐을 하고 있을 때, 헨리가 문을 열었다.

"자, 이게 다야. 스트레칭하고 몸 풀어. 노래 틀고 올게."

나는 쿵쾅대는 심장을 부여잡고 연습실로 들어갔다. 오디션 연습실보다 작았지만 훨씬 마음에 들었다. 〈넌 나의 샤이닝 스타〉 연습실은 새빨간 벽에 공장 같은 천장으로 현대적인 분위기라면, 이곳은 전면 거울과 불빛 덕분에 전체적으로 편안하고 아늑했다. 늘 내가 꿈꾸던 연습 공간이었다.

포시아와 스티브가 작은 플라스틱 탁자와 의자를 가지고 들어와 연습실 뒤 미니 냉장고와 정수기 옆에 놓았다. 내가 도와주려고 하자 포시아는 고개를 저으며 웃었다.

"좋아. 노래는 준비됐어."

헨리가 뒤쪽을 쳐다보는 나를 보고 덧붙여 말했다.

"아, 나만 있을 때는 저렇게 안 해. 네가 우리 둘만 있는 거보다 이게 더 편할 거 같아서."

포시아가 뒤쪽에서 다정하게 손을 흔들었다. 자녀의 축구 연습을 보러 온 엄마 같았다. 스티브는 역시나 말이 없었지만 눈빛이 평소보다 부드러웠다. 모두 각별히 신경 쓰는 게 느껴져 어색하면서도 감동이었다.

헨리와 나는 연습실 가운데 자리 잡았다. 다른 사람들과 수없이 연습했지만 둘만 서 있으니 10배는 더 친밀해진 느낌이었다. 오디션 연습실은 음악이 나오기 전에 사람들이 떠들어 대서 늘 시끄럽지만 이곳은 완전히 고요했다. 연습 때와 똑같은 거리지만 더 가깝게 느껴졌다. 조용하고 희미한 숨소리가 들렸다. 항상 좋은 냄새가 나지만 오늘은 바다 향기에 더해 들꽃 향기까지 풍겼다.

"와, 꽃미남에서 너무 나가셨네."

"응?"

"한국어로 '꽃미남'이라는 단어 알지? 꽃같이 아름다운 남자들?"

헨리가 끄덕였다. 그러고는 기분 좋은 미소를 지으며 나보다 더 진하고 긴 속눈썹 사이로 나를 내려다보았다.

"너도 그중 하나야. 근데 꽃향기까지 나."

내가 말을 이었다.

빵 터진 헨리를 보며 나는 멋쩍게 웃었다. 잘 모르는 멋진 남자와 가까이 있어 어색했지만 유쾌했다.

곧 음악이 시작되자 어색함은 싹 잊었다. 평소처럼 리듬에 맞춰 돌고 비틀면서 어려운 안무를 소화했다. 헨리가 합류해 같이 움직이자 거울 속 두 몸이 완벽히 어우러졌다.

간만에 동작이 맞아 안도의 눈물을 흘릴 뻔했다. 몇 시간의 기계적인 어색함 끝에 드디어 호흡이 맞았다. 실제로 숨도 같이 쉬었다.

라나의 조언을 듣기를 잘했다.

헨리가 춤을 추며 웃었다. 그러고는 나를 자신의 팔 안으로 돌렸다. 나도 같이 웃었다.

19

집으로 가는 차 안에서 헨리는 거의 말이 없었다. 생각이 복잡한 듯 긴장되어 보였다. 눈을 마주치면 미소를 지었지만 진짜가 아닌 가짜 미소였다.

헨리가 말할 기분이 아닌 것 같아 나는 이어폰을 꽂고 〈Crazy in Love〉를 반복해서 들었다. 월요일 심리학 시험을 위해 만든 퀴즐렛Quizlet 플래시 카드도 공부했다. 학교와 오디션 일정을 병행하느라 정신없지만 시간을 최대한 효율적으로 써야 했다.

5번 국도에서 벗어날 때쯤 헨리가 어깨를 톡톡 두드렸다. 카드를 보다 깜짝 놀라 고개를 들었다. 헨리가 자신의 귀를 가리키며 이어폰을 빼라는 손짓을 했다. 내가 한쪽을 빼고 물었다.

"왜?"

헨리는 평소답지 않게 수줍어하며 휴대폰을 내밀었다.

"음, 연락처 좀 알려 줄 수 있어?"

"응?"

헨리가 다른 곳을 보며 머리를 뒤로 넘겼다.

"이번 주에 연습해야 되잖아. 평일에도 하고 싶다고 했지? 시간이 얼마 없으니까."

내가 연습 때 했던 말을 까맣게 잊고 있었다. 그래서 내내 불안해 보였던 걸까?

"아, 당연하지!"

내가 번호를 입력하자 헨리가 짧은 문자를 보냈다. 이윽고 내 휴대폰이 울렸다.

헨리가 씩 웃었다.

"좋아. 가짜 번호 아니네."

헨리가 말했다.

나는 코웃음을 쳤다.

"나 너 안 싫어해, 아직은. 일주일 후에는 바뀔 수도 있지만."

헨리가 놀라는 척하며 눈썹을 치켜올렸다.

"'선의의 경쟁'도 싫은가 보네."

"'선의'는 할 수 있지. 내가 이길 거지만."

내가 고쳐 말했다.

헨리가 웃었다. 진심 어린 미소에 나도 저절로 미소가 번졌다.

'와, 저렇게 더 웃으면 좋겠다.'

나도 모르게 생각했다.

나는 번호를 저장하려고 눈을 돌렸다. 뭐라도 해야 했다.

"네 개인 번호야?"

내가 물었다.

"응, 당연하지."

헨리가 어리둥절한 표정으로 대답했다.

"아, 아니. 연예인들은 개인 정보 같은 거 막 알려 주면 안 되지 않아? 저번에도 '발신자 표시 제한'으로 전화했잖아."

"아, 그때 내 휴대폰이 없어서 포시아꺼 빌린 거야. 포시아는 애들도 있으니까 막 알려 주면 안 되겠지. 음, 근데 나는……. 나도 막 알려 주지는 않아. 누군가에게 번호 알려 준 게 엄청 오랜만이야. 포시아랑 스티브 말고 다른 사람이랑 친해진 지 오래됐어."

헨리가 웃으며 말했다.

그러고는 얼굴을 찌푸렸다. 마지막 말에 멋쩍은 듯했다.

"잠깐, 무슨 말이야? 친구 없어?"

내가 물었다."

"지금은 없어. 학교 다닐 때는 있었는데. 부모님이 홈스쿨링 시킨 뒤로 이렇게 됐어."

"아…… 무슨 일 있었어?

나는 다소 높아진 목소리로 조심스럽게 물었다. 소문이 어디까지 사실인지 알 수 없었다. 왠지 안타까웠다.

그때 차가 멈췄다.

"다 왔어요."

포시아가 말했다.

헨리는 안심한 표정이었다.

"다음에 보자, 스카이."

헨리가 말했다.

'미스터리는 다음에.'

차에서 내리며 생각했다.

"스카이!"

아빠의 목소리에 나는 깜짝 놀랐다. 집에 아무도 없을 줄 알았다. 그제야 아빠가 주말에 온다고 했던 게 기억났다. 원래 오는 주는 아니었지만 집에서 첫 방송을 같이 보기로 약속했었다.

아빠는 내가 오기 전까지 정원에서 가지를 손질하고 있다가 가위질을 멈추고 멀어지는 SUV를 멀뚱멀뚱 바라보았다.

"야, 누구 차야? 연예인?"

아빠가 속삭였다. 한참 멀어진 헨리와 매니저에게 들릴까 걱정이라도 하는 듯이.

나는 아빠를 의아한 눈으로 쳐다보았다. 아빠가 대중문화를 얼마나 아는지 몰랐다.

"헨리 조야. 모델인데……."

내가 말했다.

아빠가 놀라 숨을 들이켰다.

"헨리 조? 나 인스타그램 팔로우하는데!"

"아빠 인스타그램 해?"

"당연하지! 페이스북은 한물갔잖아. 포브즈(Forbes, 격주로 나오는 미국의 경제 잡지—옮긴이)에서 봤어. 내 대학 친구들도 이제 다 인스타그램 써."

나는 신음했다.

"인스타그램 지워야겠다."

나는 눈을 굴렸다. 솔직히 놀라기보다 신기했다. 엔지니어인 아빠는 늘 최신 기술에 관심을 가진다. 그런데 종종 '와, 내가 네 나이일 때는 다 아날로그였는데!'와 같은 간지러운 말들을 하곤 했다. SNS도 취미로 하는 줄은 몰랐지만 이해가 갔다. 북부 캘리포니아에서 혼자 지내는 동안 시간 여유가 많았을 테니까.

"헨리 조를 어떻게 알아? 개도 오디션 나가?"

아빠가 물었다.

"응, 내 파트너야."

"뭐? 왜 전에 말 안 했어?"

"아직 비밀이야! 오늘 밤에 첫 방송이잖아. 알지?"

아빠는 친구들만큼이나 헨리에게 열광했다. 순간 집에서 뛰쳐나오고 싶었다. 하지만 아빠는 아빠다. 엄마나 친구들과 달리 아빠는 누가 뭐래도 나의 1호 팬이다. 내 희망 사항이기는 하지만.

내가 고개를 끄덕이자 아빠가 흥분하며 손을 뻗었다.

"드디어 우리 스카이가 TV에서 재능을 드러낼 때가 왔구나! 빨리 보고 싶어. 신난다!"

나는 킥킥댔다. 나를 자극하지 않고 웃기는 사람은 아빠뿐이다.

그러고 보니 아빠에게 오디션 이야기를 할 틈이 없었다. 그래서 지난 2주간 있었던 일들을 전부 늘어놓았다. 인스타그램 사건은 빼고. 다행히 헨리의 인스타그램에 잠깐 사진이 올라왔을 때 보지 못한 듯했다. 그리고 아빠는 가십은 읽지 않는다. 천만다행이다.

내가 말을 마치자 아빠가 감격했다.

"와, 역시. 넌 늘 열정적이야. 멋있어, 스카이. 너도 알지?"

"고마워, 아빠."

아빠가 다시 가지치기를 시작해 안으로 들어가려는데 아빠가 말을 이었다.

"아, 근데 헨리 조, 괜찮아? 너한테 잘해 주겠지."

나는 움찔했다.

"우리가 무슨 사귀는 사이도 아니고."

아빠가 눈썹을 치켜올리고는 단호한 표정을 짓자 웃음이 터질 뻔했다. 아빠다운 표정은 오랜만이었다.

"맞아?"

"아니! 당연히 아니지. 그냥 춤 파트너야. 우리가 사귄다고 소문

났는데 그냥 타코 한번 먹었을 뿐이야. 그게 다야."

아빠가 기침하더니 얼굴이 시퍼레졌다.

"엄마가 너 단속시켰지?"

"아빠! 말했잖아, 안 사귄다고!"

아빠의 얼굴은 이내 진정되었지만 여전히 변비에 걸린 듯이 뻣 뻣하게 굳어 있었다.

"그래, 좋아. 만약 사귀게 되면……."

아빠가 한숨지었다. 얼굴이 바람 빠진 풍선처럼 가라앉아 있었 다.

"아니다. 이런 건 엄마가 말하는 게 나아."

"알아!"

나는 부끄러웠지만 참을 수 없어 크게 웃었다. 당황한 아빠도 따 라 웃었다. 우리는 숨이 넘어갈 정도로 깔깔대었다.

"알아. 걱정 마, 아빠. 나도 내 몸 지킬 줄 알아."

내가 다시 말했다.

아빠는 어색하게 머리를 긁적였다.

"알았어, 그럼. 가서 씻고 와. 저녁 준비해 놓을게."

"아니야, 내가 할게. 정원 마무리해야 되지 않아? 냉장고에 있는 거 데우면 돼."

아빠가 베이 에리어에서 올 때마다 마당 일을 해 주어 고마웠다. 역시 아빠답다. 소소하지만 저녁 준비라도 내가 하고 싶었다.

"그럴래?"

"응. 엄마 일할 때 맨날 내가 요리하고 음식 준비해. 짜장면 만들까? 라면 몇 개 남았는데."

"오, 완전 좋아! 고마워, 스카이. 정말로."

아빠가 웃었다. 가슴이 저릴 정도로 친근한 미소였다. 아빠와 나는 오른쪽 볼에 보조개가 있어서 웃는 모습이 닮았다. 아빠의 미소를 더 자주 보고 싶다. 오늘도 어김없이 아빠와 같이 살고 싶다는 생각을 한다.

"아빠?"

내가 입을 열었다.

"응?"

내가 입을 열자 차고 문이 천둥처럼 울리며 서서히 열렸다. 엄마의 BMW가 진입로에 들어서고 있었다. 불투명한 창문에서 싸늘한 눈빛이 느껴졌다. 나에게만 보내는 눈빛.

"아니야. 저녁 먹을 때 봐."

내가 말했다.

엄마가 차에서 내리기 전에 나는 현관으로 향했다.

20

저녁을 먹은 후 아빠와 나는 주요 한국 채널인 SBC에서 방영하는 〈넌 나의 샤이닝 스타〉의 첫 방송을 보기 위해 거실에 앉았다. 흥분감에 간질간질한 기분이었다. 여기서는 토요일 저녁 6시, 한국에서는 일요일 오전 10시에 동시 방송된다. 한국의 친척들이 방송을 보고 어떻게 생각할지 궁금했다.

아빠와 나는 소파에 붙어 앉았다. 아빠는 본인이 TV 데뷔라도 하듯 나를 꽉 움켜잡았다.

"어떡해. 진짜 하네. 내 딸, 우리 하늘이……"

아빠가 TV를 켜며 말했다.

아빠가 말끝을 흐려 나는 실실 웃었다. 엄마와 달리 아빠는 미국에서 자라 한국말을 잘 안 한다. 아빠가 한국어로 '우리 하늘이'라고 한 걸 보면 생각보다 훨씬 긴장한 듯했다.

"야, 왜 긴장 안 해? 두 나라 TV에 나올 사람은 넌데!"

아빠가 멋쩍어하며 말했다.

나는 어깨를 으쓱했다.

"긴장되는데 지금은 별 느낌이 없어. TV에 나오는 게 처음 오디션 때보다 떨릴 게 뭐 있어?"

"그런가."

그때 TV 화면이 잠깐 까매졌다가 박 피디가 큰 적갈색 테이블에 앉아 있는 장면이 나왔다. 서울의 사무실인 걸 보니 꽤 오래전에 찍은 듯했다. 사무실 벽에는 박 피디가 90년대부터 키워 온 수많은 케이팝 그룹 포스터 액자들이 가득했다.

"〈넌 나의 샤이닝 스타〉에 오신 걸 환영합니다. 지난 몇 년간 케이팝은 세계적인 인기를 받아 왔습니다. BTS와 블랙핑크가 세계 각지에서 전 좌석 매진 콘서트를 했죠."

박 피디가 말했다.

그가 말하는 동안 방송에서 다양한 도시에서 열린 케이팝 콘서트 영상이 나왔다. 런던과 멕시코시티, 도쿄와 LA 등이었다.

"한국에서 수많은 케이팝 서바이벌 쇼의 성공과 실패를 지켜보면서 저와 동료들은 확장되는 한국 음악 시장에 맞는 새로운 형태의 오디션을 생각해 냈습니다. 관객들은 세계화되는데 오디션을 한국에서만 할 필요가 있을까요? 그래서 탄생한 〈넌 나의 샤이닝 스타〉는 한국 밖에서 시작된 첫 대규모 케이팝 오디션입니다. 오늘 영상에서는 화창한 LA의 몇 주간의 모습을 보시게 됩니다. 참가자들의 놀라운 실력과 감동적인 사연을 지켜봐 주시기 바랍니다. 〈넌 나의 샤이닝 스타〉에 오신 걸 환영합니다.”

다시 검은 화면이 뜨고 시끄러운 트럼펫 소리와 중독성 있는 PTS 엔터테인먼트 대표 걸 그룹 픽셀의 노래가 흘러나왔다. 연분홍색 비눗방울과 하늘색 구름에 오디션과 연습 영상이 둥둥 떠다녔다. 내 얼굴이 나올 때마다 아빠가 외쳤다.

“저기 있다! 우리 딸!”

아빠의 반응이 너무 귀여워서 엄마가 없다는 사실을 잊을 뻔했다. 코리아타운에 첫 방송 광고가 도배되었으니 엄마가 모를 리 없었다.

오프닝 크레디트가 끝날 때쯤 아빠도 엄마가 없는 걸 알아차리고 말했다.

“흠, 네 엄마 어디 있지?”

“같이 안 볼 줄 알았어. 나 오디션 합격하고서 거의 모른 척하고 지냈거든.”

나는 실망감을 누르며 말했다.

“그랬어? 잠깐 있어 봐.”

아빠가 걱정하는 투로 말하고는 안방이 있는 위층을 힐끗 보았다.

얼마 지나지 않아 주머니 속 휴대폰이 울리기 시작했다. 화면을 보았다. 클라리사와 레베카가 그룹 페이스타임을 걸어와 전화를 받았다.

"어떡해, 스카이. 대박이야. 진짜 TV에 나오다니! 헨리랑 춤추는 장면도 나오네! 빨리 보고 싶다!"

전화를 받자마자 클라리사가 비명을 질렀다.

귀가 아파 얼굴을 찌푸렸지만 클라리사의 흥분한 목소리에 웃음이 났다.

"네 오디션 언제 나오는지 알아?"

레베카가 물었다.

"몰라. 오디션 본 사람이 많아서 2회에 나눠서 나오나 봐. 오늘 안 나올 수도 있어."

내가 말했다.

나는 친구들과 같이 방송을 보았다. 갑작스런 확대와 반복 재생이 난무했다. 한국 방송에서 흔히 쓰는 효과지만 현장에 있다가 최종 영상을 보니 어색하고 우스꽝스러웠다.

이런저런 해프닝과 과장된 유머가 금세 지겨워질 쯤 점점 웃음기가 사라졌다. 줄 설 때 봤던 사람들이 놀림거리가 되고 있었다. 물론 끝내주게 멋진 오디션을 본 사람들도 있지만 무대에서 망신을 당한 사람들도 수두룩했다.

하지만 깔깔대는 친구들을 보니 유머도 방송의 묘미인 듯했다.

조금 뒤 주위를 둘러보니 아빠가 아직 돌아오지 않고 있었다.

"대박. 헨리다!"

클라리사가 소리 질렀다.

나는 다시 화면을 보았다. 라나와 나의 예상대로 헨리가 오디션 건물에 들어서는 순간부터 무대에서 공연하는 장면까지 전부 빠짐없이 나왔다. 혼자 춤추는 모습은 처음 보았다. 친구들 말대로 헨리는 잘생겼다. 지난 몇 주간 같이 춤추면서 느꼈듯이 자신 있고 날렵하게 NCT 127의 〈Cherry Bomb〉을 추었다. 리듬에 맞춰 팝핀과 락킹을 하며 완벽한 무대를 선보였다. NCT 127은 큰 그룹인데 헨리는 무대 위에서 혼자 10명의 에너지를 뿜어냈다. 높이 점프했다가 떨어져서 브레이크 댄스를 출 때마다 관객들이 환호했다.

나도 모르게 미소가 나왔다. 파트너가 자랑스러웠다.

그때 누군가 계단을 내려오는 소리가 들렸다.

나는 전화를 끊었다.

> 미안해 얘들아. 부모님이 불러서. 나중에 전화할게.

그룹 채팅방에 메시지를 남겼다.

드디어 헨리 파트가 지나가자 휴대폰이 울렸다. 헨리 조가 보낸 문자였다.

휴. 나 안 끝나는 줄 알았네.

이렇게 왔다.

내가 크게 웃자 아빠가 거실로 돌아오며 물었다.

"뭐가 그렇게 웃겨?"

아빠는 혼자였다. 웃는 척했지만 문제가 있는 듯했다. 엄마와 대화가 잘 안 풀렸나 보다.

"아니야. 엄마는 뭐해?"

내가 태연하게 물었다.

"안방 TV로 방송 보고 있어. 내려와서 같이 보자고 했는데……."

아빠가 말했다. 그러고는 미안한지 어깨를 으쓱했다.

"싫대. 미안해, 스카이. 그래도 보고 있으니까 괜찮지?"

"응, 괜찮아."

내가 말했다. 엄마를 데려오지 못했지만 아빠는 분명 노력한 듯했다. 어차피 엄마의 부정적인 의견은 듣고 싶지도 않았다.

나는 뒤숭숭한 마음을 다잡고 TV 화면에 집중했다. 이마니가 무대에서 춤추고 있었다. EXO의 춤을 멋지게 소화했다. 무대가 끝나자 아빠와 나는 관중과 함께 환호했다.

"와, 진짜 잘 춘다!"

아빠가 말했다.

"그치! 1라운드 때 우리 조였어. 이마니가 제일 잘 춰."

내가 말했다.

나는 이마니에게 짧은 문자를 보냈다.

> 너 엄청 잘하더라!!! 아빠랑 나랑 완전 빠져서 봤어.

거의 바로 답장이 왔다.

이마니 스티븐스
> 하하 고마워♡ 스카이 무대도 기대할게!!!!

다음은 라나였다. 역시나 끝내줬다. 그다음은 스폰지밥 티셔츠 여자아이, 민디였다.

"잠깐, 너 나왔어?"

아빠가 광고 시간에 물었다.

"아니, 순서가 뒤죽박죽이야. 헨리가 나보다 늦게 했는데 벌써 나왔잖아. 오늘 안 나올 수도 있어. 오디션을 2회로 나눠서 방송하니까."

몇 무대가 지나고 내가 무대로 걸어 나왔다.

휴대폰이 다시 울렸다. 확인하기도 전에 아빠가 꼭 껴안았다.

"나왔다!"

아빠가 외쳤다.

"아빠, 숨 막혀!"

내가 웃으며 아빠를 밀어내면서 외쳤다. TV 속 내가 자기소개를 했다.

"안녕하세요. 저는 스카이 신입니다. 열여섯 살이고 오렌지 카운티에 살아요."

나는 몸을 웅크렸다. 부끄럽기보다 TV에서 내 모습을 보니 어색했다. 괜히 기분이 이상했다. 순간 본인 영화를 못 보는 배우들 심정이 이해가 갔다.

"와, 이상하다. 유체 이탈된 기분이야."

내가 말했다.

"우리 딸 멋져! 내 인생 최고의 날이야!"

아빠가 말했다.

"아빠, 나 아직 무대 시작도 안 했어!"

그 말을 뱉자마자 TV 속 내가 춤추기 시작했다. 아빠가 '스카이, 파이팅!'을 시작으로 시끄럽게 외쳐대느라 TV 소리가 거의 안 들렸다. TV로 내 모습을 보는 게 어색했지만 나 자신이 자랑스러웠다. 춤과 보컬 오디션 모두 완벽했다. 나는 심사위원들이 비만 혐오 발언을 할 때도 당당하게 고개를 들고 차분한 말투로 대꾸했다.

아빠가 한국어로 욕을 뱉었다.

"어떻게 우리 딸한테 저런 말을 해?"

아빠가 심사위원에게 화를 내자 기쁘면서도 슬펐다. 모르는 사람들 앞에서 내 편이 되어 주듯이 엄마 앞에서도 그러기를 바랐다. 오늘 밤에는 엄마 아빠 사이에 무슨 일이 있었다 해도 다른 때는 어떤가? 아빠가 엄마와 내 관계를 조금 더 신경 써 주기를 바라는 건 너무 이기적인 생각일까? 애초에 집에도 거의 없으면서.

아빠가 갑자기 나를 또 끌어안았다. 내 오디션이 끝났다. TV 속 내가 무대를 내려갔다.

"네가 자랑스러워. 무대랑 너의 말, 모든 게 대단했어. 엄마도 자랑스러워할 거야. 아직 인정은 안 해도."

아빠가 말했다.

"엄마가 과연? 날 보는 눈 봤지? 더 마른 딸로 바꾸고 싶어 하는 눈빛."

내 말에 아빠가 얼굴을 찡그렸다.

"당연히 자랑스러워하지. 자, 지금도 봐. 안 그럼 왜 안방에서 첫 방송을 보고 있겠어? 엄마가 네 외모를 부정하는 건…… 너희들 말로…… '개인적인 감정은 아니야'. 물론 엄마 행동이 옳다는 건 아니야. 아빠가 엄마랑 더 이야기해 볼게."

"고마워, 아빠."

내가 한국말로 말했다.

전화가 와서 휴대폰이 진동했다.

나는 휴대폰을 확인하고 하마터면 떨어뜨릴 뻔했다. 레베카와 클

라리사에게서 페이스타임이 왔다. 그런데 트위터 알림만 수백 개가
떴다.

정신을 차리자 전화가 끊겼다. 친구들이 바로 그룹 채팅을 남
겼다.

스카이. 스카이. 대박이야!!!!!!!!!!

다시 전화해 줘!!! 트위터 확인해
봐!!!!!!!!

스카이, 너 뜨고 있어 으아악!!!!!!
!!!!!!!!!

21

　엄마는 자정이 되어서야 안방에서 나왔다. 아빠는 자러 간 지 한참 되었다. 엄마가 차라리 방에 있기를 바랐다. 기뻐 보이지도 자랑스러워 하는 것 같아 보이지도 않았다. 눈곱만큼도. 아빠가 엄마와 대화를 못 했거나 통하지 않은 듯했다.

　"하늘아."

　엄마가 내 침대로 다가오며 딱딱하게 말했다. 잘 준비를 막 마쳤는데 잠이 다 날아갔다. 귀에서 심장 박동이 울렸다.

　"방송 나온 거 봤어. 오디션 그만두는 게 좋을 거 같아."

　엄마가 말을 이었다.

　열이 확 달아올라 주먹을 꽉 쥐었다.

　"왜, 내가 그렇게 못했어?"

엄마는 심호흡을 하고는 손가락으로 콧대를 쥐었다.

"아니, 그건 아니고. 잘했어. 안타깝게도."

엄마는 침대 가장자리에 앉아 휴대폰 화면을 열어 구글 검색 목록을 보여 주었다. 일부는 한국어였지만 대부분이 영어로 된 케이팝 팬 사이트였다. 자세히 들여다보니 모두 내 이야기였다. 친구들이 내가 '뜨고 있다'고 알려 주자마자 휴대폰을 껐다. 헨리가 인스타그램에 내 사진을 올렸을 때와 같은 상황이 벌어질까 두려웠다. 나는 마음을 가다듬고 헤드라인을 읽었다.

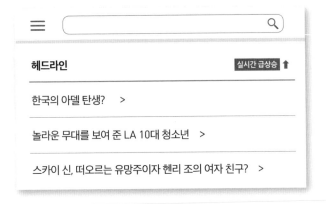

검색 결과는 끝이 없었다. 대부분 좋은 소리였지만 그렇지 않은 글도 보였다. 방송한 지 몇 시간밖에 안 지났는데 벌써 수천 명의 사람들이 SNS와 웹사이트 게시판에서 내 이야기를 하고 있다. 몸무게 이야기와 돼지 이모티콘이 남발했다.

헨리 인스타그램의 악플과 비슷했지만 더 잔인했다. 심지어 심사위원이 시청률을 올리려고 나를 합격시켰다는 이야기까지 돌았다. 관객이 내 춤을 보고 실컷 웃을 수 있도록.

'그냥 조롱거리네. 사람들 긴장 풀라고.'

댓글 중 하나였다.

가슴을 후벼 팠다. 깊숙이.

중학교 때 나를 놀리던 남자애들과 마른 여자애들이 생각나면서 과거의 감정이 되살아났다. 8학년 때 체육 시간 후 사물함에 가 보니 돼지 그림 쪽지가 있었다. 분홍색 젤 펜으로 그려진 그림 자체는 귀여웠다. 눈은 만화 캐릭터처럼 단추 같았다. 문제는 쪽지에 담긴 의미였다. 누군가 내 사물함에 넣어 놓았다는 사실이 역겨웠다.

범인은 알아내지 못했지만 그럴 필요가 없었다. 옷을 갈아입을 때 나를 바라보는 여자아이들의 눈빛을 이미 알고 있었다.

"네 오디션 영상 벌써 유튜브에 올라갔어. 댓글도 난리야."

엄마가 말했다.

심장이 더 빠르게 쿵쾅댔다. 물론 사람들이 내 오디션 무대에 집중해 주기를 바랐지만 이 정도는 아니었다. 적어도 이렇게 일찍은. 만약에 '합격'해도 초반이 아니라 오디션 막바지에 알려질 줄 알았다. 이 정도로 버거울 거라고는 짐작도 못했다.

솔직히 내가 감옥에라도 간 듯 쳐다보는 엄마만 아니면 괜찮을 듯했다. 외출 금지를 예상하고 있을 때 엄마가 물었다.

"지금 오디션 그만둘 수 없어?"

"당연히 안 되지. 벌써 두 달이나 지났고 2라운드가 다음 주 토요일이야."

내가 말했다.

사실 유사시에 그만둘 수도 있겠지만 엄마에게 그렇게 말할 수는 없었다. 처음부터 오디션에 나가려고 힘들게 준비해 왔다. 게다가 그만두라는 엄마의 말에 괜히 더 오기가 생겼다.

"방송은 매주 하는 거야?"

"응."

엄마가 움찔했다. 말 그대로 움찔.

"이다음에 사람들 얼굴 어떻게 봐? 내 손님들한테는 뭐라고 하고? 한국 친척들한테서 벌써 연락 오고 있어."

나는 두 귀를 의심했다. 엄마는 자기 생각만 한다.

"그냥 좀 자랑스러워하면 안 돼? 나 잘한다고 인정했잖아. 그걸로 뭐가 부족해?"

나는 불쑥 말했다. 차라리 말하고 나니 시원했다. 이렇게라도 속내를 털어놓아야 했다.

"네 자신 좀 돌아봐! 전 세계 사람들이 네가 뚱뚱하다고 하고 있어. 너를 그렇게 놔둔 나보고 나쁜 엄마라고 할 거라고. 한국 슈퍼마켓 갈 때마다 얼굴을 가리고 아는 사람 안 마주치기를 바라야 되잖아. 카카오톡 메시지도 못 열어 보겠어. 친척들이 뭐라고 할까 두려워서."

엄마는 악몽을 맛본 듯 공포에 질린 얼굴이었다. 샐리가 보여 준 컴퓨터 사진이 떠올랐다. 샐리는 엄마가 나를 싫어해서가 아니라 다른 사람이 무서워서 그렇다고 했다. 아빠가 엄마의 무관심은 개인적인 감정이 아니라고 했던 말도 생각났다. 차라리 개인적인 감정이기를 바랐다. 그러면 해결책이 있을 테니까. 내가 아니라 엄마 자신의 문제인데 내가 어떻게 극복할까?

"음, 내가 기특하다는 문자일 수도 있잖아. 읽어 보지도 않고 어떻게 알아?"

내가 말했다.

"그냥 알아."

엄마가 말했다. 눈빛이 날카로웠다. 나한테 화난 건지 친척들의 반응이 두려운 건지 알 수 없었다.

엄마의 몸을 잡고 흔들며 그런 건 중요하지 않다고 알려 주고 싶었다. 엄마의 두려움은 오히려 자존감이 낮다는 증거다. 엄마의 생각과 달리 아무도 우리의 외모를 신경 쓰지 않는다. 작년에 학교 상담사인 프랭클린 선생님을 찾아갔을 때마다 들던 말이다. 덕분에 나 자신을 인정하게 되었다.

그러나 엄마에게는 프랭클린 선생님의 말도 소용없을 듯했다. 고집불통이다.

엄마 마음을 돌릴 수 있는 한 가지 방법이 있다. 어쩌면 백 마디

말보다 효과적일지 모른다.

"내가 오디션에서 우승하면? 그래도 얼굴 들고 다니기 창피해?"

내가 말했다.

엄마는 놀라야 할지 웃어야 할지 모르는 표정이었다.

"하늘아, 정말 그게 가능할 거라고 생각해?"

엄마가 부드럽게 말했다.

나는 엄마의 깎아내리는 말투를 무시하고 어깨를 으쓱했다.

"도전해 볼 수는 있지. 엄마랑 악플 다는 사람들한테 몸집은 중요하지 않다는 걸 보여 줄게. 나는 춤이랑 노래에 소질이 있어. 뚱뚱하다고 못하는 건 아니야. 엄마를 포함한 그 누구도 나를 못 막아."

그때 엄마의 휴대폰이 울렸다. 엄마는 전화를 받지 않고 멍하니 있었다.

잠들기는 그른 것 같아 침대에서 일어나며 말했다.

"한 바퀴 돌고 올게. 바람 좀 쐬고 와서 자야겠어."

내가 나가는데 엄마는 나를 쳐다보지도 않았다.

다행히 우리 동네는 늦은 밤에도 안전해서 휴대폰을 보며 걸었다. 엄마의 간섭 없이 여유롭게 확인할 수 있었다.

돼지 이모티콘 외에 온 트위터 메시지는 대부분 좋은 말들이었다. 사람들이 감동받았다고 했다. 나는 라나와 티파니의 문자에 답장했다. 본 방송을 놓치고 놀다가 들어와 이제야 보고 있다고 했다.

레베카와 클라리사에게 페이스타임을 걸었다. 둘은 내내 나를 자랑스러워했다.

"나 진짜 울었잖아. 헨리도 너무 좋아서 네가 파트너인 게 아직도 질투 나. 근데 우아, 네가 심사위원 앞에서 한 말이 대박이었어. 무대도 대박! 난 네 1호 팬이야."

클라리사가 눈물을 훔치며 말했다.

"에헴. 내가 1호야. 너는 2호."

레베카가 말했다.

"너희 둘 다 1호 팬 하면 되지."

우리는 같이 웃었다. 엄마와 다퉜지만 친구들과 이야기할 수 있어 다행이었다.

집으로 돌아가려는데 또 페이스타임이 걸려 왔다. 이번에는 헨리였다.

바보 같지만 갑자기 부끄러워져서 전화벨이 몇 번 울린 후에야 전화를 받았다. 직접 대화한 적은 많아도 페이스타임은 처음이다. 왠지 전화가 더 친밀하게 느껴진다. 미지의 영역으로 들어가는 것처럼.

"안녕. 잠깐, 지금 밖이야?"

전화를 받자 헨리가 말했다. 주변이 캄캄해 헨리의 얼굴만 겨우 보였다.

"응. 방송 끝나고 엄마랑 싸워서 자기 전에 머리 식히러 나왔어."

내가 대답했다.

"아, 나한테 털어놓을래?"

"아니. 평생 들어 온 얘기야. 훨씬 심했지만."

"알았어. 내 강아지 사진 보내 줄게. 스노우볼이야. 너 힘내라고."

휴대폰 알림이 떠 사진을 보려고 문자로 전환했다. 헨리의 사랑스러운 하얀색 허스키였다. 하얀 구름 모양 단추가 달린 하늘색 옷을 입고 있었다.

"대박. 왜 이 사진 인스타그램에 안 올렸어?"

내가 말했다.

나는 다시 얼굴을 보려고 화면을 돌렸다.

"포시아가 일주일에 올릴 수 있는 스노우볼 사진 수를 정해 놨거든."

헨리는 목소리를 높여 포시아를 우스꽝스럽게 따라했다.

"이건 네 공식 인스타그램 계정이야! 스노우볼의 개스타그램이 아니라!"

내가 웃었다.

"솔직히 스노우볼 인스타그램 따로 있어야 돼. 나도 처음에 스노우볼 때문에 팔로우했거든!"

순간 말실수한 걸까 봐 걱정했지만 헨리가 바로 외쳤다.

"아하! 개스타그램이 내 운명인가. 포시아한테 SNS 규칙 좀 다시 생각해 보자고 해야겠어."

내가 콧방귀를 뀌었다.

"웃겨. 근데 귀여운 강아지 사진 전부 보내 줘. 아무리 봐도 안 질려. 강아지 키우고 싶은데 엄마에게 알레르기가 있어 못 키우거든."

"그래, 알겠어. 내 폰에 스노우볼 사진 넘쳐 나."

헨리가 수줍게 미소 짓고는 목을 가다듬고 말했다.

"아무튼 네 오디션 봤는데 너무 멋지다고 말해 주고 싶었어. 네 무대 직접 봐서 알고 있었지만 다시 한번 말해 주려고. 지금 인터넷에서 완전 뜰 만해."

"아, 고마워. 너도 잘했어. 오디션 진짜 멋졌어!"

"너한테만 말하는 거지만 나 그 무대에서 허리 부러지는 줄 알았어. 진짜로. 근데 그렇게 안 나와서 다행이야. 나도 어릴 때부터 춤 출걸."

헨리가 얼굴을 찌푸리며 말했다.

"음, 좀 과격하게 추긴 하더라."

"그러니까. 그만 얘기하자."

헨리가 신음했다.

헨리의 끙 소리에 웃음이 났다.

어느새 현관 앞에 도착했다.

"전화해 줘서 고마워. 이제 들어가서 자야겠다. 나중에 추가 연습 날짜 잡자."

내가 말했다.

"그래, 연락할게."

"꼭. 저번처럼 씹지 말고."

"네가 나 질릴 때까지 문자 폭탄 보낼까?"

"문자는 말고. 개 사진이나 많이 보내 줘. 그리고 연습 계획도. 딴 건 말고."

내가 말했다.

헨리는 삐진 척 몸을 젖혔다.

"와, 그렇게 나온다 이거지."

"장난이야."

내가 웃었다.

"알아. 잘 자, 스카이."

"잘 자."

전화를 끊었다. 가슴이 따뜻하고 몽글몽글해졌다.

'안 돼.'

이번에는 내가 신음했다. 인정해야 한다. 부정하려 했지만 사실이다.

헨리 조가 좋아지기 시작했다.

22

그다음 주는 폭풍 같은 시험과 헨리와 라나와의 추가 연습으로 정신없이 지나갔다. 둘 다 나를 학교에서 LA까지 태워다 주고 기름 값도 감당했다. 기름 값은 내가 내려고 했지만 헨리는 고개를 저었다.

"괜찮아. 저번 주에 내가 너한테 빚진 것도 있잖아."

헨리와 나는 일정을 맞추려고 일주일 내내 문자를 주고받았다. 물론 필요 이상으로 더 하기는 했다. 내가 학교와 숙제의 늪에서 허우적대는 이야기를 하면, 헨리는 여러 패션 사진 촬영에 대해 말하고 약속대로 스노우볼 사진을 보내서 내 기분을 띄워 주었다.

2라운드 전날인 금요일 밤, 헨리에게서 문자가 왔다. 나는 강아지 사진일 줄 알고 확인했다. 하지만 헨리가 엄지와 검지로 하트를 만들어 셀카를 찍어 보냈다. 케이팝 스타들이 흔히 하는 동작이다. 헨리는 스노우볼에게 얼굴을 파묻고 입이 살짝 벌어진 하얀 허스키는 카메라를 정면으로 바라보는 사진이었다. 웃는 표정이었다.

헨리 조

> 내일 아침 너 잘하라고 스노우
> 볼이랑 내가 응원할게. 넌 분명
> 잘할 거야. 오후에 보자.

사진과 함께 문자가 왔다.

보컬과 춤에 모두 참가하다 보니 내일 2라운드를 위해 두 무대 모두 한꺼번에 준비해야 했다. 보컬은 아침, 춤은 오후다. 하루 종일 걱정하던 중에 헨리의 귀여운 사진을 보자 기분이 나아졌다.

> 고마워. 내일 무대 부숴 버리자.

햇볕이 내리쬐는 이른 아침, 나는 라나와 타피니와 함께 공연장으로 갔다. 라나의 권유로 우리 셋은 미리 의상을 갖춰 입고 화장을 했다. 라나가 운전하고 티파니는 조수석에 앉았다. 나는 짐을 둔 뒷자리에 혼자 앉았다. 가방에는 두 공연 사이에 갈아입을 옷을 챙겼다.

"아, 나 너무 떨려. 넘어져서 죽으면 어떡해?"

라나가 운전대를 초조하게 두드리며 말했다.

"안 죽어. 수백 명이 지켜보는 무대에서 떨어질 뿐이지. TV로 보는 사람들까지 수천, 아니 수백만 명 앞에서."

티파니가 대답했다.

라나는 티파니를 장난스럽게 툭 쳤다.

"위로가 안 되는데."

"장난이야. 넌 무조건 잘할 거야. 나랑 스카이 엄청 열심히 했잖아. 너희가 다 발라 버릴 거야. 그치, 스카이?"

나는 뒷자리에서 조용히 마음을 가다듬다가 애써 밝게 말했다.

"그럼! 잘할 거야."

"힘내. 이번 라운드 통과와 상관없이 네가 너무 자랑스러워."

티파니가 라나의 이마에 뽀뽀를 했다.

"뭐야, 너 이리 와."

때마침 빨간 불이 켜져 라나가 티파니의 입술에 키스했다. 그러자 티파니는 자리에서 녹아내려 긴장이 풀린 듯 환하게 웃었다. 보기 좋은 커플이라서 내가 들러리여도 전혀 상관없었다.

그때 주머니에서 진동이 울렸다. 나는 얼른 무음으로 바꿨다. 오디션 중에 울리면 끝장이니.

휴대폰을 확인하니 스노우볼이 분홍색과 노란색 화관을 쓰고 있는 사진이 와 있었다. 너무 사랑스러워서 나는 소리를 꺅 질렀다.

라나가 자리에서 깜짝 놀랐다.

"뭐야? 왜 그래?"

나는 라나와 티파니에게 스노우볼 사진을 보여 주었다. 둘이 동시에 '우아'를 외쳤다. 이게 하얀 허스키의 매력이다.

> **헨리 조**
> 코첼라*에서 스노우볼이 잘하라고 좋은 기운을 드립니다.

헨리가 사진과 함께 문자를 보냈다.

> 코첼라에 애완동물 데려갈 수 있어???

남부 캘리포니아 사람들이라면 가능할 수도 있다. 하지만 애완동물을 데려가는 사람이 있다는 이야기를 들어 본 적은 없다.

> **헨리 조**
> 아니.😊 근데 이맘때쯤 축제처럼 입히고 싶어져. 가 봤어?

> 아니. 혼자 가려면 열여덟 살 넘어야 되잖아. 부모님이 나랑 갈 리도 없고. 상상돼? 뻣뻣한 우리 부모님이 코첼라에?

> **헨리 조**
> 😂😂😂😂언제 한번 가자. 스티브랑 포시아가 매년 같이 가 줘. 시간 되는 사람이. 재밌어.

---

*코첼라(Coachella, 미국 캘리포니아의 사막 계곡 코첼라 밸리에서 매년 4월 열리는 음악 페스티벌 –옮긴이)

나는 헨리의 삶을 상상해 보았다. 고작 한 살 위인데 어쩜 이렇게 다른 삶을 살고 있을까?

좋아.

나는 머릿속에 맴도는 질문을 하지 않았다.

'나한테 데이트 신청한 건가?'

나는 생각을 털어 버리려고 고개를 흔들었다. 선을 넘었다. 아무리 좋아도 헨리와 멜린다가 헤어진지도 정확히 모르지 않은가. 소문은 그렇지만 멜린다가 아니라고 했는데⋯⋯. 나도 모르겠다. 아무리 멜린다가 별로여도 나는 남의 남자 친구를 뺏는 사람이 아니다.

그래도 확실히 헨리와 문자하니 기분이 나아졌다. 긴장감이 서서히 사라지고 조금 전보다 훨씬 여유를 찾았다.

공연장에 도착하자, 티파니가 대신 주차하려고 라나와 자리를 바꿨다. 라나와 나는 백스테이지로 향했다. 무대 감독이 우리를 보자마자 안내했다.

"여섯 번째 조예요. 준비 덜 됐으면 오른쪽 탈의실로 가세요. 다 됐으면 녹색 방으로 가시고요. 왼쪽이에요. 다섯 번째 조가 공연하러 가면 대기하세요."

오른쪽을 보자 탈의실 문 앞에 사람들이 바글바글했다. 라나 말대로 출발 전에 준비를 마친 게 신의 한 수였다.

녹색 방으로 들어간 라나는 벽에 기대어 티파니와 문자했다. 나는 가방을 들고 소파로 가서 연습 때 본 적 있는 두 한국인 여자들 사이에 앉았다. 한 명은 한국 학교에 다닐 때 알던 얼굴 같았다. 둘은 나를 이상한 눈빛으로 쳐다보고는 쑥덕거리며 멀찍이 떨어져 앉았다.

나는 신경 쓰지 않으려고 했다. 대신 눈을 감고 편안히 앉아 긴장을 풀었다. 심장이 쿵쾅거리는데 기분까지 엉망이다.

방 안에 긴장감이 돌았다. 당연한 현상이다. 오디션 때 방청객 앞에서 공연했던 것과는 영 다르다. 저번에는 준비 기간이 몇 달이나 되었고, 이번 공연처럼 합동 무대도 없었다.

목을 풀거나 발성 연습을 하지 않는 사람들은 휴대폰으로 바쁘게 문자를 주고받거나 인스타그램을 훑어보고 있었다. 대부분 표정이 좋았다. 소파의 다른 여자아이들을 보니 친구들과 가족들이 응원 메시지를 보낸 듯했다. 내게는 헨리 문자밖에 안 왔다. 엄마는 지난주 첫 방송 이후 다시 침묵시위 중이고, 아빠는 이번 주말 출장으로 시애틀에 갔다.

이번 공연은 친구들에게 말하지 않았다. 나만큼 긴장할 게 뻔했기 때문이다. 나 자신도 감당이 안 되는데 친구들까지 난리 치면 큰일이다. 매 방송 후에 페이스타임을 하기로 했으니 몇 주 후 방송 때 응원을 받아도 될 듯했다.

그러나 지금은 말을 안 한 게 후회가 되었다. 휴대폰이 조용한 건

내 탓이지만 응원 문자를 못 받아 외로웠다.

서운함은 뒤로하고 보컬 연습을 하면서 TV를 보았다. 본인 차례를 기다리면서 다른 참가자들의 무대를 볼 수 있도록 의자와 소파가 배치되었다. 지금은 스폰지밥 티셔츠 여자아이 민디와 이저벨이 블랙핑크의 〈Kill This Love〉를 부르고 있다. 민디는 열 살도 채 안 되어 보였지만 느낌이 충만했고 이저벨은 완벽한 한국어 랩을 선보였다. 불꽃 튀는 무대였다. 관객들이 후렴구인 'LET'S KILL THIS LOVE!'를 따라 불렀다. 곡이 끝나기도 전에 심사위원이 노래를 끊고 칭찬 세례를 퍼부었다.

민디와 이저벨이 성공적인 무대를 마친 후, 다음 조의 남자 참가자가 경직된 채로 BTS 노래를 불렀다. 장보라는 더 이상 보지도 않고 심사위원 테이블 중앙에 있는 커다란 빨간색 탈락 버튼을 쾅 눌렀다.

"다음!"

장보라가 외쳤다.

남자가 눈물을 터뜨리자 파트너는 잡아먹을 듯이 쳐다보았다. 이번 방송에서 MC로 돌아온 데이비 킴이 무대를 같이 내려가 주며 위로했다.

나는 얼굴을 찡그렸다. 점점 잔인해진다.

지금까지는 어떤 팀도 보컬 무대에 춤을 곁들이지 않았다. 민디와 이저벨도 이따금씩 리듬에 맞추어 위아래로 흔들 때 빼고는 랩과 보컬에 집중했다. 나는 웃었다. 라나와 내 무대가 돋보일 것이다. 좋은 의미로.

네 번째 조가 무대로 올라가자 라나가 내 옆에 와 섰다. 그러고는 소파 위 여자들과 나 사이의 간격을 보고 눈썹을 치켜올렸다.

'뭐야?'

라나가 입 모양으로 말했다.

나는 소란을 피우고 싶지 않아 고개를 저었다.

라나는 어깨를 으쓱하고는 중간에 털썩 앉았다. 여자들이 소리치며 벌떡 일어났다. 신경질이 난 듯했지만 라나가 아랑곳하지 않자 아무 말도 하지 않았다. 나는 웃었다. 라나가 최고다.

우리 차례가 되어 무대 감독이 있는 백스테이지 끝으로 갔다.

"자, 대기하세요."

무대 감독이 말했다.

"다음은 라나 민과 스카이 신의 무대입니다!"

데이비 킴이 외쳤다.

"지금, 가요. 음악이 곧 시작될 거예요."

무대 감독이 속삭였다.

라나와 무대에 올라가면서 나는 엄마 휴대폰에서 본 기사를 떠올렸다. '한국의 아델.' 별명이 아직은 와 닿지 않는다. 특히 엄마한테서 처음 들었으니. 하지만 솔직히 말하면 그 누구와도 비교되고 싶지 않다. 내 이름을 당당히 알리고 싶다.

나는 관객을 힐끗 훑어보았다. 다행히 나는 방금 전 탈락한 남자처럼 무대 공포증이 없다. 처음에는 헛것을 본 줄 알았다. 몇몇 사람들이 내 얼굴이 그려진 판을 들고 있었다. 케이팝 스타 콘서트에서만 보던 거다. 대부분이 한국어와 영어로 된 응원 문구였다. '스카이 파이팅!' '퀸 스카이 사랑해요.' 첫 방송 이후 SNS를 멀리했더니 이렇게 많은 사람들이 내게 관심을 주는지는 꿈에도 몰랐다.

'첫 방송 한 번으로 이렇게 사랑받다니……'

나는 자만하지 않으려고 노력했다. 대신 헨리가 나보고 '뜰 만하다'고 했던 말을 떠올렸다. 헨리의 말은 나를 웃게 한다. 나는 기분 좋게 노래를 시작했다.

라나와 나는 서로의 신호에 발맞추어 무대로 걸어 나갔다. 패션쇼 무대를 걷는 듯했다. 우리는 비욘세처럼 세 보이게 화장하고 몸매가 드러나는 검은 치마에 하이힐을 신었다. 사람들이 우리의 이름을 외치기 시작하자 꼭 여신이 된 기분이었다.

가사가 나오기 20초 전, 우리는 리듬에 맞춰 내가 만든 안무를 선보였다. 관객이 환호했다. 센 언니 파워를 보여 주자 모두 열광했다.

나의 낮은 목소리가 라나와 조화를 이루었다. 그렇다고 라나의 목소리에 묻힌 건 아니다. 우리는 각자의 목소리가 돋보이도록 파트를 적당히 나누었다. 노래하면서 관객과 카메라와 서로의 눈을 번갈아 보았다.

눈이 마주치자 라나가 살짝 미소 지었다.

나는 곧바로 〈Crazy in Love〉의 리듬과 강력한 보컬에 흠뻑 취했다. 솔로 파트에서 전부 내려놓고 음악이 홍수처럼 입으로 밀려 들어오도록 했다. 사람들이 소리 질렀다. 라나의 파트로 넘어갈 때까지 함성은 계속되었다.

다시 함께 부르는 파트로 넘어와 목소리를 맞추어 손을 잡고 무대를 걸어갔다. 환호 소리가 점점 커지더니 끝날 때쯤에는 노래 소리가 거의 들리지 않았다.

노래가 끝나자 라나와 나는 서로를 향해 웃으며 서서히 손을 뗐다.

"자 여러분, 라나 민과 스카이 신이었습니다!"

데이비가 무대로 뛰어오며 외쳤다.

심사위원이 메모를 하는 동안 우리는 무대 중앙으로 걸어갔다.

박 피디가 먼저 마이크를 잡고는 박수 치며 말했다.

"브라보! 둘 다 정말 훌륭했어요. 특히 스카이 신은 정말 한국의 아델 같네요. 한국의 비욘세도 될 수 있을까요? 춤 파트는 스카이 아이디어인 거 같은데."

내가 끄덕이자 박 피디가 만족스러운 미소를 지었다.

"벌써 걸그룹 다 됐네요. 수고하셨습니다."

다음은 장보라였다. 처음 보는 미소를 짓고 있었다. 내가 아니라 라나를 향해서.

"정말 끝내주는 무대였어요. 잘했어요."

장보라가 말했다.

하지만 곧이어 나를 보더니 미소를 거뒀다.

'이런, 또 시작이네.'

내가 생각했다.

"스카이는 정말 한국의 아델 같아요. 박 피디님 말씀에 공감해요. 그런데 아델은 30대지만 본인은 10대잖아요. 이 시장에 본인 같은 사람의 자리는 없어요. 조금 더 날씬하면 앞길이 창창할 거예요. 젊으니까 살 빼기도 쉬울 텐데. 좀 노력해 보는 건 어때요?"

장보라가 말했다.

라나가 내 손을 꼭 쥐었다. 나는 다른 손으로 마이크를 입에 대고 말했다.

"장보라 심사위원님, 저번에도 말씀드렸지만 저는 평생 다이어트를 시도했어요. 살을 빼고 싶어서가 아니라 엄마 때문에요. 어릴 때 심하게 했었는데 그때는 제 모습 그대로 괜찮다는 걸 몰랐어요. 그러니까 저는 살을 빼려고 '노력'하지 않을 거예요. 제 진로에 아무 상관없을 테니까요."

저번처럼 분위기가 싸해질 줄 알았지만 관객이 환호했다. 장보라를 야유하는 사람들도 있었다.

장보라의 얼굴이 빨개졌다. 불빛에 묻혀 별로 티는 안 났다. 하지만 당황했는지 대답이 없었다. 솔직히 좋은 징조인지는 모르겠다. 한편으로는 이번에도 맞서서 뿌듯했지만 심사위원에게 할 만한 현명한 행동인지는 의문이다.

개리가 멋쩍게 웃으며 장보라를 힐끗 보고는 우리를 향했다.

"두 분 다 대단했어요. 잘하셨어요."

개리가 말했다.

그렇게 마무리되었다. 백스테이지에서 티파니가 기다리고 있었다.

티파니는 라나를 보자마자 꽉 껴안았다.

"완전 잘했어."

티파니가 라나의 어깨에 코를 비비며 말했다. 그러고는 나와 눈이 마주치자 라나를 놓고 나를 안아 주었다.

"너도 완전 멋졌어."

"고마워."

내가 긴장된 목소리로 말했다. 어쩔 수 없었다. 장보라는 늘 나의 신경을 건드린다.

라나가 눈치채고는 나를 툭 밀었다.

"스카이. 장보라는 신경 쓰지 마, 알았지? 세 심사위원 중에 한 명일 뿐이야. 이번 방송 나가면 너한테 영감받을 아이들을 생각해 봐! 모두 알다시피 당당하게 말하는 것만으로도 누군가의 삶이 바뀔 수 있어."

나는 기분이 나아져 고개를 끄덕였다. 현실은 잘 모르겠지만 라나 말을 믿는 게 편했다.

232

23

보컬 라운드가 끝나 가자 백스테이지는 보컬 참가자들이 우르
르 빠져나가고 춤 참가자들이 들어오느라 어수선했다. 15분 만에
옷을 갈아입고 화장을 고쳐야 해서 라나와 티파니를 빠르게 껴안
았다.

"잘해!"

라나가 말했다.

"고마워! 너도 잘해, 티파니!"

"너도!"

나는 녹색 방에서 가방을 가져와 탈의실로 갔다. 녹색 방은 사람
들이 제일 많이 들락거리는 곳이라 찾기 쉬웠다. 문간으로 들어서
자 입이 떡 벌어졌다. 백스테이지보다 더 정신없었다. 준비하는 사

람들이 소리치고 심지어 울기까지 했다. 모두 의상을 갈아입고 화장하며 서로 밀치고 넘어뜨리느라 난리였다. 완전히 난장판이었다.

한 여자의 머리에 불이 붙어 모두 비명을 질렀다.

나는 문을 닫았다.

'화장실에서 갈아입는 것 같네.'

몇 년간의 합창단과 춤 공연 경험 덕에 나는 화장실에서도 빠르게 준비할 수 있다. 댄스 안무에는 더 유연한 동작이 많아서 파란색 댄스 복을 입고 베이지색 밴델렛Bandelettes 허벅지 밴드를 했다.

라나만큼 화장을 잘하지는 못하지만 정성 들여 화장을 고쳤다.

옷을 갈아입고 나오자 헨리가 무대 끝에서 나를 기다리고 있었다. 회색 민소매 셔츠에 검은 추리닝 바지를 입고도 《GQ》(남성 패션, 스타일, 문화를 다루는 미국의 월간 남성 잡지—옮긴이)의 표지 모델감이었다. 셔츠가 딱 달라붙어 복근이 그대로 드러났다.

나는 몇 주 전에 헨리의 몸을 쳐다보았던 기억을 떠올리며 얼어붙었다.

헨리가 킥킥댔다.

"야, 눈 똑바로 떠."

"너 은근히 즐기는 거지?"

내가 으르렁댔다.

"응. 아니면 모델 안 했겠지."

내가 살짝 밀치려 하자 헨리가 웃으며 피했다.

그때 무대 감독이 걸어왔다.

"자, 곧 카메라 돌아갈 거예요. 바비 임과 캐시 장이 첫 순서니까 여기서 기다리세요. 헨리 조와 스카이 신도 두 번째니까 여기 있으세요. 나머지 분들은 녹색 방으로 가거나, 아직 준비 덜 됐으면 탈의실로 가시고요. 전부 밖에 있으면 위험해요. 세 번째 조는 스카이와 헨리가 무대에 올라가면 나와서 기다리세요."

나는 크게 신음을 뱉을 뻔했다. 이번 주에 너무 바빠서 무대 순서를 확인할 겨를이 없었다. 후회가 되었다. 많은 사람들 중에 왜 하필 바비 임 다음 순서일까?

모두가 떠났다. 무대 감독은 인이어에서 나오는 소리에 귀를 기울이느라 조용했다. 아무 신호가 없어서 바비와 캐시를 힐끗 보았다. 둘은 화려한 의상을 맞춰 입었다. 바비의 셔츠와 캐시의 치마가 같은 소재였다. 〈유캔댄스〉(So You Think You Can Dance, 미국의 댄스 오디션 프로그램—옮긴이)에 나가도 될 법했다. 헨리와 나도 의상을 제대로 맞출 걸 그랬나 생각했다.

그런데 캐시가 서 있는 자세를 보니 불편한 듯 다리를 꼬고 있었다. 게다가 안절부절못하며 브이넥 원피스 끈을 자꾸 매만졌다. 바비가 캐시와 상의는 하고 의상을 골랐는지 궁금했다.

"뭘 봐?"

캐시가 불쑥 말했다. 날 선 목소리에 움찔했다.

"치마 예뻐서."

내가 말했다. 너무 빤히 보았다. 괜히 적이 되고 싶지 않았다.

캐시가 눈을 깜빡이더니 금방 다시 쏘아보았다.

"고마워."

여전히 예민한 목소리지만 몸은 진정되어 보였다.

"그게 무대 의상이야? 와, 너랑 같이 안 해서 진짜 다행이다."

바비가 말했다.

분노가 치밀어. 순간 욱할 뻔했다.

"여기는 케이팝 오디션이잖아. 무도회장이 아니라. 심사위원이 우리 의상까지 평가할지 모르겠네."

내가 이를 악물며 말했다.

인정한다. 내 파란색 치마가 좀 오래되기는 했지만 이 정도면 괜찮다. 게다가 편하고 잘 늘어나서 다리를 들거나 찢을 때 좋다. 엄마에게 춤 의상을 새로 사 달라고 할 수도 있었지만 껄끄러웠다. 아무리 부탁해도 넌 뭘 입어도 별로라면서 비난을 늘어놓을 터였다. 혹은 내 사이즈의 괜찮은 옷을 찾기가 얼마나 '어려운지' 강조했을 것이다.

질색이다. 괜히 비난을 듣고 싶지 않았다. 차라리 오래된 치마를 입고 말지.

"스카이 괜찮은데. 대충 입은 건 나지."

헨리가 말했다.

바비가 헨리에게 말했다.

"파트너 바꾼 걸 후회하지 않길 바랄게, 헨리 조. 지금은 너무 늦었으니까!"

바비가 웃었다. 캐시는 옆에 서 있기가 민망한 듯이 바닥을 내려다보았다. 바비에게 한소리를 하려는데 헨리가 명랑하게 말했다.

"전혀 후회 안 해. 이거 하면서 스카이의 파트너가 된 게 최고의 행운이야."

바비가 말을 더듬었다.

"너희 둘 다 탈락하고도 그 소리가 나오는지 보자."

헨리의 다정한 말이 무척 고마웠지만 화가 누그러지지 않았다.

"얼마나 불안하면 우리한테 계속 시비야? 너희는 합격하고 우리가 탈락할 거 같으면 보여 줘 봐. 덤벼 보라고."

내가 불쑥 말했다.

바비가 입을 열자 무대 감독이 헛기침을 했다.

"바비와 캐시? 준비됐어요. 무대로 가 주세요."

자리를 뜨면서 바비가 검지로 돼지 코를 만들었다.

'방금 설마.'

"이 찌질아!"

내가 발끈해 바비를 쫓아가려 했지만 헨리가 나를 살짝 잡아당겼다.

"스카이, 스카이. 쟤는 그럴 가치 없어."

헨리가 말했다.

"알아, 근데 저대로 놔두면 안 돼. 캐시 봤지? 완전 불쌍해 보였어! 몇 주 동안 캐시를 얼마나 힘들게 했을까? 무작정 다가와서 시비 걸더니 돼지 흉내까지……."

헨리가 내 어깨에 손을 올리고 몸을 기울여 눈을 마주쳤다. 코가 닿을락 말락 했다. 마음이 진정되면서 눈물이 터졌다. 나는 늘 화나면 눈물이 난다. 오늘도 예외는 아니었다.

"스카이, 우리는 쟤보다 나아. 특히 네가. 네 말대로 불안해서 저러는 거야. 당연히 화날 만하지. 나도 확 덤비고 싶어. 그치만 우리 집중해야지. 우리가 낫다는 걸 모두에게 보여 주자."

헨리가 부드럽게 말했다.

그때 분노 밑에 깔려 있던 두려움이 불쑥 튀어나왔다.

"근데 쟤 말이 맞으면 어떡해? 우리가 탈락하면?"

헨리가 나를 안심시키려 어깨를 살짝 주물렀다.

"왜 이래, 우리 합격할 거야. 우리 잘하잖아. 넌 놀라워. 난 우리를 믿어."

나는 숨을 깊이 들이쉬었다가 뱉었다. 심장이 쿵쾅댔지만 헨리가 옆에 있으면 불안이 사그라졌다. 헨리는 크고 빛나는 갈색 눈으로 나를 다정하게 바라보았다.

누군가 기침을 하기에 무대 감독인 줄 알고 올려다보았다. 하지만 무대 감독은 보이지 않고 카메라 몇 대가 우리를 둘러싼 채 모든 장면을 찍고 있었다. 내 감정에 너무 사로잡혀서 촬영진이 온 줄도 몰랐다. 계속 있었을까? 알 수 없어 두려웠다.

　나는 운명을 받아들이며 한숨지었다. 잠깐의 눈물이 방송에 다 나올 터였다.

　헨리도 올려다보았지만 촬영진에 놀라지 않았다. 순간 의심이 들었다. 헨리는 카메라가 있는 걸 알고 있었을까? 모두 의식하고 한 말일까?

　그때 무대 감독이 뚱한 표정으로 무리를 뚫고 걸어왔다.

　"자, 스카이와 헨리. 무대로 올라가 주세요."

　무대 감독이 말했다.

　"정말요?"

　헨리가 물었다.

　"네."

　나는 잡생각을 몰아내고 무대로 올라갔다. 긴장감과 자신감이 동시에 밀려왔다. 심장이 터질 듯했지만 우리는 완벽하게 준비해 왔기에 걱정없었다. 이제 보여 줄 일만 남았다.

24

무대에 오르자 온 관객이 소리 지르며 환호했다. '스카이!'도 간간이 들렸지만 대부분은 헨리의 이름을 외쳤다.

'와우.'

환호 소리에 헨리가 웃으며 말했다. 얼굴에 긴장감을 살짝 비쳤다가 곧장 능숙하게 미소 지었다. 관객들을 향해 재빨리 손을 흔들자 흥분의 도가니가 되었다.

우리는 테이프 표시 위에 서서 고개를 숙였다. 연습 때 정한 사항이다. 극적인 시작과 함께 더 몰입할 수 있었다. 헨리의 개인 연습실에 둘만 있을 때는 잘 몰랐지만 터질 듯한 함성 소리에는 제격이었다.

밝은 무대 조명이 뜨겁게 쏟아졌다. 서서히 타오르는 느낌이었다. 심장이 미친 듯이 빨리 뛰었다. 헨리는 옆에 가만히 서 있었다. 나는 헨리 쪽으로 고개를 들지 않으려고 꾹 참았다.

무대 뒤가 분주해졌다. 갑자기 데이비 킴이 무대로 뛰어 올라왔다.

"죄송합니다, 여러분."

데이비 킴이 관객을 향해 말했다. 땀범벅에 허둥지둥했지만 목소리는 쾌활하면서도 차분했다. 역시 MC는 MC다.

"메인 카메라에 문제가 생겨서요. 곧 예정된 공연을 시작하겠습니다."

관객이 야유하며 실망감을 표했다. 정작 나는 무덤덤했다. 안심이 되는 한편 무대를 빨리 끝내 버리고 싶었다.

"괜찮아?"

데이비가 무대를 내려가자 헨리가 조용히 물었다.

관객은 기다리다 지쳐 웅성거렸다. 그래서 헨리의 목소리가 명확히 들렸다.

"응. 기다리는 건 좀 그렇지만 어쩔 수 없지, 뭐."

내가 말했다.

나는 헨리를 힐끗 올려다보았다. 시선은 바닥에 고정했지만 긴장한 티가 났다. 처음에는 잘못 본 줄 알았지만 머리부터 발끝까지 덜덜 떨고 있었다.

"헨리, 괜찮아?"

내가 물었다. 평소의 차분한 모습이 사라져 어색했다.

"응, 미안. 그냥 무대 공포증이야."

"아."

지난 1라운드 전에도 눈에 띄게 긴장하던 헨리의 모습이 떠올랐다. 문득 궁금해져서 물었다.

"근데 넌 카메라랑 사람들에 익숙하잖아. 어떻게 무대 공포증이 있어?"

헨리가 어깨를 으쓱했다.

"사진 촬영이랑 인터뷰는 이런 무대랑 달라. 나는 케이팝 스타가 아니잖아. 연극배우도 아니고."

"그렇지. 근데 무대 공포증이 있는데 어떻게 오디션에 지원할 생각을 했어? 왜?"

"단호한 결심과 아드레날린으로. 내가 오디션을 본 이유는……."

헨리가 얼굴을 찡그렸다.

"바보 같다고 생각할 거야."

"말해 봐."

"전 여자 친구 때문에. 걔한테 보여 주려고."

나는 태연해 보이려고 애썼다.

"멜린다? 그래서 연습 첫날 싸운 거야?"

헨리는 눈살을 찌푸렸다. 나는 말을 꺼낸 걸 후회했다.

"아니, 그건 아니야. 음, 연관이 있기는 하지. 결국 걔가 함부로 말해서 그런 거니까. 나더러 뭣도 없는 게 얼굴로 운 좋게 잘된 거라고 해서 오디션 보게 된 거야."

헨리가 부드럽게 말했다.

나는 아무 말도 하지 않았다. 오디션장에서 헨리를 처음 본 날 라나와 내가 했던 말이다. 지금은 사실이 아닌 걸 안다. 헨리가 모델 일을 위해 얼마나 노력하고 바쁘게 사는지 봤으니까.

"아, 지금 말해서 미안한데 2주 전에 멜린다랑 얘기한 적이 있어. 너희가 '잠깐 시간을 갖는 중'이라던데."

내가 말하자 헨리가 신음했다.

"이런, 걔가 너한테 그랬다니 대신 사과할게. 아니야, 끝났어. 완전히. 걔가 나 찼어. 다시 만날 일은 없어. 헤어지고 나서 우울했어. 그래서 얼굴로만 잘된 게 아니란 걸 증명해 보이고 싶었어. 솔직히 이기든 말든 상관없어. 그냥 걔보다 오래 살아남고 싶을 뿐이야."

나는 웃음이 터졌다. 상황은 달라도 나와 〈넌 나의 샤이닝 스타〉 오디션을 본 이유가 똑같았다. 누군가에게 외모가 전부가 아니라는 걸 보여 주기 위해.

"왜 웃어?"

헨리가 민망한 듯 물었다.

내가 설명하자 헨리도 웃었다.

"네 이유가 훨씬 그럴듯하지. 나는 그냥 유치한 거고."

"유치하든 아니든 다음 라운드 진출하려면 네가 도와줘야 해, 알지? 긴장한 건 아는데 연습한 대로만 하면 괜찮을 거야. 공연하는 동안 내 눈을 느끼게 바라보는 게 도움이 된다면 특별히 허락해 줄게."

"그 정도는 아니야. 춤추기 시작하면 긴장 안 해. 기다릴 때가 힘들지."

헨리가 대답했다.

데이비가 활짝 웃으며 다시 나왔다.

"이제 준비됐습니다. 기다려 주셔서 감사해요, 여러분."

데이비가 말했다.

관객이 흥분의 함성을 질렀다. 데이비가 무대에서 내려가며 가볍게 인사했다.

헨리가 다시 긴장하자 나는 헨리 손을 살짝 쥐었다.

"우린 할 수 있어."

내가 말했다.

헨리도 내 손을 살짝 쥐었다. 그때 음악이 시작되었다.

우리는 리듬에 맞춰 돌고 움직였다. 관객 소리가 시끄러워서 인이어 없이는 음악이 안 들릴 뻔했다. 부담은 되지만 무대를 이어 갔다.

내 몸이 반응했다. 춤추는 동안 관객과 카메라가 시야에서 사라졌다. 안무를 충분히 연습했기에 동작은 신경 쓰지 않아도 되었다. 대신 헨리와의 호흡에 집중했다. 헨리는 몸이 풀리자 옅은 미소를 지었다.

나는 원래 커플 댄스를 즐기는 사람이 아니었다. 다른 사람과 춤추면 내 몸이 묶일 것 같았다. 마치 구속 당하는 기분이었다. 하지만 헨리와 춤출 때는 그렇지 않았다. 헨리가 편해져서일 수 있지만 함께해도 혼자 출 때만큼 자유로웠다.

밝은 조명이 무대를 가로지르며 우리 뒤로 그림자를 드리웠다. 카메라가 가까이 오자 헨리가 나를 자연스럽게 끌어 안았다. 이를 보던 관객이 폭발적으로 비명을 질렀다.

"좋아."

내가 헨리 귓가에 속삭이자 헨리가 다시 내 몸을 돌렸다.

헨리는 대답 대신 '거봐' 하는 듯한 미소를 지었다.

그렇게 무대가 끝났다. 카메라가 마지막으로 무대를 확 훑고 환호하는 관객들로 방향을 틀었다.

헨리와 나는 관객을 향해 미소 지었다. 서로를 위해서도. 우리가 해냈다. 한 치의 실수도 없이 모든 동작을 소화했다. 헨리의 눈에서 나와 같은 희열이 느껴졌다.

서로를 바라보던 중 헨리의 표정이 바뀌었다. 그는 당황하며 뒤로 물러나 눈을 깜빡거렸다. 왜 그런지 물어보려 할 때 데이비가 무대 앞으로 걸어 나왔다.

"헨리와 스카이의 놀라운 무대였습니다!"

데이비가 과한 손짓으로 우리를 가리키며 말했다.

심사위원은 터질 듯한 함성이 잦아들 때까지 기다렸다. 사람들의 열기가 내 마음을 흔들었다. 헨리를 보고 미소 지으려고 몸을 돌릴 때 장보라가 박 피디의 귀에 대고 속삭이는 모습을 보았다. 박 피디도 귓속말로 대답했다. 개리는 어리벙벙하게 둘을 지켜보았다.

'이런, 좋은 얘기가 아닐 텐데.'

심사위원의 반응이 시큰둥하자 관객들의 박수가 서서히 줄어들었다. 잠깐 동안 정적이 흘렀다. 이내 핀이 떨어지는 소리가 들릴 정도로 조용해졌다.

"네."

마침내 개리가 입을 열었다. 여전히 혼란스러워 보였다. 두 심사위원이 속삭인 내용을 못 들은 눈치였다.

"제가 먼저 하죠. 헨리와 스카이, 두 분이 무대를 박살 내셨네요. 모두 같은 안무를 췄지만 두 분은 자기 것으로 잘 소화했네요. 참 독특하면서도 신선하고 놀라웠어요. 멋진 무대였습니다."

관객들이 환호하고는 나머지 두 사람의 평가를 기다렸다.

장보라와 박 피디가 서로를 바라보았다. 두려움이 무거운 역기처럼 나를 짓눌러 숨이 막혔다. 그냥 소리치고 싶었다. '얼른 말해요!'

마침내 장보라가 마이크로 몸을 기울였다.

"미안해요, 스카이 신. 박 피디와 저는 스카이 신을 〈넌 나의 샤이닝 스타〉 댄스 파트에서 탈락시키기로 결정했습니다."

장보라가 말했다.

25

♫

"네?"

헨리가 외쳤다. 여기저기서 황당해하는 탄성이 들렸다. 당황한 관객들이 한국어와 영어로 웅성거렸다. 개리도 마이크에 대고 말했다.

"무슨 소리예요! 박 피디님, 동의하시는 거예요?"

개리의 항변에 관객석에서도 불평의 목소리가 커졌다. 화가 들끓었다. 박 피디는 반발하지 않고 가만히 나를 바라보았다.

나는 할 말을 잃었다. 각오는 했지만 실제로 탈락하자 배를 걷어차인 느낌이었다. 관객들의 불만은 위로보다 부담을 가중시켰다. SNS에서 나를 보고 영감을 받았다는 사람들이 떠올랐다. 오늘 녹화 무대가 방송될 때 내가 탈락하는 모습을 지켜볼 수많은 사람들이 생각났다.

'아직 보컬 파트는 남았잖아. 완전히 탈락한 건 아니야.'

나는 긍정적으로 생각하려고 했지만 쉽지 않았다. 외모 때문에 노래 실력을 의심받은 적은 없다. 내가 뚱뚱해서 노래를 못 부를 거라고 했던 사람은 아무도 없었다.

"조별로 탈락시킨다고 하셨잖아요."

헨리가 말했다. 화난 목소리였다. 나를 위해 나서 주는 헨리가 고마웠다.

"맞아요, 대부분은요. 스카이 신은 도를 넘고 프로답지 못한 태도를 보였어요. 미국 오디션에서는 스카이 신 같은 참가자가 용인될 수도 있겠지만 여기서는 아니에요. 박 피디님과 저는 한국 음악 시장에서 프로답지 않은 태도는 독이 될 수 있다고 판단했습니다. 특히 춤 세계에서는요."

장보라가 입을 다물고 있는 박 피디를 힐끗 보며 말했다.

장보라는 말을 마치면서 승리의 미소를 지었다. 그때 깨달았다. 모두 장보라의 계획이었다. 끝내 자신이 이겼다는 메시지였다.

역겨웠다. 엄마는 평생 내게 춤을 못 출 거라고 했다. 실력이 아니라 외모 때문에. 그런 말을 들으며 자라 온 것도 억울한데 '프로답지' 못하다는 이유로 탈락해야 하는 이 현실이 10배는 더 쓰라렸다.

무슨 말이라도 해야 할 것 같았다. 관객들과 시청자들을 위해서. 그런데 무슨 말을 할 수 있을까? 결국 나만 손해다. 매번 변명하기도 지친다.

입술이 떨렸지만 울지 않았다. 장보라에게 약한 모습을 보이고 싶지 않았다.

"박 피디님, 그냥 가만히 앉아서 듣고만 계실 겁니까? 정말 실망이에요."

개리가 말했다.

박 피디는 생각에서 빠져나오며 천천히 바로 앉았다.

"진정해요, 개리. 너무 미국인처럼 생각하지 않았으면 해요. 이게 장보라 씨와 저의 최종 결정입니다."

박 피디가 나를 똑바로 보며 안타까운 얼굴로 말했다.

"미안해요, 스카이. 보컬 파트에서 잘하세요. 여러 번 말했듯이 재능이 뛰어나서 일찍 탈락하기는 아까워요."

협박인지 위로인지 분간이 안 갔다. 둘 다일 수도 있다. 하지만 메시지는 분명했다. '보컬에서는 탈락하지 마라.'

어쩔 수 없었다. 수많은 사람들이 실망하겠지만 모든 기회를 놓칠 수는 없다.

나는 주먹을 쥐고 박 피디와 개리에게 차례로 인사했다. 개리는 자리에서 뛰쳐나가고 싶은 눈치였다. 나는 장보라에게는 눈길도 주지 않았다.

"감사해요. 다음 연습 때 뵐게요."

박 피디가 힘차게 고개를 끄덕였다.

데이비가 우리를 무대 아래로 안내하러 왔다. 헨리는 뿌리쳤지만 내가 가만히 있자 허탈하게 그만두었다. 나는 헨리의 눈을 피했다. 볼 수 없었다. 순순히 물러나고 말았으니까.

백스테이지에서 이마니와 티파니가 무대 감독을 제치고 허겁지겁 달려왔다. 감독의 표정으로 보아하니 못 오게 막은 듯했다.

"심사위원들 미친 거 아니야?"

티파니가 외쳤다.

"세상에, 스카이. 너 괜찮아?"

이마니가 말했다.

나는 무너지기 직전이었다. 하지만 카메라가 주위로 몰려들어 이를 악물고 버텼다. 오늘 이미 나약한 모습을 보였다. 또 그럴 수는 없다.

"저기, 아직 무대 안 서신 분들만 남아 주세요. 다른 분들은 가시고요."

내가 대답하기 전에 무대 감독이 말했다.

"나 갈게. 나중에 얘기하자."

내가 말했다.

"잠깐만. 같이 가. 집에 태워다 줄게."

내가 뒤돌려 하자 헨리가 내 팔을 잡았다.

생각해 보니 라나와 티파니가 아니면 집에 태워 줄 사람이 없었다. 나는 제정신이 아니었다.

"그래, 고마워."

내가 말했다.

나는 헨리를 따라 주차장으로 갔다. 포시아와 스티브가 SUV에서 기다리고 있었다. 뒷자리에 탄 헨리는 내 어깨에 손을 얹고 물었다.

"스카이, 방금 일 얘기할래? 아니면 가는 길에 뭐 먹을까? 중간에 먹을 시간 없었지? 배고프겠다."

때마침 배에서 꼬르륵 소리가 났다. 생각해 보니 아침부터 빈속이었다. 하지만 입맛이 없었다.

'장보라 말이 맞을지도 몰라. 살을 빼야 하나.'

나도 모르게 생각했다.

내 몸을 부정하며 보낸 세월을 생각하자 눈물이 차올랐다. 아무것도 먹지 않고 몇 날 며칠을 보낸 적도 있었다. 더 이상 허기조차도 느끼지 못할 때까지. 살이 조금 빠졌지만 엄청난 정신적 고통에 비하면 아무것도 아니었다. 아무리 힘들게 운동하고 적게 먹어도 소용없었다. 정말 그때의 삶으로 돌아가야 하나? 그러면 연예계에서 실낱같은 희망이라도 있을까? 물론 한 사람의 의견일 뿐이다. 하지만 비슷하게 생각하는 사람들도 수없이 많을 터였다. 결국 박 피디까지 설득당했으니까.

나는 당장 그만둘까 고민했다.

"스카이. 우리 인 앤 아웃In-N-Out 버거 먹으러 가자. 아니면 네가 원하는 데 아무 곳이나. 힘없어 보여. 뭐라도 먹어야지. 나도 배고파."

헨리가 다시 말을 걸었다.

더 이상 참을 수 없었다. 나는 바보같이 흐느꼈다. 장보라 앞에서 나약하게 패배를 인정한 기분이 들어 분했다. 관객석에서 본 포스터와 SNS 게시물과 내가 TV 시청자들에게 영감을 준다던 라나의 말이 떠올랐다. 배신자가 된 기분이었다. 나는 오늘 그 사람들을 실망시켰다.

헨리가 주저 없이 나를 꼭 껴안았다.

단호하면서 부드러운 손길이었다. 체온이 따뜻해서 평생 안겨 있고 싶었다. 하지만 정신을 차리고 밀어냈다. 헨리의 회색 민소매 셔츠에 축축한 콧물과 눈물 자국이 남았다. 부끄러워서 더 울어 버렸다.

"미안해. 셔츠가 엉망이 됐네."

내가 흐느끼며 말했다.

"아니, 아니야. 사과할 것 없어. 그냥 셔츠인걸. 나 그렇게 생각 없는 사람은 아냐."

헨리가 그렇게 말하고는 웃음 지었다. 입은 웃고 있어도 눈은 여전히 슬퍼 보였다. 그 모습에 눈물샘이 폭발했다.

"진짜 그 사람들 고소 안 해도 되겠어? 이건 명백한 차별이야. 오디션에서 박 피디더러 '늙은이'라고 했는데 합격한 사람도 있어. 우리 가족 변호사가 '프로' 논란으로 아주 코를 납작하게 만들 수 있을걸."

나는 움찔했다. 소송까지 가면 엄마가 어떻게 반응할지 상상했다. 나와 다시는 말도 안 섞을 것이다. 오디션 측에 피해를 주고 싶지는 않았다. 많은 사람들에게 중요한 기회의 장이다. 게다가 내게는 보컬 파트가 남아 있다.

나는 아직 우승할 여지가 있다.

내가 헨리에게 설명하자 헨리는 씁쓸하게 대답했다.

"그래."

"그래도 고마워. 진짜로."

헨리가 한숨지었다.

"알겠어. 이제 어떡해?"

"인 앤 아웃 가자. 장보라 일은 짜증 나지만 맛있는 음식으로 달래야지. 걱정은 내일로 미뤄야겠어. 오늘은 좀 쉬고."

내가 말했다.

"좋아. 오늘은 '애니멀 스타일' 감자튀김, 내일은 오디션. 보컬에서 전부 발라 버려. 난 완전 '스카이파'야."

헨리가 대답했다.

나는 콧방귀를 뀌었다. 따뜻하고 간지러운 기분이었다.

헨리와 아주 가까이 있었다. 코가 닿을 듯 말 듯했다. 헨리의 체온이 피부로 느껴졌다.

헨리와 키스하려는 순간 스티브가 앞좌석에서 헛기침을 하며 말했다.

"저기, 인 앤 아웃 어디로 갈 거야?"

스티브의 목소리를 처음 들었지만 낯설지 않았다. 목소리도 '더록'과 똑같았다.

뒷자리에서 헨리와 나는 서로 떨어지며 웃었다.

26

토요일 보컬 연습에는 참석한 사람들이 현저히 줄어들었다. 나를 포함해서 보컬과 댄스 파트에서 각각 10명씩 탈락해 이제 Top 10만 남았다. 티파니도 내가 탈락한 뒤 댄스 파트에서 떨어졌다. 유일한 위안은 이마니와 라나가 다음 라운드에 진출하고 바비와 캐시는 탈락했다는 점이었다.

다음 미션은 '배틀 오디션'이다. 각 참가자가 멘토 심사위원에게 배정되어 다음 라운드에서 서로 맞붙게 된다.

나는 개리에게 '캐스팅'되기를 바랐지만 개리가 거절했다. 내게 가르쳐 줄 부분이 없다고 했다. 박 피디가 망설임 없이 나를 선택해 고강도로 연습시켰다. 내가 불러 보지 않은 스타일의 노래를 시키고, 편곡에 키도 바꾸고, 집에서 연습할 시간표까지 만들어 주었다.

"연습생 되면 이렇게 해야 돼요. 지금 힘들면 이 길은 못 가요."

박 피디가 나를 포함한 멘티들에게 말했다.

그는 유난히 나를 더 힘들게 연습시켰다. 첫 주가 지나자 목소리가 거의 안 나왔다. 나를 탈락시키려는 큰 그림인지 잠시 의심이 들었지만, 그는 악의없이 단호하면서 친절하게 밀어붙였다. 댄스 파트에서 탈락시킨 미안함을 만회하려고 나를 최고의 보컬리스트로 만들려는 듯했다.

목소리가 나간 것 빼고는 상황이 나아졌다. 댄스 연습이 없으니 학교 숙제를 하고 친구들과 놀 시간이 늘어났다. 〈넌 나의 샤이닝 스타〉를 첫 방송 이후로 보지 않았지만 클라리사와 레베카가 매주 토요일 밤 실시간 중계를 해 주었다. 모두 눈앞에서 경험했지만 매주 시트콤을 보는 듯한 친구들의 페이스타임 반응이 훨씬 흥미로웠다.

"세상에, 멜린다랑 헨리 나올 때 숨 막히는 줄 알았어! 그 긴장감!"

클라리사가 외쳤다.

"스카이! 너 첫 번째 곡으로 이하이 노래 고른 거야? 자신감 죽인다!"

"너랑 헨리 사귀게 될 거 같아. 벌써 감이 와. 오디션 때 너만 쳐다보더라!"

클라리사가 체념한 듯 한숨을 뱉으며 말했다.

마지막 말에는 대답하지 않았다. 헨리와 더 이상 연락할 구실이 없었지만 2라운드 이후로 우리는 거의 매일 페이스타임을 했다. 내 목소리가 안 나올 때는 문자를 했다. 아직 '관계를 정의'하지는 않았지만 지금 이대로 좋았다.

하지만 의아했다. 헨리가 다시 답장이 없자 나는 어리둥절했다. 그저 일하느라 바쁠 거라 짐작했다. 엄밀히 말해서 사귀는 사이는 아니니까. 내 문자에 항상 답장해야 할 의무는 없다.

얼마 지나지 않아 핼러윈이 되었다. 티파니는 무서운 분장을 하는 대신 좋은 생각이 있다고 했다. 그녀는 그룹 채팅방에서 라나와 나에게 메시지를 남겼다.

티파니 리
> 스카이, 다음 주가 3라운드라서 라나가 스트레스 받고 긴장하고 있어. 너도 그렇지. 우리랑 찜질방 갈래?

라나가 즉시 답장했다.

라나 민
> 완전 좋아! 찜질방 가서 스트레스 다 날려 버리자!!!

얼핏 괜찮은 생각 같았다. 머리로는.

하지만 무대에 오를 때보다 심장이 더 쿵쾅댔다. 수천 명 앞에서 공연은 할 수 있다. 하지만 찜질방은? 안 된다. 못 간다. 한국 찜질방에서는 모두 발가벗는다. 각각 남녀 목욕탕에서는. 물론 목욕은 건너뛰고 찜질복으로 바로 갈아입으면 되지만 그건 돈 낭비 같았다. 목욕 비용이 크기 때문이다. 게다가 찜질방에 들어가기 전에 목욕을 하지 않으면 모두가 더럽고 개념 없다고 여길 터였다.

나는 내 알몸이 상관없지만 엄마가 찜질방에서 다른 여자아이들과 비교했던 안 좋은 기억이 생생했다.

"저 여자애 허리 가는 것 좀 봐! 쟤 허벅지도! 하늘아, 다들 예쁘잖아. 너도 예뻐지고 싶지 않아?"

엄마가 말했었다.

한동안 잊고 살았다. 라나와 티파니가 내 몸을 비난하지는 않겠지만 불편했다. 나는 몇 년간 알아 온 한국 친구들과도 찜질방에 간 적이 없다.

> 미안해. 나는 찜질방 잘 안 가. 너희끼리 가!

티파니 리
> 아, 왜. 재밌을 거야! 헨리도 불러.

티파니가 눈썹을 치켜올리는 모습이 그려졌다.

라나 민
> 맞아!!! 헨리도 꼭 불러.

나는 답장하며 웃음 지었다.

> 헨리도 찜질방 잘 안 갈걸.

물론 사실인지 잘 모르지만, 한국 목욕탕에는 프라이버시가 없다. 누군가 헨리의 나체 사진을 몰래 찍어 인터넷에 올릴 수도 있다. 연예인에게는 악몽 같은 일이다.

라나 민
> 그래도 물어봐! 제발! 티파니랑 둘이는 자주 가서 너희들 안 오면 재미없단 말야.

나는 시무룩한 이모티콘을 보냈다.

> 알았어. 근데 헨리 안 가면 나도 빠질게.

나는 헨리가 수락하지 않을 거라 확신하고 이렇게 말했다. 헨리가 답장을 안 한 지 며칠이 지났다. 아마 이번에도 답이 없을 것이다.

하지만 끔찍하게도 몇 초 후에 답장이 왔다.

헨리 조
> 그래, 재밌겠다. 어느 찜질방이야?

헨리에게 엄청난 배신감을 느꼈다. 왜 꼭 이럴 때는 안 바쁠까?
내가 1시간 넘도록 답을 하지 않자 티파니에게서 문자가 왔다.

티파니 리
어떻게 됐어?

....

티파니 리
......???

간대.

라나 민
아쌔! 이따 데리러 갈게!

나는 한숨을 쉬고 찜질방에 갈 준비를 했다.
'생각보다 나쁘지는 않겠지.'

라나의 차가 코리아타운 변두리에 있는 찜질방으로 향했다. 유
난히 쌀쌀한 10월의 토요일이었다. 핼러윈인데도 주차장이 거의
가득 차서 빈자리를 겨우 찾았다. 한참 뒤 주차장 뒤편에서 헨리의
차를 발견했다. 누가 타고 있는지 몰라서 문자를 날렸다.

헨리, 안에 들어갔어?

헨리 조
아니, 아직 차야. 잠깐 와 줄
수 있어?

우리는 SUV로 걸어갔다. 옆에 왔는데도 헨리가 나오지 않았다. 문제가 있는지 궁금해질 때쯤 헨리에게서 문자가 왔다.

헨리 조

> 음, 친구들이랑 온다는 말 안 했잖아.

'이런.'

미안한 마음에 얼굴이 후끈거렸다. 헨리가 선팅된 뒤창으로 빨개진 내 얼굴을 보지 않기를 바랐다.

> 미안! 잠깐, 혹시 데이트인 줄 알았어?

내가 답장했다.

헨리가 글자를 입력했다. 그러고는 멈췄다. 문자가 뜨기를 기다렸지만 답이 없었다. 시간이 흐를수록 볼이 더 달아올랐다.

"뭐야? 왜 안 나와? 너 얼굴은 왜 빨개?"

라나가 물었다.

내가 라나에게 휴대폰을 보여 주려고 하자 헨리가 다급하게 문자를 보냈다.

헨리 조

잠깐!

폰 보여 주지 마. 창피해.

나갈게.

나는 어설프게 휴대폰을 숨겼다. 그때 뒷문이 열리고 헨리와 스노우볼이 보였다.

"우아! 스노우볼이다!"

내가 소리쳤다.

스노우볼은 자기 이름이 들리자 차에서 뛰어내리더니 거대한 몸으로 나를 넘어뜨렸다. 스노우볼이 내 얼굴을 핥자 나는 킥킥대며 비명을 질렀다. 라나와 티파니도 무릎을 굽히고 쓰다듬었다. 그러자 스노우볼이 우리 셋의 얼굴을 핥으려고 위아래로 점프했다.

"네가 스노우볼 엄청 좋아해서 데려왔어. 물론 찜질방은 같이 못들어가지만."

헨리가 말했다.

진정하고 헨리를 보니 이번에도 완전무장을 하고 왔다. 탈의실에서 옷 벗고 갈아입을 때는 소용없을 텐데.

"안녕, 스카이!"

포시아가 조수석에서 외쳤다. 스티브도 다정하게 손을 흔들었다.

나는 서로를 소개해 주었다. 스노우볼이 다시 뒷좌석에 올라탔다. 티파니와 헨리는 서로를 향해 고개를 끄덕였고 라나는 이렇게 말했다.

"네가 헨리 조구나. 너 완전 별로일 줄 알았어. 근데 스카이를 위해 강아지까지 데려온 걸 보니 꽤 괜찮네."

"음, 인정해 줘서 고마워."

헨리가 그렇게 말한 뒤 웃어 보였다. 오디션 첫날에 지은 가짜 웃음이었다. 여전히 티파니와 라나를 경계하는 눈빛이었다. 내가 생각해도 불편할 듯했다. 헨리에게 둘만 가는 게 아니라고 미리 말하지 못해 다시 한번 미안했다.

"음, 근데 나 찜질방 처음 와 봐."

헨리가 말을 이었다.

"찜질방 한 번도 안 와 봤어?"

라나가 물었다.

"응. 우리 가족은 한국에서 너무 잘 알려져서 공공장소 같은 데는 거의 못 가. 근데 늘 와 보고 싶었어. 한국 드라마에서 재밌어 보이더라고."

헨리가 얼굴을 찡그리며 말했다.

"음, 우리랑 진짜 같이 들어가도 돼? 토요일이라 사람도 많을 텐데."

라나가 물었다.

헨리는 나를 힐끗 보고는 대답했다.

"괜찮을 거야. 홈페이지에서 봤는데 탈의실이나 목욕탕에서 사진 촬영 금지래. 스티브도 같이 갈 거야."

스티브가 기다렸다는 듯이 운전석 문을 열고 나왔다. 평소 입던 정장이 아니라 평범한 검정 셔츠에 추리닝 바지를 입고 있었다. 키가 크고 몸이 좋아서 평상복을 입어도 무서워 보였다.

"와, 내 키의 두 배는 되겠다."

라나가 말했다.

스티브가 수줍게 웃었다.

"포시아는?"

내가 물었다.

"나는 괜찮아! 할 일이 많으니 스노우볼이랑 여기 있을게. 물어 봐 줘서 고마워!"

포시아가 차 안에서 말했다.

"너희 먼저 가. 스티브랑 조금 이따 들어갈게. 너무 관심 끌까 봐."

헨리가 말했다.

"알았어. 이따 봐."

내가 말했다.

로비는 소파에 앉아 있거나 찜질방에 들어가려고 대기하는 사람들로 가득했다. 여기저기 귀여운 호박등과 핼러윈 장식이 있었지만 분장을 한 사람은 없었다. 모두 한국인이었다. 우리가 카운터에 줄을 서자 몇몇 사람이 우리를 쳐다보았다. 처음에는 헨리가 마음을 바꾸고 따라 들어온 줄 알았다. 하지만 뒤돌아보니 헨리는 없었다.

"내가 낼게, 애들아! 3명이요."

라나는 티파니와 내가 말리기도 전에 카운터 여자에게 선수를 쳤다.

라나의 목소리에 더 많은 사람들이 우리를 쳐다보았다. 휴대폰을 꺼내는 사람들도 있었다.

"음, 애들아. 사람들이 우리 쳐다봐. 사진도 찍고."

내가 속삭였다.

27

라나가 카운터에서 뒤를 돌아보았다. 라나는 아무렇지 않은 듯했다. 심지어 다정하게 미소 지으며 손가락으로 브이를 만들었다.

"아, 〈넌 나의 샤이닝 스타〉 본 사람들이 알아보나 봐."

라나가 말했다.

"아하."

나는 이마를 탁 치고 싶었다. '그렇지.' 매주 토요일 방송을 한 지 3주가 지났지만 여태까지 '유명'해졌다고 느낀 적은 없었다. 학교에서는 방송을 보는 사람이 별로 없다. 저번에 헨리의 인스타그램에 태그된 이후 화장실에서 겪은 어색한 순간 말고는 별일 없었다.

아빠 친구들은 나에 대해 가끔 물어본다고 했다. 엄마는 첫 방송이후 나와 말을 섞지 않는다. 학교에서는 존재감이 없지만 방송을 보는 시청자들이 있는 걸 깜빡했다.

이제 찜질방에 있는 사람들, 그러니까 여자들은 모두 나의 알몸을 보게 될 터였다.

라나와 티파니가 내 알몸을 어떻게 볼지도 걱정됐다. 내 몸이 싫거나 바꾸고 싶은 건 아니다. 하지만 친구들 앞에서 옷을 벗어 본 적이 없으니 반응이 두려웠다. 라나와 티파니는 학교 친구들보다도 말랐다. 누군가 내 몸에 대해 언급하면 용서할 수 있을지 모르겠다.

직원이 찜질복과 탈의실 열쇠가 달린 팔찌를 건네주었다. 여자 탈의실로 들어가는 동안 시선이 너무 의식되었다. 예상대로 꼬부랑 할머니부터 엄마 손을 잡고 있는 아이들까지 모두가 발가벗고 있었다. 대부분의 또래 여자아이들은 티파니와 라나처럼 마르고 아담했다.

'봤지, 하늘아? 저 여자애들 얼마나 예뻐! 네가 조금만 더 노력하면…….'

엄마의 목소리가 귀에서 맴돌았다.

속이 울렁거려서 탈의실에서 뛰쳐나가고 싶었다. 하지만 라나와 티파니는 마냥 신나 보였다. 그때 라나가 내 표정을 살폈다.

"왜 그래?"

라나가 내 어깨에 손을 얹으며 물었다.

나는 고개를 저었다. 분위기를 망치고 싶지 않았다.

'난 할 수 있어.'

티파니와 라나를 따라 탈의실로 가면서 계속 생각했다. 하지만 둘이 옷을 벗기 시작하자 속이 뒤틀리는 듯했다.

퀴어 여자들은 여자 탈의실에 들어오면 안 된다는 건 이성애 중심 사고다. 물론 나는 여자들이 좋지만 변태는 아니다. 라나와 티파니가 옷을 벗자 '와, 예쁘다' 탄성이 절로 나왔다.

'나와 달리.'

나도 모르게 생각했다.

'아니, 아니야. 네 몸은 있는 그대로 완벽해. 엄마한테서 그런 소리를 듣고 자랐다고 해서 그게 사실은 아니야.'

스스로 되뇌었다.

누군가 기침을 했다. 내가 눈을 감고 있었다는 걸 깨닫고는 나는 간신히 신음을 참았다. 라나와 티파니의 알몸 보기를 부끄러워하는 듯이 비춰졌다. 혹은 변태 같거나. 내가 어쩔 수 없이 천천히 눈을 뜨자 발가벗은 라나와 티파니가 걱정스레 나를 바라보았다.

"괜찮아, 스카이? 고개 끄덕이지 마. 안 괜찮은 거 다 알아."

라나가 말했다.

나는 눈을 깜빡이다가 눈물을 흘렸다. 창피했지만 울음을 멈출 수 없었다. 눈가에 맺힌 눈물 한두 방울이 홍수처럼 쏟아져 나왔다.

"스카이! 왜 그래?"

라나가 다가왔지만 나는 바로 물러났다. 다른 사람 앞에서 우는 게 싫다. 너무 부끄러웠다.

아직 옷을 입고 있는 건 나뿐이었다. 나만 아니었다면 이미 목욕을 하고 있을 터였다. 나는 울음을 그치려고 안간힘을 썼다.

"오, 이런. 미안해. 너희 기다리게 해서. 빨리 옷 벗을게."

내가 눈물을 닦으며 말했다.

"음, 사실 여자애들이 그렇게 말할 때 너무 좋아."

티파니가 농담했다. 라나가 팔꿈치로 치자 티파니가 말을 이었다.

"근데 서두를 것 없어. 무슨 문제 있어? 울고 있잖아. 억지로 괜찮은 척하지 마. 그럼 오히려 안 좋아져."

나는 어디서부터 설명해야 할지 몰라 망설였다. 하지만 라나와 티파니가 그냥 넘어가지 않을 듯해 천천히 입을 열었다.

"찜질방 온 지 오래됐어."

"왜?"

라나가 다정하게 물었다.

나는 숨을 깊이 들이쉬었다. 다른 사람에게 이런 이야기를 하게 될 줄은 몰랐다. 학교 상담사에게도 말한 적 없었다. 프랭클린 선생님은 한국 목욕탕 자체를 이해하지 못할 테니까. 분명 계속 똑같은 질문을 반복할 터였다. '근데 왜 다들 발가벗고 있어?'

"엄마랑 올 때마다⋯⋯. 그러니까 날 때리거나 폭력적으로 대하진 않는데, 늘 나보다 다른 사람들이 말랐다면서 내 몸을 비난했어. 난 그냥 내 몸이 괜찮아. 근데 엄마 때문에 항상 내가 별로라고 느껴

져. 그래서 새로운 사람들을 만나기가 꺼려져. 엄마처럼 말할까 봐
두려워서."

내가 마침내 털어놓았다.

"스카이, 그것도 일종의 폭력이야. 알아? 정신적 학대지. 아직까
지 너를 힘들게 하잖아."

라나가 그렇게 말한 뒤 꼭 안아 주었다. 라나처럼 작은 사람이 이
렇게 꽉 껴안을 수 있는지 몰랐다.

"그런가."

엄마와의 관계가 위태로워도 폭력이라고 생각한 적은 없었다. 동
양인 부모들은 많이들 엄하다. 아이들을 위한다는 이유로 나쁜 말
이나 행동을 일삼는 사람도 있다. '엄한 사랑'이 전부 폭력적일까?
엄한 사랑과 폭력은 어떻게 다를까? 엄마는 다른 사람들이 나에 대
해 뭐라고 할지 두렵다고 했다. 물론 자신이 나쁜 엄마라고 손가락
질 받을까 봐 두려운 게 크지만, 그래도 나에 대한 걱정은 좋은 게
아닐까?

이런 생각이 들면서도 라나의 말이 불편하게 들린 건 어느 정도
인정하기 때문이었다.

"옷 벗고 물에 들어가고 싶지 않으면 그렇게 해. 위에 찜질방에서
만나면 되지."

라나가 덧붙였다.

솔깃했지만 지금 발을 빼면 평생 못 할 듯했다.

"괜찮아. 잠깐만 기다려 줘. 같이 가자."

내가 말했다.

티파니가 내 어깨에 손을 얹었다.

"정말 괜찮겠어?"

내가 살짝 끄덕였다.

"응."

티파니와 라나가 떠나자 나는 원피스를 천천히 머리 위로 벗었다. 로커 옆 거울에 비친 내 모습을 바라보았다.

"너는 아름다워. 그 누구도, 너조차도, 아니라고 못해."

내가 조그맣게 속삭였다.

나는 숨을 깊이 들이쉬고 진정할 시간을 가졌다. 우리 쪽 탈의실은 조용했다. 라나와 티파니까지 없으니 드디어 내 감정을 온전히 들여다볼 수 있었다.

'이 상황이 정말 괜찮은가? 아니면 하기 싫은데 억지로 하는 건 아닌가?'

나 자신에게 물었다.

점점 이곳에 있고 싶어졌다. 물론 처음에는 끔찍했지만 나도 친구들과 찜질방에서 즐길 권리가 있다. 지난 몇 달간 쉴 새 없이 달렸다. 나도 마른 사람들처럼 휴식을 누릴 자격이 있지 않을까?

게다가 엄마와의 나쁜 기억을 좋게 돌려놓고 싶었다. 물론 그런다고 바뀌지는 않지만 나쁜 기억만 있는 것보다 나을 듯했다.

'재밌을 거야.'

내가 생각했다.

마침내 안으로 들어가자 라나가 나를 꽉 껴안았다.

"오예, 가자! 목욕하러!"

라나가 외쳤다.

티파니가 하얀 수건 3개를 열렬히 흔들었다.

그게 다였다. 이후 라나와 티파니는 방금 전 일을 언급하지 않았다.

목욕탕은 옛날 한국식 구조로, 탕마다 온도와 향이 다양한 물이 차 있었다. 허브와 녹차 탕도 있고 일반 탕도 있었다. 빠르게 샤워를 한 뒤 차례로 풍덩 들어가 낄낄대며 즐거운 시간을 보냈다.

우리는 오디션과 학교, 친구 등등에 대해 웃고 떠들었다.

"나는 이제 끝났으니까 내 꿈과 희망은 다 너한테 달려 있어, 라나."

티파니가 농담했다.

"와, 부담돼! 스카이는? 스카이도 살아남았잖아."

라나가 말했다.

"알았어. 너도, 스카이. 너희 둘 중 우승자가 안 나오면 박태석한테 가서 따질 거야."

티파니가 말했다.

"그날을 기대할게. 장보라도 처리해 줄 수 있어?"

내가 말했다.

"아, 말도 마. 장보라는 첫날부터 적어 뒀으니까."

우리는 깔깔 웃었다. 따뜻한 물에 몸을 담그고 있으니 개운해졌다. 목욕탕에서 나올 때쯤에는 나른해져서 지나갈 때 우리를 쳐다보는 시선이 신경 쓰이지도 않았다.

"이제 찜질방으로 올라가자. 헨리가 아직 무사하기를."

티파니가 말했다.

그제야 남탕에 따로 있는 헨리와 스티브가 떠올랐다.

"아, 이런."

나는 재빨리 로커를 열어 휴대폰을 꺼냈다. 헨리에게서 문자가 4개나 와 있었다.

헨리 조

> 음. 남자 탈의실에 숨어 있는 사람 없었어. 좋은 징조야.

> 그리고 사진 찍는 사람도 없어! 엄격한 찜질방 규칙 최고.

> 나 여기 있는 거 아무도 모르는 듯? 여기 하루 종일 있어도 돼? 완전 좋아. 아저씨랑 시끄러운 애들 다 나한테 관심 없어.

> 아니네.

문자가 끊겼다. 나는 계속해서 화면을 내렸다. 그러면 헨리의 문자가 나타나기라도 하듯이. 하지만 문자는 없었다. 전혀. 남자 탈의실에서 나오기는 했는지 모르겠다.

라나가 내 휴대폰을 힐끗 보았다.

"뭐야. 헨리 괜찮대?"

라나가 물었다.

"잘 모르겠어."

나는 빠르게 답장을 보냈다.

> 헨리, 미안. 괜찮아? 이제 옷 갈
> 아입고 찜질방으로 올라가려고.

헨리는 답장이 없었다. 심장이 점점 빨리 뛰었다. 건물 반대편으로 냅다 달려 남자 탈의실로 벌컥 들어가 헨리를 구하고 싶었다. 너무 미안했다. 나 때문에 여기 온 건데.

그때 문자가 왔다.

헨리 조

> 음, 찜질방으로 가려고 했는데 사람들
> 한테 둘러싸였어. 사진 찍으려고 탈의
> 실에서 나올 때까지 기다렸나 봐. 난
> 괜찮아. 스티브랑 같이 있어.

"잠깐, 다들 어디 갔지?"

티파니가 말했다.

목욕탕에 들어가기 전 붐비던 탈의실이 텅 비었다. 우리 셋 말고는 할머니들과 엄마와 있는 어린아이들 몇 명뿐이었다.

"안 돼. 헨리!"

내가 외쳤다.

28

우리 셋은 허겁지겁 물기를 닦고 찜질복을 입은 뒤 사우나 층으로 올라갔다. 3층에 도착해 무리를 비집고 겨우 계단을 빠져나왔다.

"비켜요! 지나갈게요! 계단에 이렇게 몰려 있으면 사고 나요! 위험하다고요!"

티파니가 외쳤다.

"어디 있지? 안 보여."

라나가 주위를 둘러보며 말했다.

나는 휴대폰을 꺼내 문자를 보냈다.

> 헨리, 우리 사우나 층이야. 어디 있어?

그때 라나가 말했다.

"어디 있는지 알겠어. 봐!"

라나가 앞의 무리를 가리켰다. 모두 등을 보인 채 무언가, 아니 누군가를 둘러싸고 있었다.

"잠시만요!"

티파니가 있는 힘껏 사람들을 밀치며 외쳤다. 사람들은 쉽게 비켜 주지 않았다. 하지만 티파니는 손과 팔꿈치로 꼼짝 않는 사람들을 옆으로 밀었다. 라나가 노려보는 사람들에게 사과하며 뒤에 바짝 따라붙었다. 둘의 모습이 귀여워서 나는 미소를 지으며 뒤따랐다.

무리를 반쯤 뚫고 가자 스티브가 보였다. 팔짱을 낀 채 문 앞에 서서 고급 나이트클럽 문지기처럼 무표정하게 앞을 바라보고 있었다. 다만 문지기와 달리 죽어도 사람들을 안으로 들여보내지 않았다. 여자 몇 명이 말을 걸었지만 무시했다. 거대한 돌처럼 굳건했다. 눈 하나 깜빡이지 않는 듯했다.

하지만 스티브는 우리를 보고 환한 미소를 지었다.

"스카이! 헨리 안에 있어. 너 기다렸어."

스티브가 반갑게 손을 흔들고는 우리 셋을 들여보낸 뒤 바로 문을 닫았다. 사람들이 소리치고 욕했지만 문이 닫히자 그 소리가 거의 안 들렸다. 눈이 어둠에 적응하는 데 시간이 걸렸다. 하지만 곧 세 가지 사실을 깨달았다. 첫째, 우리는 개인 안마실에 있다. 둘째,

헨리가 한 침대에서 마사지를 받고 있다. 셋째, 셔츠를 벗은 채.

물론 순서는 맞지 않다. 아마 거꾸로겠지.

헨리는 우리가 들어오는 소리를 듣고, 둥근 머리 받침대에서 고개를 살짝 들었다. 등을 주무르던 나이 든 여자가 잠깐 마사지를 멈추고 우리를 쏘아보더니 다시 하던 일을 계속했다.

"아, 안녕. 왔구나."

헨리가 말했다.

여태껏 들은 목소리 중에 가장 나긋했다.

"장난해? 지금 마사지 받고 있는 거야?"

티파니가 말했다.

헨리가 침대에서 천천히 일어나 여자에게 돈을 지불하며 한국어로 감사 인사를 했다. 여자가 끄덕이고는 방 뒤편에 가 섰다.

"미안, 어쩌다 하게 됐어. 밖에 사람들이 진정될 때까지 숨을 곳 찾다가 아무 데나 들어왔는데 안마실이더라고. 숨어만 있기가 좀 그래서 마사지를 부탁했지."

헨리가 말했다.

헨리의 말을 대충 알아듣긴 했지만 거의 한 귀로 빠져나갔다. 눈앞에 웃통을 벗은 헨리 조가 있었기 때문이다. 저번에도 셔츠 벗은 모습을 보긴 했지만 이렇게 정면으로 본 건 처음이었다. 나는 얼굴 밑은 보지 않으려고 했다. 정말 그랬다. 하지만 맨가슴에 자꾸 눈길이 갔다. 어깨도 마찬가지였다.

'와, 어깨 진짜 넓고 근사하다.'

혼자 생각에 잠겨 있는데 라나가 내 시선을 포착하고는 웃었다.

"그래, 나는 레즈비언이지만 헨리 멋있어. 아름다운 외모지. 와, 이러니까 모델 아니겠어."

라나가 속삭였다.

헨리가 라나의 말을 들은 듯이 실실 웃었다. 들릴 만했다. 라나는 속삭이기는커녕 귀에 대고 쩌렁쩌렁 말했다. 나는 얼굴이 새빨개졌다.

하지만 티파니는 아랑곳하지 않았다.

"옷 좀 입어! 우리 순진한 스카이 앞에서!"

티파니가 헨리의 얼굴에 수건을 던지며 외쳤다.

헨리가 수건을 받으며 웃었다.

"그래, 알았어. 근데 스카이가 나 벗은 거 본 게 처음은 아닐 텐데."

헨리가 나를 향해 눈썹을 치켜올리자 라나와 티파니가 동시에 숨을 들이마셨다.

"스카이! 너희 아무 사이도 아니라며!"

라나가 '속삭였다.'

헨리는 살기 어린 내 눈을 모른 척한 채, 카운터에서 찜질복을 가져와 태연하게 입었다.

"딱 한 번이었어! 헨리가 다쳐서 치료하느라, 어쩌다가 보게 됐는데, 아니 그러니까……."

내가 변명했다.

말끝을 흐리자 모두 웃음이 터졌다. 나도 내 어설픈 변명이 우스웠다.

헨리가 옷을 입자 드디어 다른 생각을 할 수 있었다. 뇌가 다시 작동했지만 제대로 말하기 위해 목을 몇 차례 가다듬었다.

"음, 그럼 찜질방에 있는 내내 여기에만 있어야 하는 거야?"

내가 헨리를 향해 물었다.

헨리가 어깨를 으쓱했다.

"아니, 너희가 다른 데도 보고 싶다면 같이 갈게. 가 보고 싶은 사우나 방 있어?"

헨리가 내 뒤를 보더니 말을 이었다.

"완전 조심히, 얘들아. 완전 조심히."

내가 뒤돌자 라나와 티파니가 까치발을 든 채로 얼어붙었다. 티파니는 등을 돌렸고 라나는 뒤돌아 손을 흔들었다.

"재밌게 놀아! 티파니랑 나는 구경 좀 할게."

나는 둘이서 놀려고 가는 건지, 나와 헨리를 엮으려고 자리를 피해 주는 건지 알 수 없었다. 아마 둘 다이려나.

눈을 마주치자 라나가 낄낄댔다. 맞네, 둘 다.

"그래. 이따 봐!"

내가 망설이며 말했다.

"응! 가고 싶을 때 문자해."

라나가 말했다.

둘이 떠나고 나서 뒤돌아보자 헨리가 여전히 나를 바라보고 있었다.

"그래서?"

헨리가 물었다.

"응?"

"내 질문에 답 안 했잖아."

"무슨 질문?"

헨리가 팔을 뻗어 내 이마에 손을 댔다.

"너 괜찮아?"

헨리가 걱정하는 투로 말했다. 하지만 입꼬리가 씩 올라가 있었다.

"얼굴이 빨개. 사우나 방 어디 가 보고 싶냐고."

나는 달아오르는 얼굴을 애써 무시하며 헨리의 손을 찰싹 쳤다.

"쉿! 우리 히말라야 소금 방 가 보자. 어릴 때 좋아하던 데였어."

헨리가 웃었다.

"그래."

히말라야 소금 방으로 가는 동안 스티브가 우리 둘을 무사히 막아 주었다. 우리가 지나가자 사람들이 이름을 불렀다. 처음 몇 번은 나도 모르게 고개를 들었지만 그 뒤로는 참았다. 사진을 잘 찍으려

난 그저 미치도록 내가 좋을 뿐

고 이름을 부르는 것뿐이었다.

다행히 방은 비어 있었다. 모두 헨리를 보려고 밖에 있었으니까. 우리가 들어갈 수 있도록 스티브가 문 옆에 서서 지켜 주었다.

사우나 방은 정말 히말라야 소금 방처럼 생겼다. 바닥부터 천장까지 분홍색 소금 덩어리로 덮여 있었다. 나는 기분 좋은 소금 냄새를 천천히 들이켰다.

방 앞의 온도계에는 38도라고 떴지만 헨리가 옆에 있어 더 후끈거렸다. 엄마와 사우나에 오면 늘 다른 사람이나 상황을 불평하느라 바빴다. 헨리와 단둘이 있으니 방 안이 쥐 죽은 듯 고요했다.

서서히 땀이 나더니 얼굴로 흘러내렸다. 셔츠 겨드랑이 부분에 땀자국이 생기기 시작했다. 나는 팔짱을 끼는 척하며 가렸다. 방이 어둑하고 뿌예서 헨리 얼굴이 겨우 보일 정도였다.

눈이 마주치자 헨리가 미소를 지으며 수건을 건넸다.

"스카이, 한국 드라마에 나오는 양 머리 만들 줄 알아?"

헨리가 물었다.

TV에서 많이 봤지만 엄마가 바보 같다고 할까 봐 만들어 보지는 못했다. 내가 설명하자 헨리가 얼굴을 찌푸리며 말했다.

"자, 내가 만들어 줄게. 한번 해 봐야지. 오는 길에 찾아봤거든."

헨리는 수건이 길고 얇아질 때까지 빠르게 척척 반으로 계속 접었다. 그러고는 양옆을 조심히 말아 귀여운 양 뿔 모양을 만들었다.

"자, 써 봐."

헨리가 말했다.

머리카락을 겨우 다 집어넣자 헨리의 얼굴이 햇살처럼 밝아졌다.

"진짜 귀엽다. 사진 찍고 싶어."

헨리가 말했다. 그러고는 내 표정을 살피더니 얼른 덧붙였다.

"인스타그램에 올리려는 건 아니고. 그냥 지금을 기억하고 싶어서. 불빛이 좀 어둡기는 하지만."

'내가 귀엽다고?'

칭찬에 심장이 쿵쾅댔지만 겉으로 티 내지는 않았다. 중학교 때 남자애들 몇 명이 내게 귀엽다고 하고는 내 반응을 보며 비웃었다. 헨리는 진심 같았지만 그저 지금 이 순간 귀여워 보인다는 뜻일 터였다. 나도 나 자신이 귀엽다고 생각하지만 멜린다처럼 완벽한 여자를 사귄 사람이 나를 좋아할 리 없다.

문득 헨리가 며칠 동안 답장을 안 했던 사실이 떠올랐다. 그냥 넘어갈 수도 있었지만 지금 물어보지 않으면 신경 쓰일 듯했다. 더군다나 소리 소문 없이 잠수를 탄 게 처음이 아니니까.

"갑자기 왜 답장 안 했어? 내가 질린 줄 알았어. 그래서 오늘 답장 받고 깜짝 놀랐어."

헨리의 얼굴에서 웃음기가 사라졌다. 눈도 마주치지 않았다.

"나, 좀 혼란스러워서."

헨리가 말했다.

"응? 왜?"

헨리가 으쓱했다. 자연스럽게 보이려고 애쓰는 듯했다.

"누군가랑 이렇게 가까워진 게 오랜만이라. 그냥 물리적인 거 말고 다른 부분까지."

"그, 친구들이랑 멀어진 거 때문에?"

"아마도."

긴장한 듯 목소리가 어색했다. 꿀같이 부드러운 목소리와 비교되어 왠지 웃겼다.

"사귀던 사람들이랑은?"

멜린다와 올렸던 인스타그램 스토리가 떠올랐다. 달달해 보이는 커플이었다. 키스하고 손잡는 장면이 역겨울 정도로 많았다.

"별로. 연예인들이 꼭 좋아서 사귀는 건 아니야. 오히려 반대지. 인위적인 관계도 많아. 예를 들어……."

헨리가 잠시 숨을 들이켜고 말을 이었다.

"내가 멜린다랑 심하게 싸웠을 때 거기 있었지?"

나는 숨을 참으며 끄덕였다. 개인적인 시간을 방해했던 게 아직도 마음이 안 좋았다. 카메라도 있긴 했지만.

"애초에 멜린다랑 사귀면 안 됐어. 처음 만나기 시작했을 때 내 자존감이 낮았거든. 연예계랑 모델 일이 다 새로워서 멜린다가 나를 좋아해 주는 것만으로도 고마웠어. 걔는 내가 케이팝 스타처럼 생겨서 좋아했던 거지만."

헨리가 옛날 생각에 소스라치며 말했다.

"헐, 진짜?"

"응, 나를 오빠라고 불렀어. 어색하게. 근데 결국 헤어지니까 케이팝 스타처럼 생긴 능력 없는 쓰레기라고 하더라. 그러고는 먼저 오디션을 보는 거야! 내가 오디션에 참가하지 말라고 해서 그날 싸웠어. 걔는 단순히 케이팝 문화에 빠져서 오디션 보려고 했거든."

나는 멜린다와 어색하게 김치 포즈를 취한 순간이 떠올라 몸서리쳤다.

"그래도 결국 네가 감싸 줬잖아."

내가 말했다.

"음, 그랬지. 못되기는 했지만 TV에 그런 모습이 나오면 좀 그렇잖아. 아무튼 너랑 나는 다르지. 난······."

스티브가 문을 열어 아빠 목소리로 외쳤다.

"이제 나와! 한 방에서 너무 오래 있으면 안 돼. 몸에 안 좋아."

나는 나가면서 헨리를 힐끗 보며 말을 마치기를 기다렸지만 더는 말을 잇지 않았다.

헨리에게 정신이 팔리는 통에 문 바로 옆에 서 있던 티파니와 라나와 부딪칠 뻔했다. 라나가 내 양 머리를 보고 낄낄댔다.

"세상에. 스카이, 양 머리 너무 귀여워. 네가 만들었어?"

라나가 말했다.

"아니, 헨리가."

라나는 더 크게 낄낄댔다.

티파니도 웃음을 참고는 우리를 향해 눈썹을 씰룩거렸다.

"너희끼리 있어서 좋았지?"

나는 헨리의 표정을 기대하며 뒤돌아보았다. 하지만 그는 또 가짜 미소를 지었다.

"너도 만들어 줄게."

다른 사우나 방에 가면서 티파니가 라나에게 말했다.

라나가 활짝 웃으며 티파니의 손을 남몰래 쥐었다. 둘의 가벼운 스킨십을 보고 있으려니 기분이 좋으면서도 동시에 슬펐다. 이렇게 사랑스러운 커플이 한국 공공장소에서는 보통 커플처럼 애정 표현을 못 한다. 밖에서의 애정 행각을 찬성하는 편은 아니지만 퀴어들이 위축되지 않기를 바랐다.

스티브가 사람들을 잘 막았지만 빈 사우나 방을 찾기까지 시간이 조금 걸렸다. 사람들은 헨리를 더 이상 신기해하지 않고 각자 하던 일을 계속했다.

두 번째 방은 빨간 진흙 벽돌로 덮여 있어 발바닥이 뜨끈했다. 매트 위에 자리를 잡자 티파니가 라나를 위해 양 머리를 만들기 시작했다. 라나가 낄낄대며 자신의 수건도 바닥에 올려놓았다. 알고 보니 서로를 위해 양 머리를 만드는 중이었다.

"쟤네 너무 잘 어울려."

내가 말했다. 나도 모르게 말이 헛나갔다.

'악, 이런.'

헨리는 라나와 티파니가 커플인 걸 모른다. 내가 당황하자 헨리가 고개를 끄덕이며 말했다.

"그러게."

나는 헨리의 표정을 살폈다. 즐거워 보이면서도 알 수 없는 표정이었다. 후회? 슬픔? 헨리의 속마음을 알 수 없어 머리가 지끈지끈했다.

"우리 팥빙수 먹으러 갈래?"

헨리가 갑자기 물어 깜짝 놀랐다.

"뭐라고?"

"팥빙수. 한국에서 먹는 빙수."

"팥빙수가 뭔지는 알아. 그냥 놀라서. 잠깐, 설마 팥빙수도 안 먹어 봤어?"

"응. 한국 드라마에서 사람들이 찜질방 가면 사 먹던데. 나도 먹어 보고 싶었어."

티파니와 라나가 고개를 돌렸다. 티파니가 신음했다.

"먹어 본 게 있기는 해?"

티파니가 물었다.

"비싼 프랑스 요리. 그리고 맛있는 파스타. 우리 가족은 한식 잘 안 먹어. 먹어도 항상 푸짐한 정통 한식이지. 왕들이 먹던 한상차림."

"부자들이란."

티파니가 눈을 굴리며 중얼거렸다.

"그러니까."

헨리가 신음했다.

"우리 팥빙수 큰 거 하나 나눠 먹자!"

라나가 외쳤다.

라나는 너무 기뻐서 들뜬 나머지 목소리가 갈라졌다. 우리는 모두 웃었다.

"그래! 좋아."

내가 대답했다.

나는 헨리를 바라보았다. 우리는 서로를 향해 웃었다.

29

달달한 팥빙수를 먹고 난 후 티파니와 라나는 뜨듯한 사우나 바닥에 앉아 식곤증으로 눈을 붙였다. 그래서 헨리가 나를 데려다주기로 했다.

초콜릿과 연유 때문에 아직 머리가 띵했다. 정적이 흐르던 중 헨리가 목을 가다듬었다.

"라나랑 티파니, 커플 맞지? 그니까 사귀는 사이야?"

나는 앞좌석을 힐끗 보았다. 스티브는 웃긴 팟캐스트를 크게 틀어 놓고 포시아와 깔깔대느라 우리 대화를 듣지 못할 듯했다.

"응, 맞아."

내가 초조해 보였는지 헨리가 손을 앞으로 휘저었다.

"오해하지 마. 나쁜 뜻 없어. 그냥…… 음, 아까 라나가 나 별로인 줄 알았다고 했지?"

"그냥 농담이었을 거야."

내가 얼른 대답했다. 대화가 불편했다. 해서는 안 되는 이야기를 하는 기분이었다.

"아니야. 라나가 이미 말했겠지만 라나 친구들이랑 학교를 같이 다녔었어. 예전에 친구들 게시물에서 라나를 본 적이 있어. 서로 SNS 팔로우 안 끊었을 때. 우리 학교가 꽤 작았거든. 라나가 나 조심하라고 했었지?"

나는 차마 거짓말을 할 수 없어 고개를 끄덕이며 말했다.

"응. 근데 우리가 친해지기 전이었어."

헨리가 날카롭고 씁쓸한 웃음을 지었다.

"괜찮아. 소문은 사실이야. 전에 말했듯이 나는 친구들이 별로 없어. 다 내 잘못이야."

"무슨 일 있었어?"

헨리는 잠시 말없이 나를 빤히 쳐다보았다. 나를 믿어도 될지 가늠하는 눈치였다.

"우리 학교에 다니던 남자애 한 명이 내 남자 친구였어."

마침내 헨리가 말했다.

내가 말뜻을 헤아리는 중에 헨리가 덧붙였다.

"그러니까, 나 양성애자야. 여자들도 좋아해. 근데 그때는 남자 친구를 사귀었어."

'헨리가 양성애자라니. 나처럼.'

순간 하이파이브를 치고 싶었다. 마치 같은 고급 클럽 회원을 만난 기분이었다. 하지만 지금은 그럴 때가 아니라서 조용히 귀 기울였다.

"내가 모델로 계약했을 때 부모님이 갑자기 내 인생에 간섭하기 시작했어. 내가 하버드 웨스트레이크에 간 이후로는 거의 신경을 안 썼거든. 나는 혼자 미국에 있고 부모님은 한국에 계셨어. 좋았지. 근데 내가 갑자기 부모님처럼 '유명 인사'가 된 거야. 이해는 가. 한국 언론이 내 모델 계약을 알아내서 밝혔거든. 부끄럽게도 인터넷이랑 신문에 온갖 인터뷰랑 기사가 실렸어. 그래서 갑자기 부모님이 내 모든 걸 통제하려고 한 거야. 사생활까지도."

"저런."

내가 중얼거렸다. 결말이 뻔해 마음이 아팠다.

"내가 남자 친구를 사귄다는 사실을 알아내고는 난리가 났어. 이성애자가 아니면 한국에서 절대 성공하지 못할 거라면서. 내가 양성애자라고, 남자랑 여자 둘 다 좋아한다고 해도 소용없었어. 이러시더라. '그럼 괜찮은 여자 친구를 만나. 네가 남자 친구를 사귄다는 걸 알면 여자들이 안 좋아할 거야. 네 이미지에 전혀 도움이 안 돼.'"

"헨리, 어쩌면 좋아."

"아니야. 그렇게 보지 마. 나는 동정받을 자격도 없어. 지나치게 순진했지. 간섭받기 싫어서 거짓말했어. 한동안은 괜찮았는데 결국 걸려 버렸어. 어떤 여자애가 우리가 키스하는 사진을 찍은 거야. 부모님이 폭발했어. 그 여자애한테 돈을 주고 인터넷에 올리지 말라고 했지. 그러고는 내 남자 친구한테 엄청난 돈을 주면서 나랑 헤어지라고 했고."

헨리가 말했다. 이야기가 물 흐르듯 쏟아져 나왔다.

"뭐라고?"

나는 화가 뻗쳐 크게 소리쳤다.

포시아와 스티브가 힐끔 뒤돌아보았다. 포시아가 팟캐스트 볼륨을 낮추고 물었다.

"괜찮아?"

"네, 죄송해요."

내가 말했다.

헨리는 포시아가 다시 볼륨을 올릴 때까지 기다렸다가 말을 이었다.

"뇌물을 가장한 협박이었지. 남자 친구는 완전히 분노했어. 그럴 만했지. 남자 친구 부모님이 알게 돼서 다른 학교로 전학시켰거든. 양쪽 부모님들이 다 쉬쉬해서 친구들은 자세한 내용은 몰라. 그저 나 때문에 안 좋은 일이 일어난 줄 알지. 내 친구들이 걔 친구들이기도 했으니까. 그때 이후로 친구들을 다 잃었지. 그래서 이제 친구가 없어."

헨리의 이야기가 너무 슬펐다. 내가 여자를 사귀지 못하는 이유이기도 했다.

"라나랑 티파니도 둘 다 집에서 쫓겨났대."

내가 말했다.

헨리가 한숨을 쉬었다.

"근데 지금은 괜찮아. 같이 살고 있고. 너도 봤잖아. 귀여운 커플이야. 행복하고."

"잘됐다. 나도 기분이 좋아."

"우리는 짜증 나는 동성애 혐오 부모는 되지 말자. 알았지?"

헨리가 눈썹을 치켜올렸다.

"오호, 벌써 자식 얘기하기는 너무 이른 거 아니야?"

나는 헨리의 팔을 살짝 쳤다.

"무슨 말인지 알잖아. 우리는 한국인들과 한국계 미국인들의 미래잖아. 우리 부모 세대보다는 나아져야지."

"응, 그럼."

조금 뒤에 내가 말했다.

"나도 양성애자야."

헨리가 자세를 고쳐 앉으며 망설이듯 미소 지었다.

"뭐, 진짜? 멋지다."

그걸로 끝이었다. 헨리가 한 치의 망설임 없이 나를 인정했다. 나도 헨리를 받아들였다.

"그럼 우리, 이제 양성애자 동지야?"

"양성애자 동지, 좋다."

헨리가 웃으며 말했다.

30

다음 라운드는 잔인했다. 참가자들은 물불 가리지 않고 경쟁했다. 이번 라운드는 보컬이 10명뿐이라 모두 자기 차례를 기다리며 녹색 방의 TV 앞에 옹기종기 모여 있었다.

운명의 장난인지 심사위원의 계략인지, 저번 라운드에서 파트너였던 개리의 멘티 민디와 박 피티의 멘티 이저벨이 붙게 되었다. 이저벨이 강렬한 노래와 랩으로 민디의 귀엽지만 평범한 마마무 곡 무대를 완전히 눌러 버렸다. 심사위원이 이저벨의 손을 들자 민디는 울면서 무대를 뛰어 내려갔다.

박 피디의 멘티 라나가 다음이었다. 라나는 가기 전에 내 손을 꼭 잡았다.

"잘해."

라나가 나갈 때 내가 말했다.

나는 라나가 케빈 변과 대결하는 장면을 지켜보았다. 개리의 멘티 케빈은 한국계 미국인 남자인데 놀랍게도 목소리가 라나보다 천사 같았다. 나는 속으로 '이거 큰일인데!'하고 생각했다. 라나는 너무 긴장한 탓인지 고음을 잘 못 냈다. 라나의 음정 실수를 처음 보았다. 그만큼 무대에서 부담이 심했을 터였다.

라나는 탈락하여 매우 낙담한 듯했다. 나는 무대로 뛰어가 안아주고 싶었다. 하지만 지금은 갈 수 없어 문자로 하트와 위로의 말을 보냈다. 대화는 나중에 해야 했다.

소설 같은 일도 벌어졌다. 한 참가자가 경쟁자를 몰래 염탐해 같은 가수의 곡을 골랐다. 오디션에서 바로 탈락될 줄 알았으나 심사위원은 다른 참가자를 탈락시켰다. 박 피디는 염탐한 참가자가 '어쨌든 상대보다 잘했다'고 했다. 결국 두 참가자 사이에 싸움이 붙어 보안 요원이 무대에서 끌어내려야 했다.

마침내 4명만이 무대를 앞두고 있었다. 무섭게 하나씩 사라지다가 소설 《그리고 아무도 없었다》의 마지막 순간이 올 듯했다. 이마에 땀이 났다. 나는 긴장을 풀기 위해 주먹을 쥐었다 펴기를 반복했다.

나 말고는 멜린다와 이름 모를 두 사람이 남았다. 멜린다는 나와 다른 경쟁자들을 처다보지도 않았다. 그저 자기가 제일 잘난 듯이 똑바로 앞만 보았다. 분명 외모는 다른 사람들보다 훨씬 뛰어났다.

완벽한 곱슬 금발에 피부는 깨끗하고 촉촉하며 눈은 적당히 스모키 메이크업을 했다. 메이크업에서 전문가의 손길이 느껴졌다.

다시 화면으로 무대를 보던 중 문자가 왔다.

헨리 조
> 어떻게 되고 있어? 아직 무대 안 했어?

> 아직. 긴장하지 않으려고 애쓰는 중. 너는?

헨리 조
> 이제 오디션장 가고 있어. 너희 끝나고 바로 춤 오디션이야.

나는 춤이라는 소리에 머리가 지끈거렸다. 그래도 헨리를 응원해 주고 싶었다.

> 잘해! 어떻게 됐는지 알려 줘.

헨리 조
> 응, 너도 잘해.

헨리가 강아지 아이스크림을 먹는 스노우볼 사진을 보내 주어 나는 킥킥 웃었다.

완전 귀여워.

헨리 조
사진 보니까 나 강아지한테 몸에 안 좋은 거 주는 거 같아. 😳

스노우볼은 귀여우니까 먹어도 돼!!!!

나는 미소를 지었다. 곁눈질로 보니 멀리서 멜린다가 나를 쏘아보고 있었다. 내가 헨리와 문자한 사실을 아는 듯 싸늘한 눈빛이었다. 나는 최대한 무시하려고 했다. 오늘은 난투극을 벌이고 싶지 않았다.

그때 무대 감독이 들어와 말했다.

"스카이와 멜린다, 준비하세요. 백스테이지로 와서 기다려요."

'그럼 그렇지.'

나는 멜린다를 따라 녹색 방을 나가며 신음을 참았다. 이번 라운드 조 편성을 보니 제작진들이 '극적인' 방송을 위해 작정한 듯했다. 예상 못 한 내가 바보였다.

외모로도 감전될 수 있다면, 무대에 오를 때쯤 나는 멜린다에게 100번은 타고도 남았다. 쓸데없는 생각은 다 털어 버리려고 했다. 이미 한 파트에서 탈락했다. 지금 이 순간에 집중해야 한다.

"여러분, 이번 라운드는 이렇게 진행됩니다. 먼저 멜린다가 노래를 할 거예요. 그다음이 스카이. 스카이까지 무대를 마치면 심사위원이 두 사람을 평가할 거고요. 우승자는 Top 5가 되어 〈넌 나의 샤이닝 스타〉 마지막 라운드에 진출하게 됩니다."

우리가 무대에 서자 데이비가 말했다.

다른 무대와 달리 방청객은 멜린다가 노래를 준비하는 동안 쥐 죽은 듯 조용히 기다렸다. 전주가 흘러나오자 나를 포함한 모두가 숨을 멈췄다.

나의 1라운드 곡 가수 이하이의 〈누구 없소〉였다.

'설마!'

나는 믿기지 않아 입을 떡 벌렸다. 카메라 한 대가 내 반응을 찍었다. 오늘 내가 부를 곡 가수의 노래를 하는 것보다는 낫지만 그래도 너무했다. 관객의 반응도 심상치 않았다. 처음 몇 소절을 부를 동안은 완전히 고요했다.

하지만 어쩔 수 없었다. 멜린다의 한국어 발음은 흠 잡을 데 없고 섹시한 느낌까지 완벽했다. 리듬에 맞춰 엉덩이를 앞뒤로 흔들었다. 거기에 요정 같은 소프라노 목소리로 밤에 외롭다는 가사를 불러 관객을 사로잡았다. 10대 빅토리아 시크릿^{Victoria's Secret} 모델처럼 섹시한 자신감으로 카메라를 집어삼킬 듯했다.

후에 도달하자 모두 멜린다에게 환호했다. 앞줄의 남자 몇 명은 침을 질질 흘렸다. 나는 카메라 앞에서 찡그린 표정을 자제했다. 멜린다의 곡 선택과 관객의 반응 모두 혼란스러웠다.

'멜린다를 이겨야 돼. 꼭.'

내가 생각했다.

집중하려고 했지만 뜨거운 무대 조명 아래서 시야가 흐려졌다.

"스카이?"

내 이름이 들려 정신을 차렸다. 멜린다가 노래를 마치자 심사위원과 관객, 카메라가 모두 나를 주목했다. 나는 소리 지르고 싶었다. 정신 차려!

"본인 차례예요."

박 피디가 짜증스러운 투로 말했다. 멘토로서 부끄러운 눈치였다.

"네."

내가 고개를 끄덕여 시작 사인을 보냈다.

"다음은 스카이 신입니다!"

데이비가 외쳤다.

청하의 〈벌써 12시〉 전주의 플루트 소리가 나자, 나는 짧게 심호흡을 했다. 멜린다처럼 요정은 못 되어도 섹시함은 자신 있다.

나는 리듬에 맞춰 손가락을 튕기며 노래를 시작했다. 자정에 연인과 헤어져야 하는 아쉬운 마음을 표현했다. 음악에 취해 노래하다 보니 어느새 후렴구에 도달했다.

청하는 댄스 중심 아티스트라서 나는 노래를 부르며 안무를 살짝 선보였다. 엉덩이를 앞뒤로 흔들고 팔로 몸을 감싸 흔들었다. 장보라가 눈썹을 치켜올렸지만 박 피디는 자랑스럽게 지켜보았다.

간주가 나오자 관객은 함성을 질렀다. 여기저기서 나를 따라 춤추는 사람들이 보였다. 노래 말미에 고음을 지르자 공연장에 내 목소리가 울려 퍼지며 우레 같은 박수가 터졌다.

"자, 여러분! 멜린다와 스카이, 놀라운 실력자들입니다. 누가 남고 누가 떠나게 될까요?"

데이비가 말했다.

박 피디가 먼저 마이크를 잡았다.

"스카이 신, 잘했어요. 결과에 상관없이 정말 자랑스러워요."

박 피디가 눈을 반짝이며 말했다.

개리가 멜린다와 나를 차례로 보았다.

"와, 정말 어려운 결정이네요. 멜린다, 훌륭한 무대였어요. 이번 라운드는 특히 한국어로 부르느라 쉽지 않았을 텐데. 이하이의 곡을 멋지게 소화했어요. 제 팁과 조언들을 다 받아들였네요."

그러고는 나를 향해 말했다.

"스카이, 오늘도 정말 놀라웠어요. 감정, 고음, 섹시까지. 다 갖췄어요. 결정이 너무 어려울 거 같아요."

개리가 잠시 뜸을 들였다. 순간 심장이 쿵 내려앉는 듯했다. 장보라는 당연히 나를 뽑지 않을 테니 개리의 표가 없으면 망한 셈이다. 나는 눈을 감고 부처님 하느님 알라신께 기도했다.

"악."

개리가 의자 등받이에 몸을 기대며 말했다. 그러고는 데이비를 향해 손을 흔들었다.

"저는 조금 이따가 할게요. 아직 시간이 필요해요."

장보라는 자기 차례가 되자 나를 보지도 않고 말했다.

"멜린다, 훌륭했어요. 정말 재능이 뛰어나요."

그러고는 망설임 없이 멜린다에게 표를 던졌다. 심장 소리가 점점 커지면서 귀가 울렸다. 개리가 다시 마이크를 집어 들었다.

"네, 결정했습니다."

개리가 말했다.

"아주 쫄깃쫄깃하네요! 개리의 표는 어디로 갈까요? 멜린다, 스카이?"

데이비가 외치자 관객이 함성을 질렀다.

긴장감을 조성하는 게 데이비의 일이지만, 순간 한 대 치고 싶었다. 기다리는 동안 다리가 후들거려 땅으로 꺼질 듯한 기분이었다.

"멜린다."

개리가 말했다.

심장이 쿵 떨어졌다.

"자랑스러워요. 여기까지 왔네요."

멜린다가 미소 지었다.

그때 개리가 나를 향해 몸을 돌렸다.

"그런데 스카이, 오늘 더 멋진 무대를 보여 줬어요. 이제 원곡을 들을 때마다 스카이 버전이 생각날 거 같아요."

관객이 함성을 질렀다. 멜린다는 분노의 비명을 지르며 나를 덮칠 태세로 달려들었다. 다행히 데이비가 중간에서 내 팔을 잡았다.

"축하합니다, 스카이! 네 번째로 최종 5인에 들었습니다!"

데이비가 말했다.

그러고는 카메라를 향해 말했다.

"기억하세요. 마지막 공연은 라이브로 진행됩니다. 여러분의 한 표가 〈넌 나의 샤이닝 스타〉의 우승자를 결정합니다! 이곳 시간 12월 5일 저녁 6시, 한국 시간 12월 6일 오전 11시, SBC에서 방송됩니다. 여러분의 후보를 위해 투표에 참여해 주세요!"

무대로 내려가는 내내 멜린다는 나를 비난했다. 하지만 상관없었다. 그 순간 백스테이지에서 나를 기다리는 헨리를 발견했다.

"해냈어! 네가 멜린다를 이겼어!"

헨리가 말했다.

헨리의 환한 미소를 보자, 평가 이후 두근거리던 심장이 더 빨리 뛰었다. 갑자기 헨리가 나를 꽉 껴안았다. 나는 사르르 녹았다.

카메라에 둘러싸였지만 지금은 신경 쓸 겨를이 없었다.

"응, 축하해. 멜린다가 탈락한 거."

헨리가 웃었다.

"축하는 내가 해야지. 네가 너무 자랑스러워."

"댄서들은 모두 녹색 방에서 기다리세요!"

무대 감독이 헨리를 쏘아보며 외쳤다.

헨리가 나를 놓아주며 말했다.

"스카이, 우리 곧 만나서 놀자. 문자할게. 알았지? 너를 꼭 데려가고 싶은 곳이 있어."

"알았어. 기대할게."

나는 새빨개진 얼굴로 애써 태연하게 대답했다.

헨리가 진심 어린 미소를 씩 지어 보이고는 백스테이지를 벗어났다.

31

　지난달은 정신없이 지나갔지만 추수감사절 연휴가 다가오면서부터 시간이 더디게 흘러갔다. 드디어 여유가 생겨 SNS에 들어갔다. 지금까지는 학교 친구들이 보내 준 링크를 통해 가끔씩 게시물이나 트위터를 확인했다. 마음먹고 트위터와 인스타그램을 둘러보는 건 첫 방송 이후 처음이다.

　내가 SNS에 대한 경계를 풀자 클라리사가 **#퀸스카이팬클럽** 해시태그를 보여 주었다. 나에게 영감 받은 전 세계 플러스 사이즈 여성들이 개인 게시물을 올렸다. 나는 모두에게 감사 인사를 전하고 싶었지만 레베카가 말렸다.

　"엮이지 않는 게 좋아. 친구들이 아니잖아. 지금은 팬일 뿐이야. 팬들은 한순간에 등 돌릴 수 있어."

레베카가 경고했다.

"맞아. 사람들이 연예인 SNS 팔로우 취소를 얼마나 쉽게 하는지 알지? 진짜라니까!"

클라리사가 맞장구쳤다.

역시 친구들의 조언은 일리가 있다. 그래서 당분간은 트위터나 인스타그램 메시지에 답장하지 않기로 했다.

과분한 관심이 어색하면서도 감사했지만 동시에 죄책감도 들었다. 내가 헨리와의 춤 공연을 끝으로 탈락한 사실을 학교 친구들을 비롯해 아무도 모르기 때문이다. 아직까지는. 그 무대는 내일 저녁에 방송된다.

장보라에게 맞서다가 결국 떨어진 모습이 어떻게 비춰질지 두려웠다. 물론 일부분이지만. 자신의 목소리를 쉽게 못 내는 뚱뚱한 여자들에게 또 다른 '교훈'이 될까 봐 걱정되었다.

나는 침대에 누워 인스타그램을 보며 댄스 파트에서 살아남은 사람들 게시물을 구경했다. 헨리의 마지막 게시물에는 개인 연습실 바닥에 누워 있는 사진과 '긴 하루 끝 잠깐의 휴식'이라는 멘트가 담겨 있었다. 역시나 완벽한 자태였다. 이마니는 발레 친구들과 바에서 스트레칭하는 사진을 올렸다. 나는 결국 창을 닫아 버렸다.

인스타그램을 끄자 시간이 훌쩍 지나 있었다. 다행히 금요일 밤이라 다음 날 학교 갈 걱정을 하지 않아도 되었다. 그래도 내일 아침 연습을 위해 잠을 좀 자 둬야 했다.

잠들려는 순간, 확인하지 못한 메시지를 발견했다. 마지막 문자는 헨리가 몇 시간 전에 보낸 웃긴 강아지 짤이었다.

오랜만에 온 짤이라 뭐라고 답장해야 할지 몰랐다. 나는 'ㅋㅋㅋ'라고 쳤다가 지우고 더 괜찮은 말을 쳤다. 보내기 버튼을 누르려는 순간 헨리의 말풍선에 점 3개가 떴다.

헨리 조

> 아직 안 자?

나는 벌떡 일어나 앉아 문자를 빤히 보았다. 어떻게 답장을 보낼까 고민하던 게 들켜서 부끄러웠다. 나는 짧게 심호흡을 하고 답장을 보냈다.

응. 잠이 안 와. 우리 춤 방송이 내일이잖아.

헨리 조

> 그러니까.

잠시 문자가 멈췄다. 헨리가 할 말을 고민하는 듯 점 3개가 떴다가 없어졌다. 기다림에 심장이 터지려 할 때쯤 문자가 왔다.

헨리 조

> 오늘 밤 그리피스 천문대 갈래?

한참 동안 나는 문자를 잘못 본 줄 알았다. 그리피스 천문대 Griffith Observatory는 할리우드에서 약간 북쪽에 자리한 할리우드 사인 (Hollywood Sign, 미국 캘리포니아주 로스앤젤레스에 있는 관광 명소—옮긴이) 근처 언덕에 있었다. 아빠와 함께 살 때 일종의 부녀 시간으로 거의 한 달에 한 번 천문대에 걸어 올라가곤 했다. 당시 토요일 아침마다 아빠와 나는 온갖 이야기를 주고받았다. 좋은 추억이지만 아빠가 북부 캘리포니아로 가게 된 뒤로는 몇 년째 가지 못하고 있었다.

그런데 갑자기 헨리가 천문대에 가자고 한다. 새벽 3시에.

> 음, 지금은 닫았을걸. 그리고 우리 집 LA에서 멀잖아.

내가 답장했다.

헨리 조

> 내가 데리러 갈게. 천문대 옆 공원은 24시간 열려 있어. 그냥 올라가 보자. 괜찮을 거야. 스노우볼도 데려갈게.

마지막 줄에 넘어갔다. 핑계가 필요했다.

'스노우볼이 보고 싶어서야.'

나는 계속해서 생각한 끝에 무심한 척 답장했다.

헨리는 스마일과 엄지 척 이모티콘을 보냈다.

그래! 오면 문자해.

나는 최대한 조용히 방 안을 서성거렸다. 이 시간은 쌀쌀하니까 (그래 봤자 LA지만) 따뜻하면서 귀여운 분홍색 추리닝 상의와 편한 바지로 갈아입었다.

그러고는 아래층으로 내려가 뒷문으로 살금살금 나갔다. 주말을 맞아 집에 온 아빠의 코 고는 소리가 복도에 울려 퍼졌다. 새벽 3시는 LA에서 유일하게 차가 막히지 않는 시간이라 헨리는 1시간도 안 걸려 도착했다.

헨리는 SUV가 아닌 하늘색 빈티지 컨버터블을 타고 왔다. 군청색 가죽 재킷을 걸치고 차에 탄 모습이 1950년대 영화 속 주인공 같았다. 스노우볼은 뒷좌석에 있었다. 어두침침한 가로등 불빛에 비친 한 남자와 강아지의 모습이 마치 꿈속 장면처럼 느껴졌다.

"이거 꿈 아니지? 와, 여자한테 잘 보일 때는 끝장을 보는구나."

헨리가 집 앞에 차를 세우자 내가 속삭였다. 잠귀가 밝은 엄마가 깨면 안 되니까.

"나도 반가워. 오랜만이야."

헨리가 미소 지으며 속삭였다.

헨리가 조수석 문을 열려고 몸을 기울였다. 내가 앉자마자 스노우볼이 달려들어 얼굴을 샅샅이 핥았다. 나는 강아지를 꽉 안았다. 북슬북슬한 하얀 털이 부드럽고 풍성했다. 강아지 털에 얼굴을 파묻고 있는 동안 차가 고속도로에 접어들었다.

"SUV는 스티브 차라서 새벽에 스티브나 포시아를 깨우고 싶지 않았어. 이게 내 차야. 모델 계약하고 제일 먼저 산 거야. 차 안 막히는 밤늦은 시간이나 주말 아침에만 몰지만. 컨버터블 타고 있을 때 차 막히면 지옥이잖아."

"그렇지."

우리는 5번 국도로 올라갔다. 이 시간에는 한적했다. 쌀쌀한 날씨에 추리닝을 입고 나오길 잘했다. 헨리의 컨버터블이 밤의 적막을 뚫고 고속도로를 빠르게 달렸다. 남부 캘리포니아에는 눈이 안 오지만 겨울 온도는 4도까지 내려가, LA를 둘러싼 샌가브리엘 산^{San Gabriel Mountains} 정상에는 눈이 쌓여 있었다. 구름 없는 밤하늘에 달과 별이 보였다.

천문대로 가는 동안 헨리는 조용했다. 한국 힙합 노래가 낮게 울려 퍼졌다. 부드러운 음악과 엔진 소리에 어느샌가 잠이 들었다.

"스카이, 다 왔어."

일어나 보니 헨리가 차를 숲에 주차해 두었다. 늦은 시간에도 근처에 차가 몇 대 세워져 있었다. 헨리는 뒷좌석에서 손전등 두 개를 꺼냈다.

"하나 받아. 언덕 오를 때 필요할 거야."

헨리가 말했다.

우리는 차에서 내려 손전등을 켰다. 스노우볼이 뛰어나와 앞장서고 우리는 천천히 언덕을 올랐다.

"항상 먼저 올라가서 정상에서 기다려. 죽은 토끼나 물고 나타나지 않기를 빌자."

헨리가 설명했다.

"물고 와도 안 보일걸."

손전등이 비추는 곳 외에는 어두컴컴했다. 내 다리도 안 보일 정도였다.

"왜 시체 묻으러 가는 기분이지?"

올라가면서 내가 말했다.

헨리가 웃었다.

"전망이 진짜 끝내줘. 생각하거나 쉴 때 조용한 장소가 필요하면 늘 밤늦게 여기 올라오곤 해. 자, 내 손 잡아."

헨리가 내 손을 잡고 안전하게 인도했다. 포근하고 따뜻했다. 붉어진 얼굴이 어둠에 가려 다행이었다.

컴컴해서 언덕을 오르는 데 얼마나 걸렸는지 알 수 없었다. 시간이 꽤 지난 듯했다. 돌에 걸려 넘어지지 않도록 조심했다. 머지않아 천문대의 희미한 황금빛이 눈앞에 보였다. 스노우볼의 목줄이 딸랑거렸다.

"1분 정도만 더 가면 돼. 스노우볼! 이리 와!"

헨리가 말했다.

방울 소리가 점점 가까워지더니 어느새 내 얼굴이 침 범벅이 되었다.

"으악! 스노우볼!"

나는 웃으며 강아지를 손전등으로 비추었다. 다행히 죽은 토끼는 없었다. 스노우볼은 미소 지으며 나를 올려다보았다.

헨리의 미소와 닮았다.

"귀여워."

내가 머리를 쓰다듬으며 말했다.

"스카이, 위를 봐."

올려다보자 숨 막히는 광경이 펼쳐졌다.

언덕 꼭대기에 황금빛 그리피스 천문대가 있었다. 낮에는 하얀 벽에 회색 돔일 뿐이지만 밤하늘 아래서는 마치 신비로운 사원이나 외계인 우주선 같았다.

천문대는 시작에 불과했다. 뒤로는 LA 스카이라인이 눈부시게 펼쳐졌다. LA는 매력적인 도시는 아니다. 난잡한 도시 위로 탐조등과 헬리콥터 불빛이 드문드문 비춘다. 평소에는 정신없는 도시였지만 언덕 위에서 보니 은빛의 고층 건물과 건축물로 아름다웠다.

"와 보니까 어때? 네 숨통이 좀 트였으면 해서."

헨리가 말했다.

"너무 좋아."

내가 부드럽게 말했다.

아름다운 경관과 사려 깊은 헨리의 마음이 어우러져 숨이 턱 막혔다.

내가 말을 이었다.

"고마워. 나한테 늘 잘해 주네."

"그야, 너니까. 넌 퀸 스카이잖아."

포스터에 쓰여 있는 '퀸 스카이'를 보면 미소가 나왔지만, 헨리가 눈앞에서 말하자 얼굴이 확 달아올랐다.

"에이, 뭐래."

내가 말했다.

"아니, 진짜로. 네 첫 오디션 무대 아직도 기억나. 완전 멋졌어. 그날 엄청 많은 사람들의 인생을 바꿔놨을걸. 지금도 계속 영감을 주고 있고."

"고마워, 헨리."

헨리가 나를 내려다보았다. 나는 헨리의 강렬한 눈빛에 압도되었다. 몇 분 전 천문대를 보았을 때와 비슷한 느낌이었다. 잘생긴 건 알았지만 LA 스카이라인을 배경으로 천문대의 하얀 불빛이 더해지자 후광이 비쳤다. 정말 말도 안 되게 매력적이었다.

넋 놓고 바라보느라 헨리도 나를 보고 있다는 걸 몰랐다. 헨리가 고개를 돌렸다. 얼굴이 새빨개져 있었다. 프로 모델 헨리 조가 부끄러워하다니!

"왜 그래?"

"미안. 네가 너무 예뻐서."

헨리가 말했다.

나는 뚱뚱한 아이들은 자존감이 낮다는 고정관념을 깨려고 늘 애썼다. 물론 가끔은 엄마 같은 사람들의 말 때문에 위축될 때도 있다. 나도 어릴 때는 내 모습이 마음에 안 들었다. 하지만 요즘은 내가 못 생겼다고 생각하지 않는다. 귀엽고 예뻐 보이기까지 한다. 그날의 컨디션에 따라. 분명한 사실이다.

나 자신이 예쁘고 귀여운 건 알지만 헨리가 예쁘다고 해 주자 색다른 느낌이었다. 나도 늘 헨리가 아름답다고 생각했기 때문이다.

"스카이."

헨리가 천천히 신중하게 말했다.

"응?"

"계속 말하려고 했는데 이제 때가 된 거 같아."

"뭔데?"

기대감에 숨이 막혔다.

"널 좋아해."

기다리던 말이었다. 헨리 조가 나같이 평범한 애를 좋아한다는 사실이 믿기지 않지만, 줄곧 눈빛이 심상치 않았다. 행동도 마찬가지였다. 이 경관을 보여 주려고 오렌지 카운티까지 나를 데리러 왔다가 다시 데려다주는 수고도 마다하지 않았으니까.

나도 헨리와 같은 마음이었다.

"나도 너 좋아해."

내가 말했다.

헨리는 안도하며 눈을 감았다. 사랑스러웠다. 학교에서 잘나가는 남자아이들은 누구나 자기를 좋아할 거라고 착각한다. 헨리는 그 애들 모두를 합친 것보다 잘생기고 유명하다. 순간 거절당할까봐 긴장한 헨리의 모습이 귀여워서 당장 키스하고 싶었다.

"키스해도 돼?"

나도 모르게 불쑥 말했다.

헨리가 깜짝 놀라더니 천천히 미소 지었다.

"응, 당연하지. 물어봐 줘서 고마워."

헨리가 몸을 숙이자 입술이 닿았다. 한 번, 두 번, 그리고 이어지는 키스. 헨리의 입술은 부드럽고 따뜻했다. 머릿속에 오직 이 생각만 맴돌았다.

'설마 꿈은 아니겠지.'

32

키스가 끝나자 헨리의 얼굴이 상기되어 있었다. 내내 얼굴이 빨갰다.

나는 장난스럽게 팔을 툭 쳤다.

"왜 이렇게 귀여워?"

헨리의 얼굴이 시뻘게졌다. 헨리가 딱 붙는 셔츠를 입은 모습을 내가 빤히 보았을 때 나를 비웃은 기억이 났다. 지금 내 앞에서 쑥스러워하는 그의 모습이 낯설었다.

"원래 수줍어하지 않았잖아. 왜 이래?"

내가 물었다.

헨리는 내 눈을 피해 땅을 바라보며 말했다.

"그러니까, 느낌이 달라. 사람들이 나보고 잘생겼다고 하는 거 알

아. 아니면 이 일 못하지. 근데 이건 경우가 달라. 가끔 감정이랑 기분이 벅찰 때가 있어."

"음, 네가 잘생긴 건 맞아. 근데 솔직히 그래서 더 별로였어. 오만한 애일 줄 알았거든."

내가 말했다.

"음, 이젠 생각이 바뀌었나 보네."

"뭐, 그래."

내가 눈을 굴리며 말했다.

헨리가 킥킥댔다.

그때 불이 꺼졌다. 옆 언덕의 할리우드 사인이 불그스름한 일출에 희미하게 비쳤다.

"와, 밤에 불 꺼지는 줄 몰랐어. 왜 할리우드 사인을 안 켜 놓지?"

내가 물었다.

"안전 문제 때문에. 옛날에는 켜져 있었는데 교통 혼잡을 일으켜서 사람들이 골짜기에 갇혀 버렸거든."

헨리가 설명했다.

"당연히 교통 때문이겠지. 알 만하다."

"해시태그 LA 문제."

"맞아."

갑자기 찬바람이 불어 닭살이 돋았다. 나는 몸이 떨렸다.

"아, 사람들이 전형적인 LA 주민이라고 놀려도 상관없어. 10도도 나는 추위. 더 두껍게 입고 올걸."

"자, 나는 추위 별로 안 타. 한국은 훨씬 춥거든."

헨리가 가죽 재킷을 벗어 내 어깨에 걸쳐 주었다.

차에 타며 내가 말했다.

"그럼."

"그럼?"

"우리 이제 사귀는 거야?"

"네가 원하면."

"원해."

헨리가 키스하려고 몸을 기울이자 휴대폰이 울렸다. 엄마다. 그
럼 그렇지.

전화를 받았다.

"하늘아, 어디 갔어?"

너무 오랜만에 듣는 목소리라 어색했다.

나는 재빨리 그럴 듯한 거짓말을 생각해 냈다.

"라나가 LA에 볼일이 있어서 오늘 일찍 데리러 왔어. 말 못해서
미안. 준비하느라 바빴어."

"그래. 오디션 거의 끝났지? 얼른 마무리하고 공부에 집중해야
지."

엄마가 말했다.

"얼른 마무리……. 일부러 탈락하라고?"

나는 엄마 말을 천천히 반복했다. 차라리 엄마와 말을 안 섞을 때가 그리웠다.

"음, 매주 TV 나오는 거 지치지 않아? 너는……."

나는 전화를 끊었다. 오늘은 아니야, 악마 같은 엄마. 오늘은 아니라고.

아무렇지 않은 척하려고 했지만 헨리가 물었다.

"괜찮아?"

내가 한숨지었다.

"응. 역시 엄마는 짜증 나."

"아직도 인정 안 해 주셔?"

"응. 이제 TV 나오는 거 지겹다고 오디션 그만두래."

헨리가 눈살을 찌푸렸다.

"나 모델 일하기 전에 우리 부모님 같다."

"윽, 너도 당했다니."

"괜찮아. 부모님은 한국에 있고 나는 여기 있으니까."

식당에서 아침을 먹은 뒤 헨리가 연습실에 내려 주었다.

"오늘 연습 재밌게 해."

헨리는 그 말을 남기고 떠났다.

"고마워."

건물에 들어가자 모두가 나를 빤히 바라보았다. 미처 감추지 못했다. 남은 참가자 4명과 스태프들과 촬영진까지 전부. 창문으로 헨리와 나를 본 듯했다.

물론 카메라는 벌써 나를 찍고 있다.

"헨리 조가 내려 줬어? 이제 사귀는 사이야?"

이저벨이 물었다.

여기저기서 쑥덕거렸다. 처음에는 관심이 무서웠지만 금세 괜찮아졌다. '뭐 어때?' 숨길 게 없다. 어차피 이미 소문이 퍼져서 주변 아이들과 학부모들이 우리가 사귀는 줄 알고 있다.

그래서 나는 으쓱하며 말했다.

"응, 사귀게 됐어."

모두 환호했다. 물론 내가 자기 강아지를 들이받기라도 한 듯이 노려보는 여자애들도 있었다. 수많은 사람들이 나를 축하해 주었다. 본인들 일인 것처럼.

다행히 박 피디와 개리가 마지막 연습을 시작해 주의가 흩어졌다. 마지막 라운드 미션은 간단하다. 자신의 실력을 가장 잘 보여 줄 수 있는 노래를 부르는 것이다. 그룹도, 배틀도, 파트너도 없다. 그래도 생방송이라 긴장되었다.

연습실에 혼자 남겨지자 차라리 그동안의 미션이 그리웠다. 라나가 불쑥 찾아오지도 않고, 쉬는 시간에 놀 사람 없이 혼자 연습만 하려니 지루했다. 여기까지 오게 되어 감사하지만 외로움이 가시지 않았다. 몇 시간 동안 노래 연습에 집중했다. 한국 걸 그룹 노래를 느리게 바꿔 통통 튀는 느낌을 줄이고 감정을 실었다. 박 피디와 개리, 생방송 투표를 하는 시청자들이 내 창의력에 추가 점수를 주기를 바랐다.

연습하는 동안 내게 영감을 받았다는 전 세계 플러스 사이즈 여자들을 생각했다. 기쁘고 영광스러워서 더 잘하고 싶었다. 오늘 밤 방송에 어떻게 나올지 아니까.

'마지막에는 모두를 자랑스럽게 해 줘야지. 제발 오늘 방송 이후에도 봐 주길.'

그날 저녁 나는 집에서 〈넌 나의 샤이닝 스타〉를 보는 대신 숙제를 하고 있었다. 그때 전화벨이 울렸다. 나는 (아직 퇴근 전인) 엄마나 친구들일까 봐 움찔했다. 반응이 두려웠다. 하지만 아니었다. 아빠다.

나는 바로 전화를 받았다.

"응, 아빠?"

내가 말했다.

"스카이! 스카이! 들었어?"

"뭘?"

"구글에 네 이름 쳐 봐."

아빠가 말했다.

"뭐라고?"

나는 영문도 모른 채 구글에 내 이름을 검색했다.

내 이름이 주요 한국 웹사이트에 도배되었다. 헨리와 내가 춤추는 영상이 SNS에 퍼졌다. 하지만 그저 '헨리 파트너'가 아니라 내 이름이 직접 언급되었다.

나는 트위터에 들어갔다. 누군가 나를 태그했다.

나는 밑에 댓글 창을 열었다.

누군가 말했다.

뚱뚱해서 떨어뜨렸나 봐.

 뭐야 이거 차별 아니야? 어이없어!

글은 점점 더 많은 '좋아요'를 받았다. 벌써 1천 개다. 시간을 확인했다. 방송한 지 1시간도 안 되었다.

나는 트위터를 끄고 심호흡을 했다. SNS상의 반발이 효력이 있을지는 모르겠지만 내 편이 생겨 기쁘고 감사했다.

"듣고 있어?"

아빠가 말했다. 아직 통화 중인 걸 깜빡했다.

"응."

"사람들 항의가 장난 아니야. 바뀌는 게 있을까?"

알 수 없었다.

"모르겠어, 아빠. 잘하면."

"결과랑 상관없이 네가 너무 자랑스러워. 이 많은 사람들을 감동시키다니! 우리 스카이가 세상을 변화시켰어. 고작 열여섯 살에! 몇 년 후에는 어떨지 상상도 안 돼."

아빠가 말했다.

"으, 부담 돼."

아빠가 웃었다. 윙크하는 아빠의 모습이 상상되었다.

"좋은 의미로. 정말 자랑스러워."

"고마워, 아빠."

아빠 주변에 소음이 심했다. 안내 방송에서 사우스웨스트 항공 _{Southwest Airlines} 승객을 찾고 있다.

"벌써 돌아가는 거야?"

내가 물었다. 아빠가 오는 주말에 함께 많은 시간을 보내지 못해 늘 속상하다. 이 오디션의 유일한 단점이다. 연습과 숙제 때문에 바빠서 아빠를 볼 시간이 별로 없었다.

"응. 내일까지 있어도 되는데 지금 큰 프로젝트 중이라서. 일요일에도 출근해야 돼."

아빠가 대답했다.

"으, 이런. 어떡해."

내가 신음하자 아빠가 웃었다.

"괜찮아. 익숙해. 집에서 기다리는 사람도 없는데, 뭘."

잠시 정적이 흘러 공항 소리가 들렸다. 말이 헛나간 듯했다. 나는 주제를 돌렸다.

"혹시……."

나는 두려워서 말끝을 흐렸다.

"혹시 엄마도 나 탈락하는 거 봤대?"

아빠는 몇 초간 침묵했다. 그때 안내 방송이 나왔다. 얼핏 '탑승'이라는 단어가 들렸다.

"오늘 바쁘다고 했어."

마침내 아빠가 말했다. 수화기 너머로 잡음이 들렸다. 아빠와 다른 승객들이 비행기에 타려고 부산스레 움직이는 소리가 들렸다.

"근데 중간에 봤을 거야. 너한테 잘해 주라고 문자 보냈는데 아직 답장이 없네."

나는 한숨을 쉬었다.

"말해 줘서 고마워."

"응, 이제 가야겠다. 곧 이륙이야. 도착하면 얘기하자. 잘 자."

"응. 고마워, 아빠. 조심히 가."

전화를 끊었다. 나는 엄마가 집에 올 때까지 초조하게 기다렸다.

33

엄마는 내가 댄스 파트에서 떨어지자 물 만난 물고기처럼 신났다. 내가 집에 들어서는 순간부터 저녁 먹을 때까지 귀가 닳도록 끊임없이 재잘거렸다.

"잘된 거야, 하늘아. 노래는 진짜 잘하잖아. 아직 안 떨어져서 기뻐."

마침내 엄마가 말했다.

내가 노래와 춤을 둘 다 좋아한다는 사실을 알아주었으면 좋겠다. 보컬에서 우승해도 노래와 춤을 모두 잘하는 케이팝 스타가 되고 싶다. 뚱뚱해도 할 수 있다는 걸 보여 주어야 한다. 한때 나는 내 몸으로는 절대 춤추면 안 되는 줄 알았다. 이젠 이런 생각을 하는 아이들이 없기를 바랐다.

저녁 먹는 내내 다짐했다. 물론 음식이 잘 안 넘어갔지만.

내가 숟가락을 놓자 엄마가 말했다.

"입맛 없어? 네가 제일 좋아하는 소고기 순두부잖아. 드디어 다이어트 시작한 거야?"

이제 참을 만큼 참았다. 장보라가 나를 오디션에서 탈락시킨 건 어쩔 수 없지만 집안 분위기는 바꿀 수 있다.

"아니, 엄마. 엄마가 내 몸에 대해 함부로 말해서 입맛이 떨어졌어."

내가 말했다. 감정이 앞서면 무시당할까 봐 낮고 무덤덤하게 말했다. 내가 들어도 어색하고 딱딱한 말투였다.

"다 너를 위한 거야. 너도 부모가 되면 엄마가 네게 많이 신경 썼다는 걸 깨닫고 고마워하게 될걸."

"고마워해? 엄마, 절대 그럴 일 없으니까 착각하지 마."

찜질방에 간 날이 떠올랐다. 엄마 말 때문에 트라우마가 생겨 라나와 티파니 앞에서 울음이 터졌다. 엄마는 나를 아끼고 사랑한다면서 왜 상처만 주는 걸까?

'그것도 일종의 폭력이야.'

라나가 말했었다. 생각할수록 맞는 말이다.

"엄마는 이제껏 내가 뚱뚱해서 예쁘지 않다고 했잖아. 그래서 나도 지금껏 나 자신을 증오했지. 이제는 있는 그대로의 나를 사랑하려고. 그러니까 엄마도 날 지지해 주면 안 돼?"

"지지? 하늘아. 널 봐. 네 자신을 받아들이는 건 좋지만 그런다고 달라지는 건 없어. 사람들의 시선은 늘 똑같을 거야."

"엄마, 뚱뚱한 게 잘못은 아니야. 엄마가 다른 사람의 시선이 두려워 스스로를 바꿨다고 해서 나까지 그럴 의무는 없어!"

엄마가 얼어붙었다. 잠시 후 엄마는 속삭이듯 말했다.

"신하늘. 그게 무슨 소리야?"

"샐리 언니가 사진 보여 줬어. 엄마 중학교 때 모습이 어땠는지 알아. 뚱뚱했잖아. 나처럼."

엄마는 '뚱뚱'이라는 단어에 한 대 맞은 듯 뒤로 움찔했다.

"엄마 옛날에 따돌림 당한 거 알아. 그래서 내 외모를 신경 쓰는 것도 이해해. 근데 난 나대로 건강하고 행복해. 그러니까 날 그만 좀 내버려 둬."

엄마가 대답이 없자 내가 말을 이었다.

엄마는 충격받아 아무 대꾸도 하지 않았다. 그래도 여전히 나를 인정할 생각은 없는 듯하다. 침묵이 말해 주고 있다.

나는 어린아이처럼 펑펑 울었다. 하지만 속상하기보다는 점점 차분해졌다. 패배의 눈물이 아니다. 해방에 가깝다. 지난 3개월간의 경험 끝에 다른 사람들은 더욱 신경 쓰지 않기로 했다. 엄마도 포함해서.

마음이 진정되자 할 말이 떠올랐다.

나는 눈물을 닦으며 강하고 단호하게 말했다.

"내가 이 오디션 댄스 파트에서는 탈락했지만 언젠가는 엄마가 틀렸다는 걸 보여 줄게. 전 세계가 나를 아름답고 강인하다고 인정할 때 똑똑히 지켜봐."

엄마는 입을 떡 벌린 채로 나를 멍하니 바라보았다.

조금 뒤 나는 유튜브에서 라나와 나의 무대 영상을 찾아보았다. 〈넌 나의 샤이닝 스타〉 채널에서 영상을 올린 지 2시간밖에 되지 않았지만 조회 수가 2천이 넘었다. 몇 번 돌려보다가 헨리와 나의 춤 영상도 찾았다. 똑같은 시간에 업로드되었는데 조회 수는 3배다.

춤 영상의 끝부분은 차마 볼 수 없었다. 그래서 돌려 볼 때마다 그전에 멈췄다.

잠시 후, 나는 헨리, 라나, 티파니와의 그룹 채팅방을 만들었다.

> 얘들아. 너희 도움이 필요해.

34

"장보라 표정 빨리 보고 싶어."

LA 시내의 공연장으로 가는 길에 라나가 말했다.

우리는 〈넌 나의 샤이닝 스타〉 마지막 라운드를 위해 헨리의 SUV를 타고 피게로아^Figueroa 길로 천천히 이동했다. 전 라운드와 달리 오늘의 집합 시간은 늦은 오후다. 교통 상황은 끔찍했다. 여유 있게 일찍 출발해서 다행이었다.

"이게 통할까?"

내가 긴장된 목소리로 물었다.

"통해야지. 얼마나 열심히 준비했는데."

티파니가 말했다.

"바빠서 눈치 못 챌걸. 아니면 신경 안 쓰거나. 뭐라 하면 스티브

부를게."

헨리가 말했다.

스티브는 운전석에서 브이를 만들어 보였다.

"걱정 마, 스카이. 주의를 잘 돌릴게. 라스베이거스에서 문지기 하면서 알게 된 속임수가 있거든."

포시아가 앞자리에서 낄낄댔다. 어떤 대단한 속임수인지는 몰라도 나 역시 따라 웃었다.

"고마워요, 스티브. 모두 고마워."

내가 말했다.

모두 각자의 방식으로 '괜찮다'고 표현했다. 좋은 사람들을 곁에 두어 최고의 행운아가 된 기분이었다.

그때 문자가 왔다.

레베카 응우엔

클라리사랑 공연장 가고 있어!
네 무대 완전, 완전 기대돼!

나는 웃으며 하트 이모티콘 여러 개를 날렸다.

결승전 참가자들에게는 가족이나 친구를 위한 티켓 2장이 부여된다. 아빠는 또 시애틀로 출장을 가서 올 수 없고, 엄마에게는 물어볼 필요도 없었다. 부를 사람이라고는 학교 친구들뿐이었다.

결국 위험을 무릅쓰고 선곡을 바꾸었다. 내가 제일 좋아하는 한국 가수 에일리의 강렬한 곡이다. 에일리는 카리스마와 폭발적인 가창력으로 (진작 인정받은) 한국의 비욘세다. 나는 마지막 무대를 에일리 곡으로 장식하고 싶었다.

안무는 간단하면서도 화려했다. 추수감사절 연휴에 친구들과 속성으로 준비하기에 적격이었다.

우리는 공연장에 도착했다. 헨리의 예상이 맞았다. 생방송 무대라서 이전 라운드에 비해 10배는 더 정신없었다. 백스테이지의 사람들은 뛰어다니며 준비하느라 바빴다. 아무도 우리에게 관심이 없었다. 간혹 헨리를 쳐다보는 사람들도 있었지만 잠깐이었다. 대부분은 모르고 지나쳤다.

무대 감독이 친구들을 흘깃거렸지만 내쫓지 않았다. 대신 날카로운 목소리로 말했다.

"2시간 후에 무대 올라가야 돼요. 탈의실 가서 헤어랑 메이크업 손보세요."

"이따 보자."

내가 친구들에게 손을 흔들며 말했다.

"잘해!"

라나가 윙크하며 열렬히 손을 흔들었다.

나는 탈의실에 들어가기 전에 친구들을 다시 한번 보았다. 셋은 벽에 기대 휴대폰을 하며 쉬고 있었다. 잠자코 있으니 아무도 건들지 않았다.

긴장한 탓에 전문가들이 헤어와 메이크업을 해 주는 동안 멍하게 정신을 놓고 있었다. 전문가 메이크업은 최종 5인에게 주어지는 특권이다.

비욘세와 에일리의 이미지를 살리기 위해 날렵한 아이라인과 빨간 입술로 부탁했다. 엄마가 싫어하는 메이크업이다. 거기에 퀸 이미지에 걸맞게 몸매가 드러나는 황금빛 드레스를 입었다. 잘 어울려서 자신감이 솟았다. 엄마 눈에는 최악의 의상일 터였다.

엄마는 저녁 내내 악몽을 경험하게 될 것이다. 결국 엄마를 위한 일이다. 부디 엄마가 오늘 꼭 방송을 보기를 바랐다.

내가 백스테이지로 가자 라나와 티파니가 휘파람을 불었다.

"와우, 스카이! 장식 좀 봐! 몸매 죽이는데! 끝내준다!"

라나가 소리치며 내 손을 잡더니 나를 빙글 돌렸다.

헨리는 조용했다. 반응이 없어 서운할 뻔했다. 하지만 그의 입이 살짝 벌어져 있었다. 영화에 나오는 남자들처럼 입 벌리고 나를 보다니. 눈도 깜빡이지 않아 걱정되려는 찰나 헨리가 정신을 차리고 말했다.

"진짜 예쁘다, 스카이. 아니, 늘 예쁘지만, 지금은…… 와우."

티파니가 헨리를 쿡 찔렀다.

"침 그만 흘리고 비켜, 사랑꾼."

헨리가 라나와 티파니를 지나가게 했다. 내가 다가가자 그가 내 팔을 부드럽게 잡아 나를 끌어안고는 키스를 했다. 긴 키스는 아니었지만 행복했다.

"너한테 반짝이 다 묻겠어!"

키스 끝에 내가 말했다.

헨리가 씩 웃었다.

"내가 신경이나 쓸까 봐? 키스인데 반짝이 정도야."

내가 웃었다.

"키스가 우선인가."

"당연하지. 오늘 잘해, 스카이. 결과랑 상관없이 네가 자랑스러워. 분명 모두를 놀라게 할 거야. 다들 마음의 준비 해야 될걸."

"에이, 고마워."

내가 볼에 뽀뽀하자 헨리는 얼굴을 붉혔다.

내가 몸을 풀 동안 헨리는 조금 떨어져 있었다. 시간이 빠르게 흘러 어느새 무대 감독이 속삭였다.

"스카이! 무대 전 5초, 4초……."

내가 헨리를 힐끗 보자 미소로 응원을 보내 주었다. 무대에 오를 준비가 되었다. 라나와 티파니는 바로 뒤에 서 있었다. 휴대폰에 정신이 팔려 무대를 오를 생각이 없어 보였다.

계획이 반드시 성공해야 한다.

"3, 2, 1. 가요!"

무대에 오르자 함성과 불빛에 압도되었다. 주최 측에서 마지막 라운드에 한껏 힘을 실은 듯했다. 조명이 평소보다 5배는 더 설치되었고 무대 위에는 라이브 밴드까지 있었다.

관객은 나를 보고 환호하며 구호를 외쳤다.

"퀸 스카이! 퀸 스카이!"

"저기요! 나가면 안 돼요!"

뒤가 소란스러웠지만 헨리가 무대 담당자를 막았다. 우리 셋은 무대로 걸어 나갔다. 관객들은 당황했지만 이미 벌어진 일이었다. 때마침 트럼펫 연주자들이 반주를 시작했다. 우리가 해냈다!

나는 무대 앞으로 나갔다. 라나와 티파니도 나와 몸을 맞춰 움직였다. 안 봐도 멋질 거다. 이번 주에 하루도 빠짐없이 헨리의 연습실에서 춤 연습을 했으니까.

내가 폭발적인 가창력을 보이자 관객이 탄성을 질렀다. 몇 주간의 걱정과 긴장감이 날아가는 기분이었다. 라나와 티파니와 춤추며 완벽한 음정을 냈다.

라이브 밴드도 한껏 몰입했다. 나는 티파니와 라나에게서 떨어져 밴드와 리듬을 탔다. 카메라와 심사위원을 향한 미소도 잊지 않았다. 심사위원들은 충격받은 눈빛이었다.

장보라는 짜증이 잔뜩 난 채로 직원에게 투덜댔지만 직원은 고개를 저을 뿐이었다.

'좋아.'

내가 생각했다. 직원도 어쩔 수 없다고 말했을 터였다.

한편 관객들은 난리가 났다. 내가 고음을 찌르자 후렴구의 '우',

'아'를 같이 따라 부르며 리듬에 맞춰 고개를 까딱거렸다. 악기 솔로 부분에서 우리 셋은 대형을 갖춰 춤을 췄다. 함성이 터져 나왔다.

나는 다시 둘에게서 멀어져 트럼펫 연주자와 호흡을 맞췄다. 고음에서 트럼펫 소리와 내 목소리가 어우러졌다.

이 곡은 기본적으로 이별에 관한 노래다. 더불어 나를 욕하는 사람들을 가뿐히 무시하겠다는 메시지가 담겨 있다. 내 상황과 맞아떨어진다. 나는 장보라를 응시하며 마지막 고음과 함께 비브라토로 마무리했다.

관객들의 함성에 객석이 들썩거렸다. 장보라와 박 피디가 진정시키려고 했지만, '퀸 스카이! 퀸 스카이!' 구호가 끊임없이 이어졌다.

데이비가 무대로 나와 관객들에게 손을 흔들었다.

"와, 와, 와! 진정하세요, 여러분. 심사 시간입니다!"

몇 분이 지나서야 조용해졌다.

"음, 정말 모두를 깜짝 놀라게 했군요. 스카이 신."

박 피디가 헛기침하며 말했다.

"그러니까요. 상상도 못 했어요."

개리가 말했다.

"그런데 대단하다고 할 수는 없어요. 스카이 신, 규칙을 어겼네요. 불공정한 방법을 쓰다니 이기적이에요. 박탈해야 할 거 같군요."

장보라가 끼어들었다.

사방에서 야유하는 소리가 들렸다. 누구를 향한 야유인지 구분이 안 갔다.

"아, 제가 댄스 파트에서 있지도 않은 규칙 때문에 탈락한 것처럼요? 그때는 '프로답지' 못하다고 하시더니, 이번에는 또 어떤 새로운 규칙을 만드시려고요?"

내가 딱 잘라 말했다.

관객들이 '와' 함성을 질렀다. 다들 누구 편인지 분명해졌다. 장보라가 입술을 삐죽거렸다.

"저 탈락시키셔도 돼요, 장보라 심사위원님. 그런데 심사위원들이 불공평하고 차별적인 평가를 할 때 반박하면 안 된다는 규칙은 없잖아요. 참가자들이 백업 댄서를 데려오거나 노래하면서 춤추면 안 된다는 규칙도 없죠. 제가 확인했어요. 하지만 차별에 관한 규칙은 있던데요."

내가 말을 이었다.

장보라가 눈살을 찌푸렸다.

"무슨 말을 하고 싶은 거죠?"

"와, 제대로 복수하네요. 저기요, 보라 씨. 봐요!"

개리가 우리 셋을 가리키면서 웃으며 말했다. 라나와 티파니는 아직 숨을 고르고 있다.

"연습을 훨씬 많이 했겠는데요. 열정이 대단해요."

침묵을 지키던 박 피디가 마침내 입을 열었다.

"말해 봐요, 스카이 신. 어떻게 이런 생각을 하게 된 거죠? 특별한 이유라도 있나요? 당연히 있겠죠. 쉽지 않았을 테니까요. 춤까지 연습하기는 벅찼을 텐데요. 게다가 원래 계획한 곡도 아니라면서요."

나는 카메라를 향해 웃으며 대답했다.

"마지막 LA 공연이라서 기억에 남는 무대를 하고 싶었어요."

나는 일부러 그냥 '마지막 공연'이라고 하지 않았다. 한국에서 공연하게 될 수도 있으니까.

"그렇군요. 축하해요. 기억에 제대로 남겠어요."

데이비가 끼어들었다.

"스카이가 우승하길 원한다면 SNS에 해시태그 '퀸 스카이'라고 올려 주세요! 그리고 아직 투표하지 않으셨다면 마지막 무대 전에 응원하는 후보에게 투표, 투표, 투표하는 거 잊지 마시길 바랍니다. 스카이 신에게 큰 박수 부탁드립니다!"

관객이 다시 함성을 지르자 우리 셋은 환하게 웃으며 무대를 뛰어 내려왔다.

백스테이지에서 나는 곧장 헨리의 팔에 안겼다.

"정말 멋졌어. 봐."

헨리가 말했다.

그러고는 휴대폰으로 생중계 장면을 보여 주었다. 몇 초마다 새로운 댓글이 올라왔다. 간간이 돼지 이모티콘도 보였지만 대부분 대단하다며 우승해야 한다는 반응이었다. 화면에 뜬 점수판에 나를 투표한 전 세계 사람들 숫자가 실시간으로 표시됐다. 지금까지 가장 높은 점수다.

헨리가 트위터와 인스타그램도 열어 보여 주었다. 사람들이 벌써 내 사진과 영상을 올리고 있다. 그게 다가 아니다. 뚱뚱한 여성들의 게시물도 넘쳐났다.

'나의 영웅! #퀸스카이'

'#퀸스카이 덕분에 나 자신을 사랑하기로 했다!'

가슴이 벅차 눈물이 나왔다. 녹화 방송과 달리 실시간 반응을 보니 감흥이 남달랐다.

"해냈어. 네가 정말 자랑스러워."

헨리가 다정하게 말했다.

"아직 결과 안 나왔잖아. 축하는 나중해 해!"

"알았어. 지금도 하고 이따가도 할게."

우승자 발표는 밤늦게 한다. 그래서 녹색 방에서 다른 참가자들과 춤 경연을 보며 기다렸다. 모두 본인들 무대에 긴장해 말이 없었다. 조용해서 좋았다. 나를 포함한 다른 사람들의 결과가 궁금해 가슴이 쿵쾅댔다. 더 이상 휴대폰도 볼 수 없었다.

내가 응원하는 단 두 사람은 헨리와 이마니다. 둘 다 멋진 무대를 보여 주었다. 헨리는 스트레이 키즈의 〈District 9〉를 완벽하게 소화했다. 무대에서 신나게 활개 치는 모습에 나도 덩달아 기뻤다.

하지만 진짜 주인공은 A.C.E의 〈선인장〉으로 모두를 전멸시킨 이마니였다. 〈선인장〉의 안무는 복잡하다. 박자가 여러 번 바뀌는데다 빠른 댄스 브레이크 동작을 완벽하게 춰야 하기 때문이다. 이마니는 전부 소화했다. 게다가 가사의 감정까지 섬세하게 전달해 감동의 눈물을 자아냈다. 다른 참가자들이 5점이라면 이마니는 10점이었다.

관객의 기립 박수에 나 역시 뿌듯했다. 케이팝에서 여자 댄서들은 쉬운 안무만 한다며 늘 무시당한다. 하지만 이마니는 기존 보이그룹 멤버의 실력을 뛰어넘는 무대를 만들었다.

드디어 결과 발표 시간이다. 참가자들 모두 무대 뒤로 모여 댄스와 보컬 파트로 나누어 섰다. 나는 헨리와 이마니와 눈빛을 주고받으며 서로를 응원했다.

헨리의 예상이 맞았다. 내가 다른 참가자들보다 100점이나 앞서 〈넌 나의 샤이닝 스타〉 보컬 파트에서 우승했다. 그리고 댄스 파트 우승은 예상대로 이마니가 차지했다.

이마니와 내가 서로 꼭 껴안자 객석에서 박수갈채가 쏟아졌다. 우리는 왕관을 쓰고 무대에 나란히 서서 기쁨의 눈물을 흘렸다. 반짝이는 별 모양 풍선이 위에서 내려왔다. 나는 잠깐 동안 불빛에 둘러싸였다.

관객 모두가 우리를 향해 환호했다. 박 피디도 함성을 질렀다. 하지만 장보라는 보이지 않았다.

"너한테 못되게 굴어서 잘렸다던데. 그리고 다른 심사위원까지 꼬셔서."

이마니가 내 귀에 대고 속삭였다.

그때 카메라가 우리를 둘러싸더니 데이비가 내 얼굴에 마이크를 갖다 댔다.

"스카이, 먼저 말해 주세요. 우승한 소감이 어떤가요?"

데이비가 물었다.

나는 카메라와 휴대폰의 불빛을 바라보며 말했다.

"넌 꿈을 이룰 수 없을 거라는 말을 들었던 중학생 스카이에게 이 상을 바칩니다. 그리고 매일 외모에 낙담하는 여자들에게 말해 주고 싶어요. 제가 할 수 있으면 여러분도 꿈을 이룰 수 있어요."

데이비가 박수를 친 뒤 이마니에게 마이크를 넘겼다.

"케이팝을 사랑하는 모든 흑인 여성들을 위해 바칩니다. 많은 팬들과 가수가 저희를 싫어해요. 저희가 케이팝 문화에 얼마나 기여하는지는 무시당하죠. 이제 바뀔 때가 됐어요. 제가 노력해서 여러분을 자랑스럽게 해 드릴게요. 지켜봐 주세요."

이마니가 말했다.

관객이 환호성을 질렀다. 데이비가 각각 트로피와 하얀 봉투를 건넸다.

"스카이 신과 이마니 스티븐스. 〈넌 나의 샤이닝 스타〉 우승을 축하드립니다. 봉투에는 한국행 비행기 표가 들어 있습니다. 두 분은 내년 6월 PTS엔터테인먼트 연습생으로 들어가게 됩니다."

데이비가 말했다.

폭풍 같은 눈물이 앞을 가려 비행기 표 글자가 안 보였다. 하지만 상관없었다.

나는 엄마가 집에서 보고 있기를 바라며 카메라를 응시했다.

35

백스테이지로 가자마자 아빠에게서 페이스타임이 왔다. 연결 상태가 나빠서 아빠 말이 잘 안 들렸다. 아빠와 어리둥절한 동료들의 얼굴이 화면에 깜빡거렸다. 회식 중인 듯했다. 그 와중에도 마지막 라운드를 챙겨 본 것이다.

소리가 간간이 끊겼다. '아아아! 스카이…… 너무 자랑스러워……. 여기 팀…… 제이콥…… 아아아아!'

아빠 목소리가 이렇게 우렁찬 줄 몰랐다. 하긴 누구 아빠인데.

전화를 끊자마자 라나와 티파니가 달려와 나를 안아 주었다. 나는 눈물범벅이 되어 말했다.

"너희 없이는 못했을 거야. 정말 고마워."

"넌 진짜 최고야! 티파니랑 나의 마지막 순간을 빛내 줘서 고마위. 재밌었어."

라나가 말했다.

"LA에서 보낸 최고의 마지막 밤이었어."

티파니가 덧붙였다.

"너희 내일 떠나?"

순간 아쉬웠다. 오디션이 끝난 게 실감이 났다. 이마니는 한국에서 다시 만나고 헨리와는 LA에서 놀겠지만, 라나와 티파니는 언제볼 수 있을까?

"에이, 슬퍼하지 마. 이런 엄청난 날에. 북부 캘리포니아는 LA에서 별로 안 멀어. 기회 되면 우리 보러 베이 에리어로 와! 아빠랑 지내면 되지 않아?"

내가 끄덕이면서 둘을 꽉 껴안았다. 우리는 꼭 다시 보기로 약속했다.

클라리사와 레베카가 숨어 있다가 내가 백스테이지에서 나오자 울면서 환호했다.

"대박!"

레베카가 외쳤다.

"퀸!"

클라리사가 소리쳤다.

클라리사는 너무 흥분한 나머지 레베카와 함께 준비한 분홍색 꽃다발로 나를 후려칠 뻔했다. 내가 웃었다. 안도감과 남은 아드레

날린으로 몸이 부르르 떨렸다.

우리가 부둥켜안고 있을 때 누군가 뒤에서 목을 가다듬었다. 돌아보지 않아도 알 수 있었다. 친구들의 휘둥그레진 눈이 말해 주었으니까.

"안녕하세요. 만나서 반가워요. 헨리 조예요."

헨리가 말했다.

클라리사가 헨리를 보면 정신 줄을 놓고 소리 지를 줄 알았는데 반응이 시큰둥했다. 종잇장처럼 새하얘진 얼굴로 그저 가만히 서 있었다. 레베카도 마찬가지였다. 하지만 이내 정신을 차리고 말했다.

"우승 못 해서 아쉬워요. 정말 잘했는데."

헨리가 겸손하게 어깨를 으쓱했다.

"이마니가 훨씬 잘했죠. 당연히 우승할 만했어요. 저도 재밌었고요. 저한테는 이걸로 충분해요."

친구들은 어리둥절한 표정이었지만 나는 헨리의 말을 정확히 이해했다. 정말 다행이다. 홧김에 참가한 오디션을 진심으로 즐기게 되었으니까.

헨리가 나를 부드러운 눈빛으로 바라보더니 내게 다가왔다. 나는 헨리가 껴안을 수 있도록 친구들에게서 떨어졌다.

"스카이, 축하해. 봤지? 네가 이길 줄 알았어."

헨리가 속삭였다.

헨리의 어깨 너머로 충격에 빠진 친구들의 얼굴이 보였다. 중요한 사실을 말하지 못했다.

"앗. 음, 맞아. 놀랐지! 너희 말이 맞았어. 헨리랑 나랑 이제 사귀어. 방송용이 아니라."

헨리를 앞에 둔 채 친구들을 향해 초조하게 미소 지었다.

"스카이!"

클라리사가 외치는 순간 레베카가 물었다.

"언제부터?"

친구들의 반응에 나는 눈물 나게 웃었다.

현관에 들어서자 집 안은 조용했다. 불도 꺼져 있어 집에 누가 있는지 알 수 없었다. 10시가 지났는데 이상했다. 보통 때라면 엄마가 있을 시간이다.

"엄마?"

엄마를 불러 보았지만 집에 있어도 대답을 하지 않을 터였다. 저녁 먹으며 다툰 이후로 우리는 다시 입을 다물고 지냈다.

아빠만큼은 아니더라도 내심 반응을 기대했다.

마당에서 덤불을 손질하는 엄마를 찾았다. 어두컴컴하고 추운 데서 정원을 가꾸는 이유는 하나다. 나를 피하려고.

처음에는 인기척을 못 느낀 줄 알았다. 그러나 이내 엄마가 말했다.

"해냈구나."

무미건조한 목소리다. 나는 뒤돌았다. 차라리 엄마가 모른 척하기를 바랐다. 우승하고도 듣기 싫은 말을 들으니 무시당하는 게 나으니까.

"으, 응."

내가 더듬으며 말했다. 엄마 앞에서는 나도 모르게 늘 긴장하고만다.

"무대 봤어. 정말 잘하더라."

"고마워."

나는 긴장을 늦추지 않고 뒷말을 기다렸다.

'근데 치마가 안 어울리더라.'

'근데 춤은 추지 말지.'

'근데 친구들이 너보다 예쁘더라.'

'근데'의 늪에서 허우적거리다가 엄마 말을 못 들었다.

"아, 미안. 뭐라고 했어?"

"우승 축하한다고. 다른 참가자들보다 훨씬 잘하더라. 어떤 참가자들은 재능이 아예 없던데. 가끔은 심사를 못 믿겠더라."

"잠깐, 내 무대가 좋았어?"

내가 말했다. 굳이 물어볼 필요는 없지만 내게는 중요한 순간이다.

"응. 엄청…… 창의적이던데. 장보라가 뭐라고 하긴 했지만 개리 말이 맞아. 친구들을 데려와서 안무를 추가한 건 네 아이디어였잖아."

"내 춤이 괜찮았어?"

엄마가 멈칫했다. 내가 선을 넘은 듯해 다시 벽을 세웠다.

"너 춤 잘 춰, 하늘아. 항상 잘 췄어. 게다가 네 약속까지 지켰잖아. 나랑 전 세계 사람들한테 네가 우승하는 걸 보여 줬어. 여기까지 왔네. 축하해. 엄마 아빠 둘 다 투표했어."

마침내 엄마가 말했다. 덤덤하기보다 긴장된 목소리였다.

"고마워."

전에는 엄마의 미안한 표정에 대고 우쭐한 미소를 짓고 싶었다. 하지만 미소는커녕 안쓰러운 마음이 들었다. 엄마는 부끄러운 듯했다. 엄마 나름대로 자랑스러워하는 눈치였다.

모든 게 꿈만 같았다. 오디션에서 우승한 순간보다 더 기적 같다.

"엄마가 너 힘들게 했지. 항상 완벽하기를 원했어. 그리고 네 말이 맞아. 어쩌면 내가 자라 온 환경과 어릴 적 경험 때문에 그랬을지도 몰라. 네가 집에 오기 전에 아빠랑 길게 통화했어."

내가 답이 없자 엄마가 말을 이었다.

지난 몇 년간 내게 상처 주었던 말에 대해 사과하기를 바랐지만 엄마는 그저 정원 손질을 계속할 뿐이었다.

내가 안으로 들어가려 하자 엄마가 물었다.

"한국은 언제 가?"

"여름에. 학기 스케줄 때문에 그런가 봐."

"잘됐네. 이제 학교에 집중할 수 있겠어. 근데 연습이 잘 풀리면 한국에 더 길게 있어야 돼. 그건 알지? 그러면 연습하면서 홈스쿨링 하거나 기획사 근처 고등학교로 전학 가야 될걸."

생각만 해도 가슴이 저릿했다. 한국에서 오래 사는 건 꿈도 꾸지 못했던 일이다. 하지만 도전할 준비가 되어 있었다.

"알아."

엄마가 다시 나를 봤다. 나처럼 글썽이지는 않아도 한결 부드러운 눈빛이었다.

"아까 말했듯이 엄마는 네가 자랑스러워. 못살게 군 건 미안해."

엄마가 말했다.

우승을 못 했으면 상황이 달랐겠지만 그냥 받아들이기로 했다. 엄마의 인정은 그다지 필요 없다. 무엇보다 내가 나를 존중하기 때문이다. 엄마의 반응은 중요하지 않다.

"고마워."

내가 다시 말했다.

하지만 '날 믿어 줘서 고마워'나 '항상 곁에 있어 줘서 고마워' 같은 말은 하지 않았다. 거짓말일 테니까. 엄마와의 관계는 여기까지다. 이제 받아들여야 한다.

36

다음 날 아침 헨리가 집에 찾아와 나를 놀라게 했다.

"우리 산타 모니카^{Santa monica} 가자."

"진심이야? 아직 밖에 춥잖아."

말은 꺼내지 않았지만 해변의 '해'자만 들어도 엄마와의 고통스러운 기억이 떠올랐다. 내가 해변에 갈 때면 늘 '여름 몸매'를 만들었어야 했다고 타박하던 엄마였다.

헨리가 눈을 굴렸다.

"15도야. 남부 캘리포니아 외지에서는 좋은 날씨라고. 그리고 물에 들어가지도 않을 건데, 뭘. 재밌을 거야. 내가 장담할게."

산타 모니카로 가는 길은 심하게 막혔다. 도착할 무렵엔 정오가 지나 있었다. 친구들의 인스타그램 스토리도 다 확인한 뒤였다. 레베카와 클라리사는 말리부^{Malibu}에서 브런치를 먹었고(#지들끼리), 이마니는 빅베어^{Big Bear}에서 가족과 축하 파티를 했고, 라나와 티파니는 북부 캘리포니아로 돌아갔다. 창문을 열고 올드 스쿨 한국 힙합을 들으면서.

친구들이 좋은 하루를 보내고 있어 기뻤지만 우리는 차 안에 갇혀 있다. 해변에서 얼마 떨어지지 않은 거리였다. 도로는 기다란 주차장 같았다.

"해변 가자, 그가 말했다. 재밌을 거야, 그가 말했다."

내가 헨리를 흉내 내며 투덜댔다.

"장난하지 마. 왜 이래, 여기서 걸어갈 수 있다고 최대 10분?"

헨리가 웃으며 말했다.

스티브와 포시아에게 인사하고 남은 길을 걸어갔다. 헨리 말대로 10분 만에 도착했다.

산타 모니카는 LA 해변다웠다. 구름 한 점 없는 파란 하늘 아래 사람들이 부두에 모여 낚시를 하거나 사진을 찍고, 가게와 식당을 드나들고 있었다. 음악가들이 기타와 드럼으로 버스킹을 하고 푸드 카트에서는 핫도그 같은 간식을 팔았다. 제일 위에는 새빨갛고 노란 대관람차가 돌아가고 있었다.

왁자지껄한 해변 풍경에 갈매기들이 머리 위로 낮게 날았다. 먹이를 얻으려고 우리 앞으로 왔지만 줄 게 없었다.

"자, 드디어 도착. 뭐하고 싶어?"

내가 물었다.

"우리 관람차 타러 가자. 전망이 끝내준대. 가자, 내가 쏠게."

헨리가 말했다.

"너무 뻔하지만, 좋아."

물론 관람차 데이트에 대한 환상이 있었다는 말은 하지 않았다. 왠지 쑥스러웠다.

우리는 관람차 앞으로 갔다. 헨리는 표를 사기 전에 나를 앞으로 밀었다.

"자, 우리 사진 찍자. 오늘의 추억을 남겨야지."

내가 가까이 다가가려는 순간 한 여자아이가 외쳤다.

"봐! 스카이 신이랑 헨리 조야!"

여자아이와 친구 둘이 다가왔다. 당연히 헨리에게 사인을 요청할 줄 알았는데 그들은 나에게 펜과 산타 모니카 책자를 건넸다.

"사인 좀 해 주시면 안 돼요? 제 롤 모델이에요. 항상 제 몸에 불만이었는데 〈넌 나의 샤이닝 스타〉가 제 인생을 완전 바꿨어요."

첫 번째 여자아이가 말했다.

"저도요. 학교에서 괴롭힘을 심하게 당해서 힘들었어요. 케이팝은 전혀 모르는데 트위터에서 언니가 심사위원한테 따지는 영상 봤어요. 완전 대단해요."

그 아이의 친구가 말했다.

저마다 몸매가 다른 여자아이들이 내 주위를 둘러쌌다. 마르건 뚱뚱하건 모두 아름다웠다.

"그럼요. 당연히 사인해 줘야죠."

내가 말했다.

한편 헨리는 뒤로 물러나 상황을 즐겼다. 그는 내가 책자에 사인하는 모습을 몇 장 찍었다.

"퀸 스카이 납십니다."

헨리가 뿌듯한 미소를 지으며 말했다.

아이들이 떠나자 헨리는 사진을 찍으려고 셀카 모드로 변경했다.

"있잖아. 자, 내가 찍을게."

내가 말했다.

팬들을 보니 용기가 생겼다. 나는 내 휴대폰을 꺼내 사진을 찍었다.

"이거 올릴 거야. 너도 네 인스타그램에 다시 올려도 돼. 포시아가 올려도 되고, 상관없어."

내가 말했다.

헨리가 눈을 깜박였다.

"진짜로?"

"응. SNS에서 그만 숨어야지."

내가 말했다.

헨리는 입을 떡 벌렸다가 씩 미소 지었다. 마치 아침에 일어나 크리스마스트리 앞에 놓인 선물 꾸러미를 발견한 어린아이 같았다.

"우리 귀여운 사진 엄청 많이 찍자!"

헨리가 외쳤다.

적극적인 헨리의 반응에 웃음이 나왔다.

"참, 이래서 인스타그램 팔로워가 많구나."

내가 말했다.

부둣가에서 사진을 찍으며 간간이 〈넌 나의 샤이닝 스타〉 팬들에게 사인을 해 주다 보니, 어느새 해가 수평선 너머로 지고 있었다.

"자, 이제 관람차 타러 가자."

헨리가 말했다.

불그스름한 일몰을 배경으로 어두워지는 하늘 아래, 관람차의 형광 분홍과 푸른빛이 환하게 빛났다. 동화의 한 장면 같았다. 헨리가 표를 사러 간 사이 사진을 찍었다. 그러고는 헨리를 태그해 셀카와 관람차, 부두 사진을 인스타그램에 올렸다.

관람차에 마주 앉자 헨리가 수줍게 말했다.

"넌 뻔한 데이트 장소라고 했지만 난 좋아하는 사람이랑 늘 타 보고 싶었어."

"그래, 사실 나도."

헨리가 웃었다.

"좋아. 그럼 오늘 우리 둘 다 버킷 리스트 하나씩 지우네."

헨리가 몸을 기울여 키스했다. 관람차가 천천히 올라가는 동안의 키스란.

꼭대기에 다다르자 헨리가 웃으며 물러났다.

"밖을 봐. 전망이 끝내줘."

해가 지고 있어 부두 전체에 밝은 불빛이 켜졌다. 형광 꼬마전구처럼 작아 보였다. 그래도 여전히 아름다웠다.

어두워서 바다는 안 보였지만 아래에서 파도가 부드럽게 출렁이는 소리가 들렸다. 시원한 바닷바람이 불어와 눈을 감았다.

"이 모든 게 현실이라니 믿기지가 않아."

내가 말했다.

헨리가 살포시 손을 잡았다.

"현실이야. 다 네 덕이지. 열심히 연습해서 오디션에서 우승하고 많은 사람들한테 영감을 줬잖아. 정말 대단해, 스카이."

"나한테 대단하다고 한 게 수억 번째인 거 알지?"

"어쩔 수 없어. 사실이니까."

헨리의 얼굴이 코앞으로 다가왔다.

다시 키스 타임. 힘 빼고 부드럽게 하다가 점점 격렬해져 숨이 찼다.

나는 엄마에게 하지 못한 말을 했다.

"모든 순간 나를 믿어 줘서 고마워."

"당연하지. 항상 믿을 거야. 왜냐하면 너는……."

내가 웃었다.

"대단하다고? 알아."

헨리가 내 코를 톡 쳤다.

"아니. 이번에는 굉장하다고 하려고 했어."

나는 웃음이 터뜨렸다.

"정말?"

"장난이야. 넌 언제나 열심히 한다고. 내가 아는 사람 중에 제일."

우리는 관람차가 땅에 닿을 때까지 서로 꼭 붙어 있었다.

"사실 한국에서가 걱정돼. 노력해도 안 되면 어떡하지? 장보라처럼 생각하는 사람들도 많을 텐데."

관람차에서 내리며 내가 말했다.

"음, 내가 전화해서 잘 말하면……."

헨리는 내가 늘 빵 터지는 스티브의 말투로 말했다.

나는 웃으며 헨리의 팔을 살짝 쳤다.

"그만해. 너무 똑같아서 무섭잖아. 결국 오디션에서도 방법을 찾았으니까 한국에서도 길이 있겠지."

"그럼. 하나 말해 줄게. 나도 모델 일 시작했을 때 잘될 줄 몰랐어. 가끔은 그냥 믿고 도전해 봐야 돼."

"그래, 고마워."

나는 헨리가 내민 손을 잡았다.

우리는 환하게 밝혀진 부두를 따라 천천히 걸었다. 말하지 않아도 편안했다. 우리 주위로 아이들이 이리저리 뛰어다녔다. 한국 드라마 속 한 장면 같았다.

"그리고 정신적 응원을 위해 내가 옆에 있을 거야."

부두 끝에 다다르자 헨리가 말했다.

"뭐라고?"

헨리가 휴대폰을 들어올렸다. 화면에는 한국행 왕복 비행기 표가 떠 있었다.

"설마!"

헨리가 으쓱했다.

"우리 가족 한국에 있잖아. 네가 한국에 있는 여름 동안 거기서 지내면 돼."

"가족 싫다면서. 아니야, 가지 마. 부모님이랑 사이 안 좋잖아."

헨리 부모님의 행동을 떠올리자 분노가 치솟았다.

헨리는 먼 곳을 바라보다가 내 손을 꽉 잡았다.

"응……. 근데 네가 장보라한테 맞서는 거 보고 깨달았어. 너랑 네 엄마 얘기도 듣고."

어젯밤 헨리에게 마지막 라운드 이후 엄마와 있었던 일을 시시콜콜 이야기했다.

"뭘 깨달았는데?"

내가 물었다.

"계속 피할 수는 없다는 걸. 가족이니까 언젠가는 부딪쳐야지. 나를 평생 인정하지 않을 수도 있지만, 결국 포기하더라도 노력해 보려고."

난 그저 미치도록 내가 좋을 뿐

나는 헨리를 꼭 껴안으며 말했다.

"네가 그러고 싶다면."

"물론이지."

우리는 해변 끝까지 걸었다. 해안가에 부딪치는 부드러운 파도 소리에 목소리와 웃음소리가 희미하게 들렸다.

"마지막으로 한국 간 게 언제야?"

헨리가 태평양을 바라보며 물었다.

"어릴 때 이후로 안 갔어. 사춘기에 접어들고서 엄마가 친척들 만나기 창피하다고 안 데리고 갔거든."

아무에게도 털어놓지 않은 이야기였다. 내 목소리가 갈라지자 헨리가 손을 꼭 잡았다.

"어떡해."

"뭐 어쩌겠어. 그래도 지금은 엄마가 엄청 좋아해. 자기랑 또 가자면서. 아마 자랑거리가 생겨서 그렇겠지."

"아마도."

"근데 그거 알아? 이제 엄마 생각은 신경 쓰지 않으려고. 엄마는 엄마일 뿐이야. 내가 직접 사람들의 생각을 변화시키면 돼. 그러니까 더 강해져서 사람들한테 좋은 영향을 줘야지. 오디션에서처럼."

"넌 분명 할 수 있을 거야."

바다를 좀 더 바라보다 보니 슬슬 쌀쌀해졌다.

나는 헨리의 시선을 따라갔다. 그는 내 쪽이 아닌 다른 곳을 보고 있다.

"이래도 안 추워?"

나는 헨리 다리로 물을 걷어찼다. 반응을 보기 전에 도망쳤지만 뒤에서 투덜대는 소리가 들렸다.

"장난해? 이런……."

헨리가 나를 쫓아왔다. 우리는 웃으며 모래 사장을 가로질러 부두의 불빛을 향해 다가갔다. 헨리는 생각보다 빨라서 결국 나를 금방 따라잡았다.

"잡았다!"

우리는 모래 언덕 위로 넘어졌다. 헨리가 내 위에 있었다. 어두워서 잘 보이진 않았지만 얼굴이 붉어진 듯했다. 나는 헨리에게 키스하고 또 키스했다.

키스가 끝나자 헨리가 일어나며 나를 부드럽게 끌어올렸다. 일어나면서 몸에 묻은 모래가 거의 떨어졌지만 살에는 아직 조금 붙어 있었다. 괜찮았다. 근사한 키스였으니까.

헨리가 포시아에게 문자를 보냈다. 주차장으로 걸어가는 동안 관람차를 타기 전에 올렸던 사진이 떠올랐다.

"잠깐, 인스타그램 확인 좀 하고."

헨리가 신음했다.

"나 닮아 가네."

헨리는 내가 확인하도록 두었다. 벌써 '좋아요'가 5백 개가 넘고 헨리의 게시물에서처럼 모르는 사람들의 댓글이 달려 있었다. 최근에 비밀 계정을 해제해서 새로운 팔로워들이 폭발적으로 늘었다.

나는 댓글을 내려 보았다. 대부분 좋은 소리였지만 돼지 이모티콘과 불쾌한 댓글들도 있었다.

그러나 전과 달리 별로 속상하지 않았다. 물론 상처는 받는다. 아니라면 거짓말이겠지. 하지만 처음 헨리의 인스타그램에서 비슷한 댓글을 보고 속상했던 때와 비교하면 이젠 아무렇지도 않았다.

"미안해, 스카이. 괜히 사진 찍자고 해서……."

헨리가 말했다.

"아냐. 난 뚱뚱해. 사람들은 내가 나 자신을 싫어하기를 바라. 안 그러면 불편해하지. 근데 이것 또한 나의 일부잖아. 난 내가 좋아."

내가 헨리의 말을 끊고 이야기했다.

헨리는 내 말을 이해하고 미소 지었다.

"너는 잘 살고 있는데 그 사람들은 한심하지."

헨리가 말했다.

"맞아."

나는 산타 모니카의 동화 같은 전구 앞에서 헨리를 끌어당겨 키스했다.

| 감사의 말 |

이 책을 쓰는 일은 제게 쉽지 않은 여정이었습니다. 제 인생에 중요한 분들이 없었다면 불가능했을 것입니다.

우선 부모님께 감사드립니다. 4학년인 제가 작가가 되고 싶다고 했을 때 받아들여 주셔서 감사합니다. 동시에 현실적인 진로를 위해 다른 길도 조언해 주셔서 감사해요. (하하) 결국 다양한 경험을 거쳐 오늘의 작가가 될 수 있었어요. 많은 시행착오를 함께하며 지지해 주신 부모님께 진심으로 감사드립니다.

다음으로 처음 이 책을 쓰기 시작한 순간부터 응원해 준 친구들에게 감사 인사를 전합니다. 아니카Aneeqah, 집필 날짜가 제일 중요하다고 수없이 말했었지. 더 좋은 작가가 되도록 밀어주고 (나의 '비공식 홍보 담당자'로서 더 활발하게 활동해 줘서) 고마워. 브리아나 레이Brianna Lei, 애니타 첸Anita Chen, 프란체스카 플로레스Francesca Flores, 레베카 쾅Rebecca Kuang, 베카 믹스Becca Mix, 케이티 자오Katie Chao, 아누샤 나엠Anusha Naeem, 앤드루 수Andrew Su와 이 책의 초기 원고를 읽어 준 모든 분들께 감사드립니다. 여러분의 응원과 피드백 덕분에 책을 완성할 수 있었어요. 제가 늘 원하던 출판사 가족을 만나게 해준 #magicsprintingsquad도 감사합니다. 더 많은 작업을 기대하겠습니다.

이야기를 물리적인 책으로 만들기까지 많은 사람들이 필요합니다. 그 과정을 함께해 준 모든 분들께 감사드립니다. 저의 에이전트 페니 무어Penny Moore께 진심으로 감사의 마음 전합니다. 원고를 여러 번 읽고 막힌 한 부분이 아니라 두(!) 부분을 과감하게 조언해 주셔서 감사합니다. 저를 포기하지 않고 항상 함께해 주고 제 엉뚱한 프로젝트에 열성적으로 반응해 주어서 고맙습니다. 저의 편집자 메이블 수Mabel Hsu께도 감사드립니다. 이 책을 '꿈의 프로젝트'라고 말씀해 주셨죠. 항상 날카롭고 현명한 시선으로 바라봐 주셔서 감사합니다. 저희 둘의 꿈이 실현되었어요. 몰리 퍼Molly Fehr, 에이미 라이언Amy Ryan, 마이클 프로스트Michael Frost, 타니아 머리 프로스트Tanya Murray Frost, 《I'll be the one》의 완벽한 표지와 디자인을 만들어 주셔서 감사합니다. 니콜 모레노Nicole Moreno, 기네스 모턴Gweneth Morten, 크리스틴 에크하트Kristin Eckhardt, 오브리 처치워드Aubrey Churchword, 새브리너 아벨Sabrina Abballe, 타누 스리바스타바Tanu Srivastava, 도움을 주셔서 감사합니다.

이 책의 소재와 약간의 연관은 있지만 저는 케이팝 스타도 아니고 비만도 아닙니다. '도니' 한동근 씨, 여름 밤 서울의 작업실에서 케이팝 오디션과 음악 시장에 관한 의견을 나눠 주셔서 특별히 감사드립니다. 〈She's All Fat〉 팟캐스트의 공동 제작자 소피아 카터칸Sophia Carter-Kahn과 에이프릴April K. 퀴아Quioh, 플러스 사이즈의 경험과 강렬한 자기애의 중요성에 관해 말씀해 주셔서 감사드립니다. 재밌고 훌륭한 팟캐스트입니다. 강력 추천합니다! 또 의견을 제시해 주신 세라 타폼Sarah Taphom과 민 트린다지Min Trindade에게도 감사드립니다.

또한 이 책의 근본이 되는 음악의 아티스트분들께 특별히 감사 인사를 드립니다. 제 인생의 어두운 시기에 케이팝 댄스 블랙홀에 빠지지 않았다면 이 책은 탄생하지 못했을 것입니다. 댄스와 케이팝이 저를 버티게 해 주었고 수많은 팝송을 들으며 이 책을 작업했습니다. 책을 쓰면서 들었던 (그리고 춤췄던!) 아티스트들을 모두 나열할 수는 없지만, 스카이라는 캐릭터를 탄생시켜 준 팝의 여왕들께 특별히 감사드립니다. CLC, 이하이, 아리아나 그란데, 헤이즈, 선미, 블랙핑크, 모모랜드, 레이디 가가, 비욘세, 두아 리파, 청하, 예서, 시아, 그리고 에일리입니다. 스카이에게 자신감과 목소리 그리고 피부로 느껴질 만큼 강력한 무대를 향한 열정을 심어 주셨습니다.

마지막으로 책을 집필하는 동안 돌아가신 저의 친할아버지와 외할아버지 두 분께 감사드립니다. 어릴 때부터 읽고 쓰도록 도와주시고 이야기를 들려주신 덕분에 저도 이야기를 만들 수 있었어요. 비록 할아버지께 이 책을 안겨드리지는 못하지만 지금 계신 곳에서 저를 지켜보시리라 믿어요. 함께한 모든 여름과 추억, 그리고 웃음을 영원히 기억할게요. **사랑해요.**

옮긴이 도현승
성균관대학교 영어영문학과를 졸업하고 호주 맥쿼리대학교 통번역대학원을 졸업했다. 한겨레교육
문화센터에서 '어린이책 번역작가 과정'을 수료한 후, 현재 출판 번역 에이전시 베네트랜스에서 전
문 리뷰어 및 번역가로 활동 중이다. 옮긴 책으로는 《인생을 고르는 여자들》, 《매머드로 변한 찰리》,
《공룡으로 변한 찰리》, 《모리스는 걱정이 많아》, 《나이트북-밤의 이야기꾼》, 《치킨으로 변한 찰리》
가 있다.

난 그저 미치도록 내가 좋을 뿐

초판 1쇄 인쇄일 2021년 4월 9일
초판 3쇄 발행일 2022년 9월 24일

지은이 라일라 리(Lyla Lee)
옮긴이 도현승

펴낸이 金昇芝
편집 문영은
디자인 표지 올디자인그룹 내지 최우영 일러스트 박요셉

펴낸곳 베르단디
출판등록 제 2022-000085호
전화 070-4062-1908
팩스 02-6280-1908
주소 경기도 파주시 경의로 1114 에펠타워 406호
이메일 annesroom@naver.com
인스타그램 @verdandi_books

ISBN 979-11-91426-11-3 (43840)

현재의 운명을 주관하는 여신이라는 뜻의 '베르단디'는 블루무스 출판사의 인문·문학 브랜드입니다.